龍馬行

司馬遼太郎

5

李美惠 譯

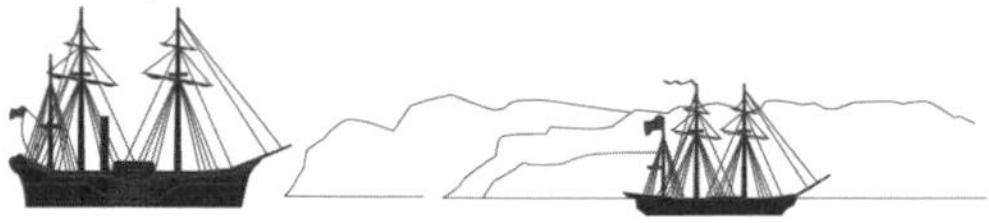

目錄

防長二州

「長州藩恐將起兵反抗幕府。」

龍馬在熊本聽到此傳聞。還聽說浪人也將配合長州發起暴動。

為此龍馬連忙啟程返回。

讓我們暫且將目光移到長州吧。因為長州藩的動向是元治元年(一八六四)的焦點。

此為題外話，但再無任何藩如長州藩這般悲慘了。

「自毛利元就以來就率先倡導勤王之藩。」

他們如此自負。事實上他們一直趁幕末風起雲湧之際在京都從事激進工作，採取詆毀幕府、反幕府的行動，且或明或暗推動將政權交予天皇的運動。

天皇及公卿深受長州尊崇，應不至於討厭。他們起初都對長州藩抱持好感。

但長州的這份迷戀，套句當時的詼諧語，卻逐漸變質而成為「惡女情深」似的負擔，導致幾乎所有公卿都覺得反感。

長州系志士的舉止總是殺氣騰騰。比方說把某人的斷掌扔進反長州之公卿或大名宅邸等惹人嫌惡之事或寫信脅迫。

激進浪人的暴行也給京都政界帶來這是「長州方

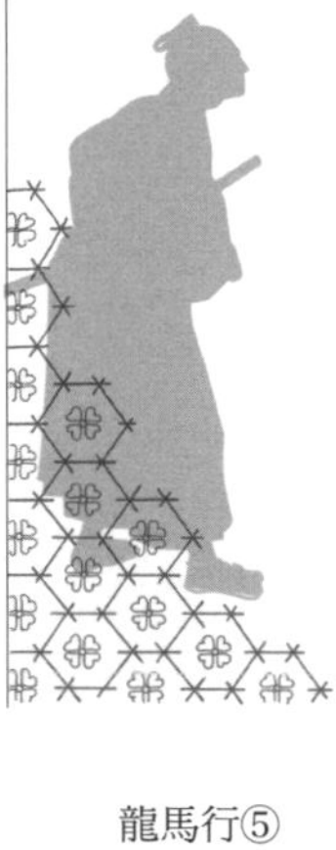

的行動」之印象。

因為長州藩總是庇護那些人。如此已不單是思想上的對立。

可說是長州的本質遭人嫌惡。

諷刺的是，長州人一向甘為天皇犧牲性命，天皇卻最討厭他們。

孝明天皇曾對此年（元治元年）正月二十一日入宮覲見的將軍家茂下了一份詔書。

這份詔書充斥著赤裸的情緒，幾可視為天皇親自對長州下的挑戰書。意譯如下：

「三條實美（長州系公卿。官位被撤，現居長州）等公卿竟連鄉下浪人之言也信之不疑，又對海外情勢晦而不明。」

不過一年前孝明天皇自己也是如此，如今卻突然變節，甚至針對「對海外情勢晦而不明」這點提出攻訐。

「竄改朕之命令（攘夷之令），隨意頒發攘夷令。」

又續道：

「擅自興師討幕，如長門宰相（長州藩主）之暴臣，恣意愚弄其主且無緣無故砲轟外國船艦。」

不過，長州起初砲轟外國船艦應曾獲褒賞之詔。

「如此狂暴之輩，非嚴懲不可。」

這話等於是要對方嚴懲因過度崇敬皇室而陷入狂亂狀態的長州。

當然，長州藩在京都全盛時期所得之聖詔很可能是天皇身邊的長州系公卿捏造的。話雖如此，一旦局勢生變，詔書竟也翻臉不認人，卻同樣出自天皇之手，這又是怎麼回事？

且這份彈劾長州的詔書其實是由宮廷新勢力薩摩藩起草（起草者為該藩藩士高崎豬太郎），再透過薩摩系公卿才正式成為詔書的。

沒有人能理解長州人。

因為他們實已瘋狂。

此藩主張的極端攘夷主義及獨善主義，已接近精神病理學上所謂的「集體歇斯底里症」，故當時思慮周詳不偏激的知識份子看了都忍不住皺眉。

但龍馬可以理解。

「長州人的心態，關東諸藩之人恐怕無法了解吧。」

他曾對人如此道。

長州的對面就是朝鮮。雖隔著大海，但與外國僅一水之隔的藩，除長州之外為數不多。

他們自然對海外有其敏感度。事實上，日後幕府征伐長州等戰役中，當長州藩陷入慘境時高杉晉作曾說：

「萬一挺不住，就擁藩主及世子逃到朝鮮去！」

他如此脫口而出，可見外國之距離有多近。

但長州藩在吉田松陰出現之前一直沉睡不醒，毫無為國事出頭之意。

對時勢最敏感的是水戶藩，接下來就是出了位稀世名君齊彬的薩摩藩，因此齊彬教出來的家臣西鄉隆盛等人早就活躍於時局中。

總之，長州藩的「志士」突然大量竄起，且超越先驅之兩藩，開始暴走，都是松陰創辦松下村塾鞭策門人之後的事。

不過也不只因為松陰。

還有現實教育。

文久元年（一八六一）二月三日。

航行在長州日屬海岸的一艘俄國軍艦突然駛入對馬的淺海灣，然後自尾崎浦上岸。

「想借用一部分尾崎浦。」

該艦提出請求。這顯然是他們在中國慣用的侵略領土手段。

指揮此俄國軍艦之艦長，是俄國提督李哈邱夫麾下的畢里雷夫。

當時對馬是列國覬覦的島嶼，尤其英國似乎更有此企圖。證據是，早俄國海軍一步抵達的英國軍艦，正進行對馬海岸的測量工作。

俄國怕英國捷足先登，趕緊派出軍艦。

之後，三月二日，上述俄國軍艦再度前來，命陸戰隊從芋崎浦登陸，任意伐木蓋軍營，又再度向對馬藩主提出「我們要借用此淺海灣的要害之處，並送你們大砲當做報酬」，就像在哄騙孩童。

到了四月仍不撤離。

對馬藩無奈之下終於派藩士到萩城說明實情，就近請長州藩支援。

此期間，俄國陸戰隊已用槍擊斃一名對馬衛兵，又對兩名附近鄉士施暴。

長州人就是自此事件後，才對「夷人」抱持異常的敵意。

再來要插句題外話。

這時有位奇人。

是深受長州系志士敬重而稱為「來島大叔」的來島又兵衛。他四十九歲，當時志士中就屬他最年長。

在長州藩可說是重臣。

京都朝廷對藩主毛利敬親翻臉不認且態度冷漠，又兵衛看在眼裡不禁大怒，但勤王主義者又兵衛也不能對朝廷發怒。

只得將怒氣發洩在操弄天皇的「背後勢力」上。

所謂的背後勢力，一是薩摩藩，二是會津藩，三是中川宮及近衛公等親王、公卿。此外還有幕府之眾要員。

「我們要一掃京都的妖雲。有道是『君（毛利侯）受辱，則臣死』。事到如今，凡長州藩士都應視死如歸。」

來島又兵衛道。

又兵衛的意見是希望發動大軍，強行上京進行武裝陳情。

「萬一不被接受呢？」

有人提出如此疑問。

「那只好一戰。」

又兵衛慨然道。

「這位大叔如此衝動，真傷腦筋啊！」

即便是藩中以過激名聞天下的新生代高杉晉作及久坂玄瑞，也因又兵衛的激烈言論而傷透腦筋。後來即因這位來島又兵衛個人爆發而引爆了整個長州藩這座火藥庫，進而導致幕末史陷入無以名狀的混亂狀態。

又兵衛正如其老氣的名字引人聯想般，根本不像個江戶時代的武士，稱之為戰國時代的豪傑似乎更恰當。又兵衛不具長州人特有的聰明伶俐及愛講大道理的特質，反而有些像典型的薩摩人。

他先是以武藝打響名聲。

新婚時期一直住在今山口縣長門市俵山町。町中有許多又兵衛的傳說。

有一次又兵衛找了五、六名村裡的年輕人，在一個八疊榻榻米大的房間閒聊。

「好，各位，我現在要拍打榻榻米，大家把這聲音當成信號，一聽到聲音就試著抓住我，看你們能不能順利抓住我。」

年輕人心想，這有什麼難。又兵衛就在眼前，且只有一個人。而他們那麼多人，要聯手抓住他還不簡單。

「好啊！」

眾人一同站起身來，在手掌上吐些口水並擺出預備動作。

「準備好了嗎？」

又兵衛再次確認。

碰！

他用力拍打榻榻米。

眾人倏地往前撲去。卻撲了空。又兵衛已消失身影。

武藝中有這一招。就是以手掌拍打榻榻米，做出真空狀態並吸起榻榻米，然後趁隙迅速鑽進地板下方。就是這麼回事。

他曾至筑後柳川遊學，後拜大石進為師，二十七歲就獲大石神陰流的「免許皆傳」資格，隨即在今山口縣美彌市西厚保町開了家武術道場，教授鄰近的鄉士刀術、槍術及馬術。

但他並非單純的刀客。

他與吉田松陰為至交。松陰對這位好人緣的鐵漢十分推崇。

松陰品評人物最厲害之處，就是他總能找出那人的長處。

松陰屢次向藩的要員推薦又兵衛。這類書簡很多，姑且將其中一封意譯如下：

「行政機關為政務之本，故一定要精心挑選人才。來島又兵衛膽識過人、心思縝密，若以此人為御用所必大有裨益。」

長州藩中所謂的「御用所」就是指藩的預算課。

可見又兵衛意外的不只是個單純武夫。

在他擔任江戶屋敷的手元暫役（譯註：最高輔佐職）時，常與高杉晉作、宍道聞多（即井上聞多，一名井上馨）等人到品川的青樓冶遊，若錢不夠就假借各種名目挪用公款。

重臣周布政之助等人看在同為志士的份上，總是順著他們。但夥伴歸夥伴，來島又兵衛卻不來這套。故只要又兵衛在，他們就連提都不想提了。

「今天老頭在，還是算了吧。」

幕末時期的長州較他藩更樂於起用人才。又兵衛屢受提拔，先拔至御手迴組（譯註：主君身邊護衛）之階並被命為駕籠奉行（譯註：處理主君座轎事宜之職），後陸續擔任大檢使役（譯註：審核出納之職）兼江戶番手（譯註：派駐江戶之職）、江戶諸勘定見屆役（譯註：確認執行各項出納之職）、江戶方御用所役（譯註：負責江戶藩邸預算之職）等職。到京都後又任學習院御用掛，負責與公卿之間的交涉。接著返回長州，擔任馬關總奉行手元役（譯註：馬關總奉行之輔佐官）。

幾乎都是經濟相關的職務。松陰對他的評價顯然十分中肯。

提到松陰對人的評價，他經常拿又兵衛及桂小五郎相互比較。

關於桂小五郎的長處，在他上書給藩廳的文章裡曾指出：

「小五郎寬宏大量、和藹可親又有才氣。可為御密用（譯註：情報官）或御祐筆（譯註：高級事務官僚），請派任行政本務之職。」

在其他文章中也有：

「來島又兵衛為人剛強，頗有吏才。桂小五郎則性情忠和（老實而敦厚），頗具周旋之才（外交能力）。二者皆為優秀之吏。」

可見又兵衛並不似他爆發時期形象引人聯想的那種莽撞之士。

又兵衛因具吏才而獲起用，但晚年終於回歸老本行的武職。

因長州藩的兵制全盤改變，改採荷蘭式兵制。兵士不限於藩內武士，開始廣招有志之農民及町人。最具代表性的，應屬以高杉晉作為第一代總督的奇兵隊。

又兵衛奉命擔任游擊軍總督。

隊員共有六百人。

多為諸藩浪人，尤以土佐藩的脫藩浪人最多。

又兵衛成了大將。這使得四十九歲的他天生之軍人性格表露無疑。

又兵衛游擊軍之軍營位於今山口縣防府市的宮市。此處臨三田尻灣，自古就是繁榮的商港。

肚量大又具武人個性的來島又兵衛似乎頗受隊員喜愛，組成游擊軍後，許多農民、町人都說：

「與其加入奇兵隊，不如投入又兵衛爺旗下。」

因而前來應募。故游擊軍又分成幾個小隊，並分別取名為鄉勇隊、市勇隊及神祇隊等。鄉勇隊為農民之子，市勇隊為商人之子，神祇隊為神官之子。此外尚有工匠之子組成的金剛隊及獵師之子組成的狙擊隊等。

制服是沒有袖兜的筒袖和服，不過又兵衛自己則多穿著戰爭用甲冑。如此打扮很適合他，儼然戰國武將率領一支荷蘭式軍隊。

諸藩浪人也紛紛加入。

他們多半是參謀身分，或做為小隊長、伍長之類的。

京都浪人浮田八郎及水戶浪人高橋熊太郎也在此浪人團中。

當兩人聽說天皇下了前文所提之詔書「如此狂暴之輩（長州藩），非嚴懲不可」時，特地到本陣來找來島又兵衛。

「來島爺，您知道『君受辱，則臣死』這句話嗎？」

「如此才是真正武士。」

又兵衛點頭道。兩人給又兵衛看那份已成上國（京坂）地區熱門話題的譴責長州之詔書抄本。

「您有何感想？」

兩人望著又兵衛。

又兵衛頓時臉色慘白，不久即渾身顫抖，終於無奈地放聲大哭。

「起、起草者是誰？」

「是薩摩的島津久光。」

「哦！」

他兩眼射出懾人目光。

「是薩摩嗎？」

「正是。我們兩人即刻就要上京，打算由浮田拜見二條關白，而高橋我則與幕府閣老會面，當面陳述長州侯之真正心意。不論遭到何等酷刑……」

兩人說完後便哭了起來。因朝廷有令，除指定留守藩邸者外，嚴禁任何長州藩士滯留京都，萬一被新選組或見迴組發現必難逃一死。

「也無所謂。我雖才剛入仕此藩都能如此的話，但求能鼓舞防長二州之士氣。如此，有朝一日主君之冤屈定能獲得昭雪！」

「等等，我也一起去。」

「不，閣下身分太過重要。」

「說這什麼話！哪有什麼關係啊！對了，乾脆率游擊軍全員一同上京陳情吧。不能只讓你們兩人犧牲。」

來島又兵衛連忙趕往山口的藩廳請求批准。

當然，又兵衛上京不單是打算陳情。他打算除掉薩摩島津久光等「君側之奸佞」。

當時長州藩廳已由勤王派執領導之位卻無傑出統帥人物，但以身分及年齡看，周布政之助（別稱麻田公輔）算是領袖。

這位周布雖個性輕率而衝動，但沒想到連他也反對游擊軍上京。

「你儘管上京去吧！肯定要被當成『朝敵』！」

周布如此道。

撇開來島游擊軍上京的請願，有人建議藩廳，由藩主世子定廣率兵上京向朝廷請願。但此案也遭周布政之助壓下而打消。

「那樣豈不正中幕府、薩摩藩及會津藩之下懷？他們定會給我藩冠上『朝敵』之名，調派諸藩之兵前來圍攻並奪取我藩之領。」

此話並非憑空臆測。

若綜合京都留守居役乃美織江及其他奉命潛入京都之諜報員的報告，必得出如此預測。

又兵衛卻不聽勸。

他似乎已抱定必死之決心。一般說來，大年初一是個值得恭喜之日，今年他卻偏在這天作了如下的俳句：

這首級，是去是留，今朝之春。

內心已暗中決定元治元年這年即為自己當死之年。

「既然說了就一定要去。」

他堅持無論如何都要上京。

總之，周布看出憑一己之力不可能制止，故前往拜謁藩主及世子，請他們出面慰留。

藩主及世子得知後大為震驚。他們了解既是又兵衛之決定，恐怕真會付諸行動。

於是決定由世子親筆寫慰留信並要使者傳送。

「那麼關於使者人選……」

世子定廣左思右想，最好是找和又兵衛想法一樣的人比較適合，於是決定派高杉晉作前往。

晉作二十六歲。

他已組成奇兵隊並自任該隊總督，目前又是世子身邊的裡年寄（祕書官），除父親舊有俸祿外又加領一百六十石。以其過激思想及古怪性格，這年輕人若在他藩早該切腹，要不就已脫藩了，在長州卻反而備受禮遇。

「晉作，你一定要設法慰留他們啊。」

既然世子如此下令，晉作也別無他法。於是立即從藩廳所在的山口騎了五里（編註：一里約四公里）路南下趕到宮市。

這是元治元年正月二十四日的傍晚。

偏不湊巧。

晉作一心慰留的「來島老頭」這天正好道：

「去祈求出兵順利！」

便帶著全體隊員到宮市的天滿宮參拜、抽籤，且正進行進獻神明的三日相撲大賽以祈求戰爭勝利。

「小鬼，你來做什麼？」

對方根本不理他。

晉作為之氣結。

「來島爺，我是以少主使者身分來傳令的，請放尊重，別叫我小鬼。」

高杉道。

又兵衛只得漱口、洗手，請高杉到本陣大專坊（譯註：防府天滿宮的別當坊。管理神社或寺院之官職名為別當，別當之居處即為別當坊）的客間。然後自己坐在下座，恭敬一禮後打開世子定廣的親筆信，仔細讀了起來。

親筆信寫著：「不可妄動。若不從藩命貿然行動將給全藩帶來嚴重後果。應如此告誡隊員並安撫之。」

「如何？」

高杉刻意盛氣凌人地質問。

「謹遵此親筆信之命。」

又兵衛接著又道：

「但要我們停止行動是不可能的。我還是要出發。」

「真是馬齒徒長！現在若貿然行動豈不正中幕府及薩賊會奸（長州人對薩摩、會津兩藩的慣稱）之下懷！來島爺，你實在考慮欠周啊！」

「笨蛋傢伙！上京攪和的當然不是長州藩的來島又兵衛！我是要脫藩前往。換句話說是以浪人身分上京。」

「那還不是一樣，世人早都知道長州來島和長州游擊軍的事了。」

「晉作，你被嚇得腿軟了嗎？」

又兵衛大罵：

「別說得好像自己深思熟慮似的。我看你這小鬼已因新得之一百六十石俸祿而墮落一如俗吏了。主君正蒙受不白之冤，恐在史上留下朝敵之污名。昭雪此冤可謂義無反顧。藩的安危又何足掛慮，現下可是攸關主君是否會留下萬世污名之緊要關頭呀。晉作，除起兵之外無他呀！」

「沒錯！」

高杉也想如此大喊。他雖是慰留使身分，其實內心想法與「來島大叔」如出一轍。

天將拂曉，高杉只得告辭，從宮市投宿於近在咫尺的三田尻旅館。

他在此躺了兩天。

他究竟在想什麼？

想必是理不出頭緒吧。第三天二十七日晚上，世子定廣派近侍岡部繁之助到高山下榻的旅館催促他：「少主問你慰留得如何？要你趕緊回報。」

這夜，高杉抱著必死之覺悟再度造訪又兵衛。

「我是奉君命前來的，不成功便成仁，這是武士的本分。若你無論如何都要出兵，就砍掉我項上人頭吧。」

「我不會聽的。無論被斥為狂或暴，也要伸張正義，即使犧牲性命亦在所不惜，這是長州男兒的夙願。元祿時期赤穗藩也出現慰留派及常識派，但仍有四十七人採取行動。男子漢若考慮得夠徹底，就不該以常識或情勢來判斷，而應以男子漢之道來判斷。晉作，你覺得呢？」

「言、言之有理！」

高杉頓覺熱血上湧。

接下來，筆者要繼續描寫龍馬當時的長州藩動靜。

龍馬並不在長防二州。這段期間龍馬在長崎、熊本、大坂、神戶村、京都等處奔走，也曾上江戶去。元治元年正月起一直到初夏，他就是如此東奔西跑。

但無論身在何處，都不斷聽到瀕臨爆發狀態的長州三十七萬石之領的傳聞。因為這就是當時最熱門的時事話題。

而針對此狀態，幕府態度如何？薩摩、會津有何動向？以及公卿有何言語或舉動上的回應？只要一有任何變化，就立刻在天下志士間傳開。自然也會在第一時間傳入已成為土州系過激志士靈魂人物的龍馬耳中。

有人有意與長州藩士一同起兵，但龍馬只用一句話制止這些同志：

「目前時勢還不需要我們出場。」

但龍馬是時代之子。

他一向偏袒長州，尤其對他們最近的窘況更是寄予無限同情，總是大談同情長州的言論，甚至激動落淚而無法自已。

但龍馬心中還有另一個聲音。

「話雖如此，以目前狀況來看，長州是長州，而我是我。」

龍馬反對長州藩有勇無謀的莽撞之舉。那將演變成內亂。從清國的前車之鑑可知列強必將乘虛而入。

龍馬意見如此，又不認識目前出場的來島又兵衛，乍看之下長州似乎與龍馬毫無瓜葛，故讀者諸君或許覺得奇怪，筆者為何將小說場景移至長州。

但維新史這段歷史本身就是部大戲。且這部戲並不是分別在各處小劇場零星演出，而是在同一劇場、同一舞台上演。

此時期的長州藩衝動異常，不僅掀起浪人志士團暴動，又誘發了池田屋之變。對此變感到激憤的長州藩兵因此大舉上京，導致幕府發動第一次及第二次的長州征伐戰，也連帶促使龍馬的海援隊漸趨活躍。

在此也請讀者將目光移至本州最西端的防長二州。場景拉回宮市的大專坊，鏡頭回到慰留使高杉晉作及來島又兵衛身上。

「小鬼，你什麼時候變成老頭啦！」

又兵衛顯然對高杉說了這類重話。

高杉的熱情終於被激發，思慮也開始跳脫一切規矩。這種時候的脫序可謂高杉之所以為天才之處。

高杉道：

「好！來島爺！」

「我現在就脫藩！」

「哦？你是說你身負君命卻不向山口藩廳回報，現在就要脫藩嗎？」

「沒錯！」

高杉較又兵衛更為深思熟慮：

「我從海路脫藩潛入京都、大坂，先去偵查當地情勢再回來。請靜候我消息再起兵吧。」

好！又兵衛點頭道。

高杉脫藩了。

他的行動總是快如閃電。

身為武士，脫藩、逃亡等舉動乃是對主君最大罪行之一，但長州的整體氛圍相信「目的將會淨化手段」，故在高杉眼裡這根本算不了什麼。

他到藩內的富海港時，正好有一艘定期往返大坂的船要出海，因此他就抱著一把刀跳上船並命令：

「載我到大坂去！」

高杉恐怕是幕末首屈一指的天才革命家吧。

幕末以龍馬為首，還有西鄉隆盛、大久保利通、木戶孝允（桂小五郎）等人才輩出，他們即便不生於革命時代也是有用之材。但高杉晉作卻是個除革命之外別無用處的天才。

高杉若生在和平時代，說不定是個醉生夢死的浪子而成為親人的累贅，並就此終其一生。

他有政治、軍事方面的才能。

但這是針對革命時期的政治及軍事而言，對革命前後的日本完全起不了任何作用。

換句話說，他簡直就是為推動明治維新而生的。

不管怎麼說，不回藩裡覆命就直接脫藩的舉動實屬罕見。

但或許是來島又兵衛那場痛罵，才促使他付諸行動吧。

船穿梭在瀨戶內海的大小島嶼間，一路揚帆東行，人在船上的高杉才終於想清楚。

這個天才型的人總是依直覺行動，旁人眼中看來或許怪異，卻從未失誤。

他總是一邊行動或行動之後才開始思考理由。

「若不如此，來島大叔恐怕不會就此罷手吧。」

的確如此。

高杉若是個單純的秀才官僚，必定即刻返回山口向藩主及世子覆命。

「來島又兵衛個性固執，請恕屬下無能，沒能安撫他。」

他只要這麼說就沒事了。

沒事……的確，如此一來高杉將可全身而退，但來島又兵衛及其手下的游擊隊必將集體脫藩吧。

高杉在船上又尋思。

他認為來島又兵衛式的激進動作徒使藩滅絕。高杉看似特立獨行，這點他卻始終如此認為，恐怕再無較他更謹而慎之的人了。

但話說回來，其意見卻也不同於因循苟且、聽憑幕府打壓而唯諾是從的藩內俗論派意見。

他的意見是讓長州藩回歸昔日戰國時代狀態，靠武裝自幕府獨立出來。

以當時的流行語彙來說就是所謂的「割據主義」。

最後長州藩的船舵果真漸轉往高杉之意見和估算方向前進。不，或許也可說是因失去船舵而飄向其主張的割據方向。

高杉晉作一抵達大坂，隨即落腳土佐堀的藩邸。

負責留守藩邸的宍戶九郎兵衛老人大吃一驚。

「你是脫藩前來的嗎？」

「沒錯。」

他將事情和盤托出，宍戶老人能理解高杉的想法，故不僅未將他當成亡命的「罪人」，還主動告訴他京都、大坂目前的政情。

「一橋公呀……」

他如此稱呼一橋慶喜。這位日後的十五代將軍目前擔任現任將軍家茂的輔佐職，故人在京都，三頭六臂的活躍狀況令人驚奇。他政治方面的才能被認為是家康再世而為人敬畏，若和他槓上，平時看似機伶的公卿及諸大名也立刻變得啞口無言。

興趣方面他特別喜歡西洋事物，政治方面卻終歸是個幕權擁護者。

不過慶喜之出身乃往年攘夷論之總本山——水戶德川家。

「因此不是幕府那種窩囊的開國論，還帶有一點攘夷色彩。就因這點攘夷色彩，他似乎多少同情長州。」

宍戶如此道。

這些情報都是他從潛伏於京都、或明或暗進行各種活動以圖恢復長州地位的桂小五郎及久坂玄瑞等人那裡得來的。

「還有，桂他們說，對我藩的處置方針說不定會變得比現在寬容。」

當然這只是他們一廂情願的樂觀猜測。另一方面，幕府已暗中下令動員關西十一藩，準備征討長州。這消息宍戶也有所耳聞，並已拜託京都留守居役乃美織江調查真偽。

「不管怎麼說，就算要討伐我藩，也還在非正式命令的階段。京都政情本就微妙，又兵衛要是現在率游擊隊來此，就好似舉著火把進火藥庫了。」

「桂（小五郎）怎麼說？」

「他採慎重論，徹底的慎重論。他非常擔心我藩領內發生暴動。幕府早就處心積慮找藉口，等著消滅三十六萬九千石的毛利之領。為顧全大局，千萬不可輕舉妄動，否則就是不忠至極呀。」

「總之……」

高杉話題一轉：

「薩摩的島津久光就是企圖摧毀長州藩的罪魁禍首囉。」

「應該是。」

宍戶老人不經意地點頭道。就在這瞬間，高杉已暗下決定。

他決定刺殺薩摩的島津久光。

久光並非薩摩藩主，但他是藩主生父又擔任監護、輔佐性質的後見役，故藩內、藩外都待他一如藩主。他有種唯我獨尊的政治家氣質，一心想獨力撮合朝廷及幕府，以建立個人威名。

他主張公武合體論（亦屬佐幕），真正心意卻非如此。他輕視幕府，認為憑薩摩藩即可與幕府平起平坐，至少希望有朝一日可臻此境界。他不喜歡西鄉，兩度將西鄉發配遠島的就是他。

「不管怎麼說……」

高杉對宍戶九郎兵衛老人道：

「以我這種年輕小輩，實在鎮不住家鄉的來島又兵衛啊。」

「竟有連晉作都鎮不住的人？這還真妙。但既是那位又兵衛就有此可能了。」

「不管我如何勸說，他只是口口聲聲罵我『小鬼』，根本毫無討論餘地。所以想請老前輩您返鄉，或請目前在京都探查的桂小五郎或久坂玄瑞返鄉直接說明此地情形，讓他打消念頭，除此之外別無他法了。」

「你應該也行呀。因你已脫藩來此查探過實情，何不返鄉安撫來島呢？」

「其實……」

他咧嘴一笑就沒再說下去了。高杉既來到大坂，就已另有其他行動的打算。

殺人行動。

對象正汲汲營營設法恢復幕府的權威。像個誇大妄想狂似的，企圖陷害長州，由己藩稱霸天下。

此人即為薩摩的島津久光。

「我要除掉這個大奸人！欲拯救現狀，除此之外別無他法！」

高杉打算殺進薩摩藩。他本就不期待生還。

島津久光名三郎。所受之待遇等同藩主，卻是藩主之父，故雖實際統御整個薩摩藩，卻是一介無位無官之人。既無位無官，就無法出席幕府或朝廷的公開場合。故他無所不用其極從事買官活動。先買到左近衛權少將，接著是左近衛權中將之位。雖說這是政治上的必要手段，但也由此可見他是何許人物。

提到薩摩藩之前任藩主島津齊彬，就堪稱幕末首屈一指的英明藩主了。

齊彬的聲譽已壓倒藩內外，可惜安政五年（一八五八）突然病逝。

病篤時，他召異母弟久光到病榻前。

「家督之位就由又次郎（久光之子，後改名忠義）繼承。他還是個幼童，就由你輔佐國政吧。」

他留下如此遺言。

由於此遺言，久光成了實際上的藩主。

久光絕非泛泛之輩。與他藩藩主相較之下，他不僅對政治有自己的看法，也頗有氣概。可惜相較於齊彬，就如真人與泥偶之別。如今這個泥偶也想效法齊彬擺出「大名志士」的架勢，有意靠薩摩七十七萬石之領在風雲中打出一片天下。

如此不自量力之行為，在已故齊彬寵愛的部下之間評價並不好。西鄉等人甚至在久光面前，故意以聽得見的聲音不屑地批評他為：

「地五郎。」

這個詞在薩摩語中就是「鄉巴佬」之意。

孰料這位地五郎親率薩摩大兵上京後卻獲得天皇極度信賴，天皇甚至利用他來遏止長州藩。孝明天皇是個極端的佐幕論者，為迎合天皇，地五郎自然也成為佐幕論者了。

長州藩的大坂藩邸臨土佐堀川而建，大片海鼠牆從常安橋南端一路沿河岸往東延伸。

「我出去醒醒腦。」

高杉走到河邊，步下石階，然後在水邊蹲下。

川對岸有丸龜藩、德島藩、柳川藩、姬路藩、岩國藩、明石藩、廣島藩等藩邸，這些同為土藏造（譯註：外牆如倉庫般塗漆的建築式樣）的黑色建築物成排林立。

唰！

高杉捧起水洗把臉。大概是因為漲潮吧，水似乎帶點鹹味。

他感覺背後有人走近。

「……」

回頭一看，是名膚色黝黑、雙眼炯炯有神，看起來十分精悍的武士。他正抱著手臂俯瞰高杉。

這人身穿黑色紋服及正裝的裙褲。

雖是樸素的棉服，摺痕卻挺得似乎會割手。此人的個性表露無疑。

他就是土佐脫藩浪人中岡慎太郎。

這陣子他一直投靠長州，不僅在領國藩內組織浪人部隊「忠勇隊」，隨著京都情勢惡化又向東偵查，頻繁地奔波於大坂、京都之間。

他雖強烈主張倒幕，卻不同於人稱「浮浪」之志士的空談，而具有縝密的理論及敏銳務實之想法。

中岡從前是在桃井道場習刀，而本部長篇小說主角龍馬則是在千葉道場，兩人自學生時代即未曾見面。

但中岡已是半個長州人，故與高杉為莫逆之交。

「來了呀。」

中岡簡短地說。

「來啦。」

高杉爬上五階石梯，走到中岡所站的門前路上。

「來聊聊吧。」

中岡拍掉河岸石頭上的灰塵，盤起腿坐了上去。腳下的河水載著塵芥不斷流去。

高杉說起家鄉情勢，中岡則聊起京都的局面。

「長州藩已陷入進退兩難的窘境，再討論下去也不會有結論。又無計可施。是這樣沒錯吧，高杉君。」

中岡以土佐腔道。

「走投無路啦！」

又如此嘆道。

「高杉君，你贊成保守論嗎？」

「還在考慮。」

「那可是大錯特錯啊。如此情勢之下，保守論無異於敗北思想。長州最後恐將萎靡不振甚至滅絕。長州藩若滅絕，日本的尊王攘夷也將隨之滅絕吧。高杉君，該行動了。無論什麼行動都好。總之一定要不擇手段打破已被逼至死胡同的現狀。除此之外別無他法了。」

「比方說什麼行動？」

「比方說，殺掉島津久光。」

水光映在中岡臉上。

京都、大坂潛伏著許多幕府稱為「浮浪」的勤王浪人。多數已因最近幕府的血腥鎮壓政策而散逃，剩下的都是些視死如歸者。

「長州若亡則勤王將滅。」

他們如此相信。人人都希望設法拯救陷入慘境的勤王浪人母藩。

在京都每天都有幾個如此浪人遭新選組襲擊而橫死街頭，或藏匿地點遭破獲而被殺。若一天沒死，還不敢置信地自問：

「今天又多活一天啦？」

現狀就是這樣。

要打破如此現況，這些赤手空拳的浪人還能怎麼做？

「殺！」

仔細想想，除此之外並無他法。

要殺的是反對長州的大名。

最大敵人如下：

京都守護職會津藩主松平容保

薩摩藩主生父島津久光

「中岡君。」

高杉晉作道：

「只要集結潛伏在京都、大坂的諸藩浪人就能形成一股勢力。何不以此襲擊薩賊會奸？」

「我還在考慮。」

中岡慎太郎道。中岡是在找最適當的時機。中岡的智謀及軍略可不是那些只知輕舉妄動的浪人能相提並論的。中岡的想法是由長州藩大舉起兵東上，京都、大坂浪人再起而呼應，共同在京都發起政變，進一步擁立天皇並樹立攘夷政權。

「那就得說服本藩了。」

「沒錯。」

高杉決定火速趕回長州。

另一方面——

長州藩內。

屯駐於宮市的來島又兵衛已等得不耐煩。

「晉作到底在做什麼？難道那小鬼終究還是個窩囊廢嗎？」

就在他不斷如此叨念的某日，高杉終於和中岡一起回來了。

但高杉一回來就因脫藩之罪遭藩吏逮捕並軟禁在親戚家，後又被關進野山獄。高杉可說就是因為被關入此獄，才未死於後來一連串的暴亂之中。

來島又兵衛幾乎每天都上藩廳強行要求。

「無論如何請讓我們出兵！」

有時還故意敲敲刀柄，把刀弄出響聲，顯得咄咄逼人。

藩終於發下許可。不過並不是准他出兵，而是命他「到京都大坂偵查」。

藩方面還限制他只能帶十一名游擊軍隊員，但因大家爭先恐後搶著參加，最後竟多達五十餘人。

個個都是視死如歸之士。這世間肯定要起風波了。

來島又兵衛終於躍進大坂。

其氣勢之猛烈除「躍進」之外再無其他詞可形容。

他帶著五十多名視死如歸的游擊軍。

直到去年之前，他們都還是在京都大街上昂首闊步的諸藩勤王浪人，只因長州藩在政界失勢才前往長州的。

土佐人也不少。

也有龍馬高知的鄰居。

「來了些牛鬼蛇神啊。」

土佐堀長州藩邸的留守居役宍戶九郎兵衛老人苦笑道。

不過這位個性溫和、對年輕人愛護有加的老人，還是打開一間間宿舍讓他們有地方住。他們抵達的當晚，還特地給每人一條魚加菜。

「九郎兵衛爺呀，我在家鄉可是乾過水杯（譯註：以示訣別）才來的啊。」

又兵衛道。宍戶九郎兵衛聞言苦笑道：

「就是那杯水在作怪吧。」

又兵衛一行抵達之前，長州派出的緊急飛腳就到了。老人已接獲年輕藩主的信，大意如下：

「來島又兵衛不久將率多人前往。若貿然起兵，一切都將毀於一旦。桂小五郎和久坂玄瑞也在京都，故應常與他們保持聯絡，一定要制止又兵衛起兵。」

翌日又兵衛道：

「我決定搭今晚的夜船上京。」

宍戶老人聞言嚇個半死。要是他們在京都起兵作亂，等於是給幕府一個征討長州的藉口。

「待在大坂吧！」

他如此慰留，但根本無效。

「那麼又兵衛，至少答應我，你自己單獨去吧。」

「好！」

又兵衛爽快答應。如今京都已形同戒嚴，要是公然帶著五十名隊員前往，勢必與新選組及見迴組在街上火併。這點又兵衛自然明瞭。

「不過，老人家，請讓隊員化整為零上京。拜託你呀，老人家。」

「別開口閉口『老人家、老人家』的，你自己不也是老人嗎？」

「我可還血氣方剛呢。即使上了年紀，也不扮演勸慰人家的角色呀。」

來島又兵衛進京了。

剛抵達河原町藩邸時，乃美織江、桂小五郎及久坂玄瑞就出來迎接。
「你來啦。」
個個神色黯然。又兵衛進京一事他們早已得知。因宍戶老人預先派了緊急飛腳來報。
這天晚上三人聯手為又兵衛說明京都情勢，費盡唇舌勸他千萬別貿然舉兵。
又兵衛一直安靜聽著，沒想到對方話才說完，他突然抬起頭來大喝一聲：
「窩囊廢武士！」
「又兵衛爺，別說得那麼過分。」
桂道。
「我可不是窩囊廢。」
他皺著眉道。
又兵衛毫不在意。
「晉作也是，你也一樣，都是書讀太多了。總是說情勢如何如何才要行動。武士要維持武士之道哪還顧得了什麼情勢？『君受辱，則臣死』。武士只要知道這道道理就成了。」
雙方論點已找不出交集。桂小五郎是個武士身分的革命家，又兵衛卻不是，他只想當個最純粹的武士。正因如此，藩主、少主、高杉、久坂也無法斥責又兵衛的行為，只能婉言安撫。
桂口中的「情勢」是指大約十天前，一向同情長州的加賀藩等十四藩的四十四名攘夷藩士在對馬藩士居中撮合之下，於清水產寧坂（即三年坂）的「明保野料亭」集合，共同協議如何幫助長州藩。
想當然，這回的集會是桂預先私下撮合才得以舉辦的，會中氣氛多認為：
「長州的窘境全因薩摩藩之奸計所致。」
因此桂說：
「故稍安勿躁，日後情形將會好轉。」
又兵衛對此嗤之以鼻：
「諸藩雜兵集結起來成得了什麼事？男子漢不該指

望這些！」

其實仔細想想，這似乎只是個希望渺茫的期待罷了。

但來島來過的幾天後情況卻一轉，且似乎不只是個樂觀的期待。

傳聞薩摩藩的島津久光得知諸藩輿論對自己極其冷漠，因而萌生倦意。

畢竟還是大老爺脾氣。

他本打算當個好孩子、偉人，這才上京攪動政局的，豈料輿論未將自己視為英雄，到頭來不僅政敵長州藩，就連諸藩也暗地批評自己為「薩賊」，真教人氣不過。土佐的老藩主山內容堂也是這種情形，上京來若不高興就突然迅速返鄉。

久光也突然道：

「我要回去了。」

故聽說薩摩藩邸正因久光要回薩摩而手忙腳亂地準備著。

「那好啊！」

來島又兵衛聽到這消息忍不住擊掌稱幸。他說要埋伏在伏見等島津久光，一舉殺進隊伍中。

「就由我和游擊隊員殺進去。我們當然會全員覆沒，但必能除掉那大奸賊。如此就能洗刷主君之恨了。」

這可不是說說而已。

此時五十餘名游擊隊員已悉數潛入京都河原的長州藩邸。

「懂了吧？」

又兵衛要他們抱著必死的覺悟。要突擊薩摩藩的儀仗隊，自然得全員抱著必死之覺悟吧。

「桂和久坂那邊可得守口如瓶呀。」

來島如此吩咐並著手準備。

這回行動必須準備短矛、鐵鎖甲及繩梯等。此外還模仿赤穗義士，訂做印有統一標誌的制服。

「這可是祕密喔。」

又兵衛以長州方言對眾人耳語叮囑。誰知他自己卻馬齒徒長，根本守不住祕密。

「小五郎呀，不出幾日將發生驚人的大事呀。」

他竟如此告訴桂小五郎。桂聞言大驚，衝進來島房間一看，果然高高堆著四十七義士用品似的東西。

「來島爺，您真教人為難呀！」

桂忍不住嘆氣。

「反正是浪人來島又兵衛幹的，不會給主家帶來麻煩。」

幸好——這麼說或許有些奇怪——此消息竟被京都所司代的密探查獲。所司代連忙通報守護職松平容保，容保又告訴島津久光，故久光突然將出發日期提前，且未宿於預定起事的伏見，只是路過便直接返回薩摩。

「完了！」

來島又兵衛恨得牙癢癢的。但他仍不放棄。充滿幹勁的男人永遠不乏行動目標。

「還有一名大奸賊。京都守護職會津中將松平容保也是薩賊會奸的一份子。」

目標轉移了。

他想殺進黑谷的會津藩本陣，拿下藩主容保的首級。

這回的目標可不是大名歸國的隊伍，而是以磚牆圍起、城門上釘滿鉚釘、規模驚人的會津本陣（位於黑谷的淨土宗本山金戒光明寺）。

藩兵也多達兩千人。

「哇哈哈！準備工作也得擴大了。」

又兵衛表面上若無其事地道，但他本為軍略家，故擬起計畫來腦筋竟靈活得讓人吃驚。

這時出現一個名叫古高俊太郎的浪人。

請讀者諸君記住此人。

因為這位名叫古高俊太郎的倒楣勤王志士被新選組逮捕一事，即為池田屋事變之導火線。

古高一副商人打扮且化名為枡屋喜右衛門。他表面上開了一家道具屋以瞞過幕府官差的耳目。店位在從河原町四條一路北行再往東拐的巷子裡。

來島又兵衛那些作亂的各種武器及裝備，都是向這位長州系間諜古高買來的。

「古高爺，計畫改變了，目標改成會津本陣。」

來島在藩邸內低聲道。

「這麼說來是真正的戰爭囉。」

古高點頭道。

會議真是奇妙的東西。

起初又兵衛的計畫十分單純，只是想攻進會津本陣砍下松平容保的首級。

「若只是如此就太可惜了。」

沒想到卻出現如此意見。

拿酒來做比喻的話，最近又兵衛的熱情和計畫就像發酵用的酒麴，一再被潛伏京都內外的勤王浪人拿出來討論，到處都為了討論而舉行祕密會議。

「應順使除掉京都所司代松平定敬（容保之弟，桑名藩主）。」

結論變成如此。

目前潛伏在此動蕩不安之京坂的，都是不肯屈服的志士，且人人視死如歸。

他們的祕密聯絡處就是古高俊太郎，亦即「枡屋喜右衛門」的道具屋。

這地方現已改裝成一家京風單點料理屋「汁幸」，店門口還立著一塊石碑。

「勤王志士古高俊太郎邸址」

古高是個溫和商人模樣的中年男子，京都話說得很好，鄰居從未懷疑他是個武士。

原來身分並非藩屬的武士，而是屬於寺院。他是一品慈性法親王（山科毘沙門堂住持）家臣古高周藏之子，生於大津的宅裡，很早就隨父遷居京都，在堺町丸太町下落腳。

他勤王的歷史悠久。在受到梅田雲濱的感化後即成為勤王份子，認為：

「是幕府從天子手上偷走政權的。」

與親王及公卿之部屬互有聯絡，而成為勤王京都派的有力人士之一。他僥倖逃過井伊的安政大獄，其勤王歷史之悠久由此可知。

那場大獄事件發生時，他被探子四處跟蹤，這時有個名叫湯淺五郎兵衛的同志向他提起：

「你看如何？我有個親戚叫枡屋喜右衛門，專門負責為諸藩準備各項用品。最近主人甚至家人都已離世，所以，要是不嫌棄就請你繼承其家業吧。」

古高順水推舟答應了。於是立即改名枡屋喜右衛門，並住進那店裡。

自此過了六年。

掌櫃的和鄰居都不知古高的真正來歷。

他的志士活動依然繼續，經常窩藏諸藩脫藩志士。人稱肥後首屈一指之豪傑的宮部鼎藏等人一直潛伏在此。

「諸君的心意我都了解，但能得到長州藩多少支援攸關事情成功與否。我立刻找來島爺商量。」

他以一身商人打扮上長州藩邸去。

他向來島說明全體同志的心意。

「真是令人稱快的壯舉啊！」

來島拍著大腿道：

「古高爺，既然免不了一死，那就乾脆把事情鬧大吧。不如這樣吧……」

來島掏出扇子在榻榻米上寫了幾個字。

「攻佔京都」

「攻佔京都——」

古高俊太郎的雙眼射出銳利光芒：

「來島爺，就這麼辦！為迎接新時代的來臨，必須有人犧牲。我今年三十七歲，活得實在夠久了，就讓我為此壯舉犧牲吧！」

「等等，我都五十歲了呀。」

又兵衛慚愧地說。

「快別提年紀的事了吧。古高爺。」

他以柔和的長州武家用語道。

來島又兵衛已擬妥作戰計畫。

了不起。

「先選個狂風大作的晚上，趁著風勢放火燒京，再兵分三路趁亂進攻。一隊目標所司代，一隊進攻黑谷的會津藩本陣。還有一隊就趕往皇宮保護天皇。」

接著又說：

「若僅止於此，必遭幕府及諸藩之兵圍剿而兵敗壞事，故應向長州請求大軍支援，裡應外合，保持密切聯繫，設法將天皇送交長州大軍。接著由長州軍進京掌政，再一舉推翻幕府。」

「萬一戰爭失利呢？」

「那就擁護天皇移駕長州。從遙遠的防長二州發下討幕之敕令，命天下勤王諸藩及勤王志士起兵響應。」

「這計畫聽來……」

古高頓時熱淚盈眶：

「真有如聆聽怒濤啊！」

「古高爺！」

來島又兵衛也因自己計畫之壯烈而不住顫抖，終於挺起身來以仆倒之勢抓住古高俊太郎的雙臂。

「我出生在長州，而你是京都人，卻將同時死去，真是太奇妙了！」

「不問成敗！」

古高道。他也對長年的地下勤王運動感到厭倦。早有「就在這時死去吧」的想法。死亡對他反而更像一種法喜般的解脫。這就是他流淚的原因。

他無妻無子，只有老母壽美惹他哀憐了。

「不，不得已呀。」

心中想到母親淚水再度上湧。只能請她看破有這種兒子是父母的不幸了。

插句題外話。古高俊太郎後獲封正五位之官位，老母壽美則在維新政府成立後不久的明治元年（一八六八）十二月五日獲朝廷頒賜養老俸祿。

「來島的計畫有些疏漏，不過……」

古高已發現：若不起事就無法打破現狀。重點在於起事，不該考慮成敗問題。

「來島爺，我來籌措武器及火藥，並預先連絡目前潛伏京都、大坂的同志。光是土佐的夥伴應該就可召集到五、六十人。」

「我立刻返回長州。拚死也要說服藩方大舉起兵上京。」

又兵衛揮淚道。

龍馬方面又是如何？

他深夜憑窗，聽著紙門外的雨聲。

或許因風勢轉強吧，雨聲中歇時聽到的浪濤聲十分激烈。

龍馬人在神戶村小野濱海軍塾的居室中。這房間面海。

啪！

他揮掌拍死停在臉頰上的蚊子。那蚊子顯然已吸飽血，龍馬臉頰上留下一滴暗紅色血跡。

「真傷腦筋啊。」

海軍塾正面臨瓦解危機。因為京都志士已到塾上來勸說土佐系塾生加入古高俊太郎等人的京都起兵之舉。

大家都蠢蠢欲動。

「當然去！」

眾人皆如此打算。

這也難怪。若是兩三年前，龍馬自己或許也將抄起佩刀直奔京都。自己不就是為求死於如此壯舉，才脫藩離鄉來此的嗎？

然而——

龍馬的眼光已放遠。現在犧牲五尺之軀又能如何？他如此主張：

「就憑區區一兩百名浪人之手，不可能推翻主政長達三百年的幕府。」

無法成事就是無法成事。龍馬心想，必須等待能夠成事的時機到來。

「目前是培養實力的時候。耐不住的人就稱不上男子漢。」

龍馬一心夢想掌控瀨戶內海的制海權。如今尚未達成，甚至還未完全習得駕駛船艦之術，這種時候去京都參與兒戲般的戰爭又有何用？

他如此勸慰眾人。

「要去的話就先殺了我吧！」

他甚至如此道。

這樣總算讓眾人大致冷靜下來了。但有幾人依然十分衝動。

「今晚好好想想吧。我會在房裡醒著等候，想通之後就過來。」

說著返回自己房間。

紙門被拉開了。

「來了嗎？」

抬頭一看，原來是寢待藤兵衛為他拿蚊香來了。

「藤兵衛，你還沒睡呀？」

「大爺沒睡，我怎麼敢睡？沒有啦，是因為過去職業的關係，即使夜深了也還不想睡啦。」

說著把蚊香放在房間一隅。

「這雨還真會下。」

龍馬百無聊賴地低語。

「看來今年的梅雨是來勢洶洶。這種年頭，人的脾氣似乎也會變得衝動。」

「裡頭還在討論嗎？」

「豈止討論哪！」

藤兵衛苦笑道：

「好像還有兩三人拍著刀柄說，即使殺了大爺也要去哪！」

「哦？這樣嗎？」

龍馬也無奈地苦笑。

走廊傳來腳步聲。寢待藤兵衛悄悄自房裡消失。

龍馬迅速解開大小佩刀丟進衣櫃，頓時手無寸鐵。萬一來者真的出手，就乖乖被殺吧。他如此打算。

紙門拉開。

「坂本爺。」

是北添佶摩和望月龜彌太二人。

北添佶摩出身土佐高岡郡岩目地村，他並非神戶塾的學生，但曾在龍馬的推薦下親至蝦夷地（北海道）視察，此事前文曾提及。

他一直潛伏京都。

今天他是特地偕同幾名在京的同志上神戶塾來勸邀塾生參與起兵的。

「啊，是龜啊。」

龍馬低聲嘀咕。從兩人的模樣看來，塾生中只有望月龜彌太被北添說服，有意進京。

望月龜彌太很年輕。

臉上稚氣未脫。

「北添和龜大概會送命吧。」

龍馬暗想，黯然地望著兩人。

望月龜彌太是龍馬坂本家附近小高坂西町的鄉士望月團右衛門之子。文久二年（一八六二）十月加入五十人規模的自發性親衛隊，隨容堂上江戶而離鄉，後在龍馬的勸邀下加入海軍塾。

「坂本兄，沒想到事情竟演變成非殺你不可。」

龜垂著頭道。因為龍馬先前曾說，若執意要去就殺了自己再去。

「沒關係，你就殺吧。」

龍馬道。

「可你刀術高強。」

龜很老實。龍馬可是土佐藩首屈一指的刀客，怎可能殺得了他呢。

「我會讓你殺的，儘管動手吧。」

「你、你身上沒刀？」

龜十分詫異。

「就是沒刀，你才好下手啊。」

龍馬一本正經道。龜垂下頭。

「坂本兄，我就要和北添兄去了。就此別過，請你成全。」

龜合掌道。

龍馬的淚水湧了上來：

「你真那麼想去送死嗎？」

「是。」

龜已淚流不止。對龜這種單純且剛烈者而言，離鄉時既已決定犧牲，自然不得不尋找更刺激的戰場吧。

「坂本爺。」

這回該北添佶摩開口了：

「請恕我一再重複。若您率旗下全員一同加入必更容易成事。難道無論如何都不去嗎？」

「不必再說了。」

龍馬站起身來。他這是要送他們在雨中上路。

龍馬喚來藤兵衛。

「幫我送這兩人上京吧。」

他如此拜託。

最近這伏見一帶都有新選組及見迴組巡邏，嚴格搜查進京的不逞之徒。龍馬心想，萬一有危險逼近，藤兵衛的嗅覺及小聰明應可派上用場。

「遵命。」

藤兵衛點頭道。看來挺靠得住的。

四人冒雨出發了。

「海這是在怒吼呀。」

斗笠下的龍馬低聲道。看來海邊浪很大。

一行人身穿簑衣頭戴斗笠，踩著爛泥走在通往大路的斜坡上。

北添佶摩和望月龜彌太兩人邊爬坡還不時向龍馬說起家鄉的情況。

龍馬只是默默點頭。兩人就像著魔似地不停說著。

藤兵衛護著提燈在前領路。

「北添爺他們是真的抱定必死的決心呀。」

藤兵衛想到就幾乎渾身發抖。

沉默半晌後，望月龜彌太突然笑著對龍馬道：

「我剛作成一首俳句。」

龍馬問他什麼俳句。龜彌太便清清喉嚨吟詠起來：

土佐者屍身上的泥土和夏薊。

龍馬一時沒答話，一會兒才簡短地笑道：

「好怪的俳句呀。」

北添佶摩道：

「那我也來吟一首。不過這首是很久以前作的。」

說著就著提燈的亮光，扭動他那酷似柴天狗的嘴吟誦起來。北添的相貌雖不相稱，他其實是位詩人，號對松軒。

離家半月絕音書，
客舍時時思敝廬。
故國爺孃亦應說，
吾兒今夜定何如。

離家已半個月，彼此音訊全失，但在旅館不時想念故鄉的茅廬。老父和小妹現在應正聊著，說那小子今晚究竟情況如何吧？

大意如此。

爬上坡走到大路時，龍馬故做開朗道：

「路還長著。」

又道：

「千萬別輕率了斷。若失敗也不必急著切腹，只要命還在就趕回來吧。」
阿傳茶屋旁邊有兩株松樹。
他們就此別過。
望月龜彌太及北添佶摩兩人在隨行的藤兵衛細心關照下，終於抵達京都。此時路上依然下著雨。
走進河原町的長州藩邸，發現已有眾多諸藩浪人聚集在此。
其中有很多土佐人。
生於高知城下鐵砲町足輕家的石川潤次郎。相同出身的藤崎八郎。土佐勤王派中罕見的上士宮川助五郎。領有七石七斗之俸的徒士野老山五吉郎。鄉士安藤鎌次及大利鼎吉。
「怎麼?只有龜一人呀?」
大利鼎吉不悅地別開臉。他還以為龍馬會領全員一起加入的。
「那個船痴我勸不動呀。」
負責勸說的北添佶摩苦笑道。
「呵。」
眾人都笑了。一想到龍馬的模樣，大家都覺得好笑。
「實在沒法討厭他呀。那傢伙。」
大利鼎吉也忍不住苦笑。
「既然如此，龜啊……」
北添佶摩拍拍龜的肩膀：
「我就幫你引見肥後熊本的宮部鼎藏爺吧。你應該聽過他大名吧?」
「當然聽過。」
龜用力點頭道。提到這位宮部鼎藏，是連吉田松陰都尊其為兄長的天下知名志士。
龜被帶到另一室，會見了宮部鼎藏。宮部是此浪人團的首領級或參謀級人物，年四十五歲。
「在下宮部鼎藏。」
宮部道。

面對龜這種小伙子，態度竟也極為莊重，甚至低頭行禮。

宮部與久留米出身的真木和泉同為九州派浪人的最高首領。出人意料的，他卻是個極其溫和而耿直的中年武士。

自幼即因異常優秀而遠近馳名。他事祖母至孝一事也是藩內津津樂道的話題。

他本是肥後熊本藩的兵學師範。脫藩離鄉時特地喚來兩名幼女，留了一首和歌給她們。

來吧，孩子，架上馬鞍吧！
趁這九重的御階之櫻尚未飄零時……

並且訓誡她們：

「水戶武田耕雲齋的十七歲長女落在藩吏手中即將被殺時，在刀下還能笑著伸長頸子。妳們在這種時候也別哭泣，一定要靜靜換裝，乖乖就死。」

姊姊名樂，妹妹叫美津。據說這對姊妹在父親脫藩後，即使到屋外玩，有時也會跑回來問母親：

「娘，還不用換裝嗎？」

池田屋之變

這時，神戶村的龍馬接到江戶的海舟勝麟太郎送來的緊急信函。

信上要他速至江戶。

「……」

龍馬讀完信抬起頭來時，臉色就像喝了濃鹽水般難看。

「怎麼啦？」

一旁的陸奧陽之助問道。

「唉，世事真是奇妙啊。」

「是很奇妙啊。」

盛氣凌人又好辯的陸奧陽之助不明就裡地點頭附和。

「是壞消息嗎？」

「是所謂的雨後傘、秋後扇啦。」

因為勝的信裡提到，龍馬透過大久保一翁推動的蝦夷地屯田兵團案似乎進行得頗順利，幕府願出借軍艦黑龍丸以便運送。

指的是龍馬上回去江戶時策劃的京都、大坂浪人團遷徙案。此案現在才有了眉目。

「太遲了呀。」

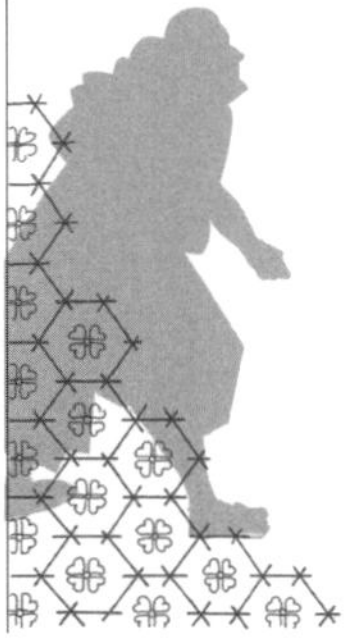

這些浪人如今已集結京都，正處於一觸即發的狀態，事態顯然已過熱。事到如今，若提起龍馬那個迂迴曲折的北方浪人軍組織案，定要被眾人嗤之以鼻吧。

「時機不對呀。」

龍馬嘀咕道。額頭也因汗珠而閃著亮光。汗水不時流至下巴。龍馬每次都以衣袖使勁揩掉，但似乎仍來不及。

「您流了好多汗呀。」

陸奧詫異地望著龍馬。這未必是因今晨的暑氣，陸奧也敏感地察覺了。

「要是這艘黑龍丸能早點到就好了。」

龍馬心想。那就能說服一百人甚至兩百人隨我到北海道，在那邊養精蓄銳靜候時機到來。

「現在若起兵，眾人勢必難逃一死。」

龍馬心中已看透。依龍馬之見，這回密謀起兵，就時機上而言實為百害而無一利。

「長州藩將滅絕，志士也將絕種。新國家建設恐將延誤十年吧。因為這十年的延誤，老朽不堪的德川政府將遭外國乘虛而入，日本恐將步上清國後塵而四分五裂。」

但一切都太遲了。

「不管怎麼說……」

龍馬道：

「我得即刻上江戶去。只是不放心神戶塾的兩百名學生。」

「您是擔心您不在的時候嗎？」

「沒錯，怕有人到京都去加入暴動。」

龍馬直冒汗的原因就在此。這陸奧也了解。

龍馬向大坂方面詢問，聽說正好有一艘幕船要回江戶。

龍馬把後續事務交代給陸奧，便趕到大坂天保山，跳上正要出海的那艘船。

再看京都方面。

新選組已有所行動。

新選組已有所行動。

——長州藩有點可疑。

自從來島又兵衛衝入藩邸，如此諜報就透過京都守護職傳入新選組。

總之來島又兵衛暗殺島津久光的計畫說是暗殺，實已明目張膽，且他自己又四處大肆宣傳，故這消息在整個京都可說無人不知無人不曉。久光本身也避開伏見直接西下而平安無事，但傳聞仍未消散。

「長州藩已瘋狂欲死！」

幕府方面對此印象較實際情形更為強烈。

「他們恐將有所行動。」

因此所司代及奉行所等幕府機關都派出大批密探。果然有浪人開始進出藩邸，情勢顯然不穩。

「他們似乎正密謀非比尋常的計畫。」

也難怪幕府機關會如此猜測。河原町藩邸附近的房子後門皆臨高瀨川。隔著馬路，木屋町筋那邊的每戶商家都看得見藩邸的情況。正門大路這邊就是商家林立的河原町。密探於是收買那些商家，要他們監視人員的進出。

紙絕對包不住火。

插句題外話，德川幕府是日本史上最長於（或唯一）諜報、誘導密告、互相監視等不光明手段的政府。如此能力已成為此政府之特徵，甚至獨特風格。以往的豐臣政權及足利政權可說皆無如此傾向，故給後世的印象遠較德川政權光明磊落。

幕府開始發揮這項堪稱傳家手藝的本領。

從來島又兵衛毫不掩飾的言行，即可推知長州藩及那些志士也差不了多少，一定都守不住祕密。

話說，開道具屋的枡屋喜右衛門……

若掀開表皮，就會發現暗中活動的勤王志士古高俊太郎頻頻出入河原町藩邸。

有次在河原町的街上遇見一名見過面的商人。

「枡屋爺，近來生意很不錯嘛！恭喜啊。」
那人若無其事地說。
商人打扮的俊太郎聞言大驚：
「不、不，沒這回事。祇園會還沒到，而夏天淡季也應該快到了，生意很是清淡呀。」
「哎呀，真會說客套話。您最近不是為了長州藩的事忙得不可開交嗎？」
古高又是一驚。
仔細想想，目前長州藩邸只剩幾名藩士，整個藩邸靜悄悄的，商人不可能有那麼多生意可做。
他趕緊敷衍地別過。但隔牆有耳，就連這種路上的閒聊肯定也隨時有人監視。
枡屋很可疑。新選組之所以有此警覺，是基於所司代偵查密網傳來的消息。

這是條狹隘的小巷。
「各色道具　枡屋喜右衛門」
這招牌就懸在小巷靠中間的地方。
招牌因風吹雨淋略顯老舊，但店面頗大，且合計雇有四、五名男女幫手。
老闆枡屋喜右衛門，亦即古高俊太郎這天從河原町的大路往東折返回這條小巷。
「好熱呀。」
一身商人打扮的古高對鄰居也十分謙恭有禮。附近鄰居都對這個自稱前代枡屋喜右衛門之姪的中年男子充滿興趣。
他獨身，又長得一表人才，正是附近婦女閒話的好題材。
其次，這家店常與目前備受議論的長州藩邸有生意往來，故眾人十分關心此店是否將因長州藩的沒落而受影響。
——會經營不下去吧？
這天，古高走回巷子時已是傍晚時分，店鋪的員工已早早打烊並把納涼台搬到屋簷下乘涼。

「這樣真教我難受啊。」
古高心想。這樣他就得像演員上場時穿過觀眾席的舞台通道般行經眾人眼前了。
「您辛苦了！」
納涼台上的眾人對他招呼道。順便也以京都方式瞧瞧古高的模樣。
「您上哪兒忙了呢？」
也有人這樣問。這也是京都人的習慣用語，是代替招呼用語的疑問句，但聽在欺世瞞人的古高耳裡卻如針刺。
「喔，就在附近而已。」
「河原町這邊嗎？那就是長州藩邸囉？」
「啊……嗯……」
他含糊其辭走了過去。納涼台上眾人目光全聚集在他的背影之上。
「真教人受不了。」
在這町區想保守祕密也難。因為眾人一聚在一起就什麼都藏不住了。
故密探要在這町區打聽消息可說易如反掌。
新選組向所司代及奉行所借了密探，這幾天一直在調查枡屋喜右衛門的動靜。
「實在可疑。」
他們之所以如此懷疑，是因浪人裝扮的武士進出頻繁，卻又不像來買什麼用具的。
「其中還有一兩人是長期住在這裡的。」
也打聽到如此啟人疑竇的消息。
古高一直沒發現幕府官差已盯上自己。
但這天傍晚一回到店裡，就有兩個鄰居太太來告訴他：
「大爺，我們也不清楚怎麼回事，不過官差好像沿路打聽您店裡的情況唷。」
帳房中的古高情不自禁站起身來。
他也知道自己一定面無血色。

這天夜深人靜之後，古高家前門傳來輕輕的敲門聲。

「不妙，是官差嗎？」

古高衝上二樓，從連子窗（譯註：裝有直或橫條窗櫺的窗戶）俯瞰，發現街上站著兩道人影，其中一名是武士。這才鬆了口氣。

是肥後的宮部鼎藏及其僕人。

他立刻將兩人延入裡間，甫坐定就低聲道：

「宮部君，幕府官差好像盯上我這裡了。」

「沒什麼大不了的。」

宮部不以為意。他是眾浪人之老前輩，又是軍學者，但對事情總是抱著樂觀的態度。

「京都人愛嚼舌，商家的傳聞通常是空穴來風。」

「是這樣嗎？」

古高望著宮部沉穩的表情，逐漸放下心來。

「您這麼說似乎也有道理。」

「古高君。」

宮部鼎藏從懷裡掏出一份資料並打開來：

「計畫已大致擬妥了。請看。」

「哇！」

古高十分緊張。軍學者宮部鼎藏受同志委託，一直在構思京都起兵的作戰計畫。

「對了，古高君。」

宮部把資料收進懷中，同時低聲道：

「武器湊齊了嗎？」

「還不太齊全，不過步槍、火藥、鐵鎖甲及短矛都已備齊。」

古高把宮部帶到倉庫。裡面果然堆滿令人望而生畏的各式作戰武器。

「燒玉還不夠多。」

宮部道。所謂燒玉就是在紙糊殼中塞滿火藥的爆裂物，自古就當做攻城用的縱火武器。

「燒玉得要五十個。」

「五十個？」

「沒錯。」

宮部的計畫是，第一隊繞至位於上風處的皇宮，使勁投入燒玉使之瞬間起火燃燒。此步驟乃是作戰重點。

再護住因失火而大驚逃出皇宮的天皇，請他移駕比叡山或其他適當場所，然後從天皇所在發出勤王攘夷之詔書。

京都守護職松平容保見皇宮起火必趕來相救，故應預先在半途埋伏，伺機突襲斬殺。

接著逮捕因見皇宮起火而驚慌逃出宅邸的反長州派朝臣首魁中川宮，並將之幽禁，同時更動其他朝廷人事安排，進一步由長州藩擔任京都守護職。

「重點就在火。此即兵法上的火攻法。火勢延燒若不夠快，事情就會搞砸。」

宮部鼎藏道。接著又告訴古高，六月五日將在三條小橋西側橋頭的池田屋集會以決定如何部署。

根據壬生新選組指揮部所得之情報，三條小橋西側橋頭的旅館池田屋較古高的枡屋更為可疑。

這家池田屋幾年前起就一直是長州藩指定的旅館，據說最近來歷不明的浪人出入頻繁。

新選組的監察部門由副長土方歲三掌管。

他命手下一名隊員，即大坂浪人山崎烝喬裝成藥商長期住在池田屋。

山崎十分謹慎。他特地到大坂天滿的船宿「京屋」，請京屋為他寫了封推薦函給池田屋老闆惣兵衛。

「這位是大坂藥商某某大爺，是敝店重要常客，這回因商想在京都長期逗留。祇園會將屆，貴店想必十分忙碌，但仍望能代為安排住宿事宜。」

信的大意應是如此。

事實上，池田屋這邊已因參觀祇園會旅客的踴躍預約而極難騰出房間。

但大坂旅館和京都旅館彼此互有聯絡，總會互相關照通融，故仍勉強為他騰出一間近店面的房間。

藥商山崎烝順利住了進來，得以仔細觀察同宿的旅客動靜。

另外，最近新選組局長近藤勇也親耳由意外告密者得知古高俊太郎枡屋方面的決定性情報。

近藤巡查全市時，碰巧遇見在江戶開町道場時認識的水戶藩士岸淵兵輔。

「近藤爺，好久不見哪！」

岸淵攔住近藤道。

那天傍晚兩人就在壬生屯駐所共飲敘舊。沒想到岸淵突然道：

「河原町四條直上再往東的小路上，有家可疑的道具屋。」

當時水戶藩是個黨派錯綜複雜的藩，有天狗黨那種極端的勤王攘夷派，卻也有極端的佐幕派及介於二者之間的中間派。彼此之間互如仇敵般憎惡，故各派的消息都相當靈通。

「那家道具屋……」

近藤道：

「不會是叫枡屋喜右衛門吧？」

「哦？您知道這家店啊？真不愧是新選組。那我就沒什麼好說的了。」

歷史有時就會被這種淘氣的惡魔左右。岸淵兵輔這人應該是個既無思想也無任何主張的人吧，他只是閒談而已。他在歷史上扮演的角色就只有這樣，完成之後就再未出現於任何記錄之中。

總之新選組就是聽了這位岸淵的說詞後，才開始重視枡屋的。

「不管怎麼說，直接衝進去看看吧。」

土方對近藤道。

近藤也點頭同意。

四日。

京都的暑氣為例年所未見。

入夜後一點風也無，整個町區像蒸籠般悶熱。尤其道具屋枡屋附近小巷，風很難吹進來，都大半夜了還是熱得睡不著。

大家都坐在屋外的納涼台，腳邊點著蚊香閒聊。最近京都的傳聞幾乎都與新選組有關，總離不開新選組今晚又在哪個町區激鬥，或是誰又慘死刀下之類的話題。

事情真巧。

傳聞中的主角竟出現在河原町口、木屋町口及後巷那邊。

一切都來不及反應。

他們如疾風般衝了進來，猛拍道具屋枡屋喜右衛門的遮雨窗。

町內民眾全躲進屋裡，拉下遮雨窗的聲音此起彼落。

「枡屋喜右衛門！因公查案！開門！」

手持提燈叫喊的是副長助勤原田左之助。他是松山藩的脫藩者，手上掄著最得意的短矛。

總數達二十餘人。

人人身穿隊服。那是淺蔥底色衣袖染有條紋的背心。有人貼身穿著鐵鎖甲，也有人穿著劍道護具「胴」。

幹部方面除原田外，沖田總司及永倉新八也出動了。局長近藤勇大概是打算遠遠監督吧。黑羅質地的背心及白色夾腳繩的草屐，他就以這身打扮站在店門口。

「終於來了嗎？」

屋裡的枡屋喜右衛門亦即古高俊太郎暗想。

他依然披著睡衣。

幸好幾天前他已將危險書信悉數燒毀，又打發老母、掌櫃及夥計回老家。

不僅如此，原本一直住在這裡的肥後藩士宮部鼎藏及其僕從今天也已離開。

「真可謂不幸中的大幸。」

古高抄起刀來，隨即改變主意把刀扔到天花板後方。敵方應該不是殺他一兩個就能打發的吧。

「把門打開！」

古高如此命令下女。

立刻有數人衝了進來。

「古高俊太郎！」

這聲不知是站在土間的近藤還是衝上榻榻米的原田喊的。

「聽說你暗中聚集浮浪，企圖在皇城所在之處造反。故奉上命特來逮捕。把他綁起來！」

「您抓錯人了吧？我壓根不知道那種事呀！」

古高敷衍道。但對方當然不會相信。古高已有必死之覺悟。

「請給我一點時間換衣服。」

說著從容脫下睡衣，取過掛在衣架上的衣服穿在身上。

新選組的屯駐所在壬生。

古高被押至此處並遭到極為嚴酷的拷問。

「我們已經找到證據了。」

副長土方歲三把一卷同志誓死連署書推至古高面前，這時古高也不禁臉色慘白。

就只剩這份連署書沒燒燬，還特地藏在屋裡不易發現的地方。

新選組本對古高這邊未寄予過多期待，故找到此連署書時，戰慄之情還多過喜悅之情。

「沒想到火燒京都的陰謀是真有其事呀！」

眾人皆大驚失色。

燒玉火繩槍及其他武器也都搜出了。

「這下絕錯不了。」

情況想必如此。

新選組恨死古高了。這也是理所當然吧。

新選組也有他們自己的「正義」。想當初，他們是為響應時下流行的尊王攘夷活動而脫藩離鄉、集結於此的浪人。只不過是當時政府德川幕府手下的攘夷先鋒，這點與古高等長州系的志士群有所分別。

此外他們還以附屬於會津藩的形式領有幕府的薪俸。任務則是「維持皇城下之治安」。

具體說來，就是取締以天誅或大義為藉口搶劫等四處作亂的過激志士及趁火打劫的浪人。但說來微妙，兩者在思想上並無二致。畢竟尊王攘夷是當時知識份子的共同主張。

態度上卻迥然不同。是否認同目前的政府？這點新選組及古高俊太郎的看法簡直是兩極。在新選組眼裡古高是「亂臣賊子」，口口聲聲高呼勤王，實際上卻是「大逆不道企圖火燒皇宮的惡魔」。

但以古高的角度看，新選組恐怕也好不到哪裡去吧。

「其任務的確是鎮護皇城，乍看是尊王，但畢竟是聽從幕府之命才致力鎮護皇城、才尊王的。更因是假裝尊王實則佐幕，故壬生浪士更糟。」

總之新選組是肯定現有秩序的志士團，而古高系的長州志士團則是否定現有秩序的志士團。

世局正處於沸騰狀態。因此只要立場不同，彼此便產生極端的憎惡感，殘虐及殺戮之心也油然而生。

新選組對古高施以無法言喻的酷刑，但古高仍堅不招認。

最後他們把古高倒吊梁上，從腳背釘進一根五寸（編註：一寸約三公分）長的鐵釘直貫腳底，然後在釘子上點燃百目（譯註：約三七五公克）蠟燭。

古高依然挺住。但他天生體質不甚強健，逐漸意識不清，最後竟不知不覺說漏嘴了。

「六月五日戌時（晚八時），同志將在三條小橋西端的旅館池田屋集會。」

他竟說出了這件事。

望月龜彌太離開神戶海軍塾後，輾轉在京都又遷居了幾次，目前藏匿在三條小橋的旅館備前屋。

與池田屋同側。

這一帶雖屬京都市內，但也是東海道的終點站宿場，故三條通兩側有許多旅館。

「接著就在三條找家旅館投宿吧。」

這是滑稽小說《東海道中膝栗毛》主角彌次郎兵衛的台詞。

一家懸著書有「小橋屋」的旅館，就在龜落腳的備前屋隔壁。這家就是《膝栗毛》作者讓主角彌次郎兵衛及其僕人喜多八投宿的旅館。這龜也知道。

「那是坂本兄喜歡的書呀。」

一想到這點就湧上一股既懷念又好笑的心情。

望月龜彌太與同鄉的北添佶摩等人一直藏匿在這家備前屋。

當然是以化名投宿的。

不僅龜。

同志們數日前就分頭冒各藩之名以化名住進這條路上的旅館。

「二十日深夜起事。」

已做成如此決議。也決定二十日晚上若無風就順延至翌日晚上。

人算不如天算。

「古高俊太郎被新選組抓走了！」

肥後熊本的宮部鼎藏得知此消息是在決議起事日期當天，亦即六月五日的早晨。

「龜彌太！」

同房的北添佶摩道：

「聽說古高君昨天傍晚被捕了。」

「咦！」

龜彌太聞言大驚。

「對方是新選組。恐怕免不了一連串連五臟六腑都要碎裂的嚴刑拷問吧。既是古高君應不會招認，但我們仍得討論善後之策。」

「攻進壬生總部把人搶回來吧。」

「恐怕真得如此。不管怎麼說，龜彌太……」

「嗯？」

「你先到這附近的幾家旅館暗中通知諸位同志。」

「是。」

龜彌太若無其事走出旅館，一一造訪附近的旅館。

池田屋也住了許多同志，幾乎都是長州藩士。

「……」

龜彌太看看簷下雨水桶後邊的乞丐。這幾天來他一直蓋著草蓆躺在那邊。

這乞丐是京都所司代松平定敬手下足輕渡邊幸右衛門喬裝的。他在此監視浪人出入，然後向所司代報告，再由所司代通報新選組。

望月龜彌太當然絲毫未懷疑這乞丐。

他飛快走進土間。

「歡迎光臨。」

圍著紅圍裙的年輕下女慇勤招呼道。

「好熱啊。」

「真的好熱呀。」

兩人如此寒暄。可見彼此相當熟悉。

如此敏感察覺的是偽裝成藥商住在近店門房間的新選組監察山崎烝。他是大坂針灸師出身，故說得一口大坂庶民用語，旅館中竟無任何人對他起疑。

「這人應該是土佐人吧。」

從口音就聽得出來。山崎凝視著望月的臉想記住他。

下午了。

今天是祇園會的前夕，當地稱為宵山，太陽下山前後就開始熱鬧起來。

旅館的下人似乎也忙得不可開交。山崎烝叫住一名機伶又親切的年輕下女。

「很忙吧。」

他露出討好的笑容。

「是呀，今天很忙。」

年輕下女也不討厭這位表情嚴肅的年輕藥商。

山崎是刀術高手，但更長於香取流的棒術，故雙手又粗又大。

他是新選組在壬生成立後第一期入選者，因是京都大坂通，故在關東出身者較多的隊上特別受重視。

後來在鳥羽伏見之戰的伏見奉行所攻防戰中，慘遭薩軍步槍擊中而身受重傷，隨即乘富士山丸前往江戶，不幸於艦上過世。

「您好像很閒嘛。」

「哎呀。」

山崎烝笑道：

「今天是所謂的宵山呀，哪有還在辛苦工作的傻瓜呀。不過眾人遊玩之日卻得特別忙碌，旅館業真倒楣呀。」

「就是呀。」

「看來今晚有什麼特別要忙的喔。」

山崎若無其事地問道。

「是呀，戌時左右開始有聚會。」

「我看你們人手不夠吧。我很樂意幫忙上菜唷。那種熱鬧的聚會我最喜歡幫忙了。」

「啊，真的嗎？那就麻煩您了。」

「不過……」

山崎屏住氣道：

「我不喜歡武士。不會是武士的聚會吧？」

「哎呀，不巧就是武士的集會呀。」

「算了，沒關係啦。」

山崎心裡十分激動。

立刻回到自己房間，在粗紙上寫下「今夜戌時集會」，然後揣入懷中走到門口。

渡邊幸右衛門喬裝的乞丐正躺著睡覺。

山崎把銅錢包在方才那張粗紙內，丟進他碗裡。

幸右衛門應該會火速趕回壬生通報吧。

太陽已完全落下。隨著天色昏暗，各町區的遊行花車上也開始響起慶典的熱鬧樂聲。

池田屋往西走就是河原町通，再稍往北走一點就是長州藩邸所在。

藩邸靠裡側的一個房間內，該藩京都留守居役桂小五郎與乃美織江兩人正苦著臉對坐。

「好像真要幹。」

桂苦著臉道。

前文提及的那位炸彈似的來島又兵衛老人正好回長州奔走，但一向在江戶暗中活動的吉田稔麿卻潛入京都取而代之。

吉田稔麿是已故吉田松陰的高徒。松陰特別欣賞他的人品及資質。與高杉晉作及久坂玄瑞並稱松陰門下三才，今年二十四歲。

「稔麿剛進京。」

小五郎道：

「但他聽肥後的宮部鼎藏提起這回的計畫，似乎也有意捨命參與這起暴動事件。」

「你勸他也沒用嗎？」

乃美織江問道。

「沒用啊。還有什麼事比說服一心求死的男人更難呢。無論如何，今晚時候一到，我就上池田屋去，告訴他們這時起兵絕對不利。」

「你真要去嗎？」

「是。不過……」

桂望著能吏型的乃美織江：

「萬一出了狀況，你可得加強藩邸的警戒工作。今晚盡量不要讓藩邸內的人外出。」

「懂了。」

桂從藩邸的小門溜出去。這時祇園慶典的熱鬧樂聲已震耳欲聾。

桂機伶地走著。身上穿著羅質外褂，腰間插著稍短的刀及一把扇子。

他走進池田屋。今天的集會是以互助會名義進行。廚房有四、五名廚師，綁著頭巾及束衣帶正忙著。

「啊！」

老闆池田屋惣兵衛發現桂後迎上前來低聲道：

「大家都還沒到。」

「這樣啊。」

桂走上二樓的會場。

二樓後方四個房間之間的紙門都已卸下，打通成為一間大廳。

裡面已擺好三、四十人份的坐墊。每兩人共用一個菸盒，並為每人準備一把團扇。

「我先到那邊的對州（對馬藩）藩邸辦點事，算好時間再過來。」

桂對惣兵衛說完就離開了。

「戌時抵此屋。同志尚未到，故想先至對州藩邸，稍後再來。」

桂的手記中留有如此記載。

桂離開藩邸後，吉田稔麿立即返回房間，坐在外廊梳起頭髮來。

「你是要上池田屋去吧。」

乃美織江老人問道。

「是。」

這個膚色白皙的年輕人以手束起梳過的頭髮。關於吉田稔麿前文已提過。

再加點題外話吧。山口縣史談會的得富太郎氏曾問品川彌二郎（長州藩士，後陸續擔任宮中顧問官及內務大臣，獲封子爵。吉田松陰門下少數得以安享天年之門徒。明治三十三年〔一九〇〇〕歿）：「松陰老師門下學生中誰較傑出？」品川翁當即回答：「吉田稔麿。」又道：「若他仍在世，就是總理大臣的不二人選了。接下來是杉山松助，他可勝任專管財政的大藏大臣。久坂玄瑞是個萬事通。高杉晉作長於奇智。佐世八十郎（前原一誠）富於勇氣。此外還有入江九一及寺島忠三郎。就這七人較為傑出。」

這七人中除前原一誠外，都在幕末犧牲了。

話說這位吉田稔麿。

他今晚身上穿的是淺蔥色高衩外褂及白底條紋右束腳的小倉褲，都是全新縫製第一次穿的。

「怎麼這身打扮呀。」

乃美老人狐疑道。

不知為何，吉田稔麿似乎已抱定必死決心。

他方才先自藩邸返回五條橋畔的租處「鹽屋兵助」，換上這身裝束後又立刻回藩邸來。他早就想到決戰時要穿的衣服，故預先請兵助妻女為他縫製的。

稔麿開始梳起髮髻。

不料連打三次結，繫繩都中途斷掉，第四次才結成。

「真奇怪呀。」

乃美老人只是默默望著他。

他的視線終於和稔麿的視線交會。稔麿靦腆道：

「我心中已完成一首和歌。」

說著低聲吟詠起來：

「梳了又梳，黑髮已開始凌亂，這世間該如何？」

「稔麿……」

乃美老人憂心忡忡道：

「今晚還是別上池田屋去吧。髮髻的繫繩連斷三次，實在不吉利啊。」

「我一定要去。」

說著遞上平素即使裸身也不離身的「三物」。

「請為我保管。」

這三物是刀鞘上的小刀、髮簪及刀柄上的裝飾品「目貫」，都是藩主所賜。

乃美更加不安了，又幾度勸阻他別上池田屋去，但稔麿終究不聽勸告。

這天傍晚，乃美特地送下級藩士稔麿到門口。

「今晚池田屋的集會一結束，別直接回五條下的租處，先到藩邸找我吧。」

他之所以如此叮嚀，肯定因太過擔心了。

「懂嗎？」

是！稔麿精神奕奕地點頭回答，然後就出發了。

一到約定時刻，土佐的脫藩浪人望月龜彌太與同鄉老兄北添佶摩一同走在三條通的旅館簷下，然後走進池田屋。

「大家都到齊了嗎？」

北添問池田屋惣兵衛。

「是，應該都到齊了。」

「反而是住在近處的我們遲到了呀。」

說著大踏步地走上階梯。

在樓下幫忙備餐的新選組隊員山崎烝瞥了他們的背影一眼。

他們兩人當然沒發現。

上了二樓就是欄杆，左側則是走廊。

兩人往左走去。

右側是紙門。

紙門都沒關，大廳中已坐著許多人。

大家都未就座，只是三五成群地搧著團扇談笑。

「哎呀，是土州的兩位同志。」

壁龕附近傳來會議主席肥後的宮部鼎藏的招呼聲。

「既然兩位也到了，那人就到齊了。長州的桂小五郎還沒到，不過我們可以開始喝酒了。」

宮部起身走到樓梯口朝樓下拍了拍手，意思是要他們開始上菜。

「是！」

樓下傳來精神十足的回答。是那個臨時伸出援手幫忙備餐的大坂藥商。志士們既非未卜先知的神明，自然渾然未覺這人其實是新選組監察山崎烝喬裝的。

接下來的事件簡直比戲劇還精采。

不一會兒，身穿條紋布衣、繫著束衣帶的假藥商山崎領著三名端著酒菜的女侍上樓來。他雙膝跪在門框上道：

「諸位大爺，請容我們整理席位。」

說著站起身來，好像很忙碌似的。

諸位浪人見狀也連忙跟著起身，各自坐定。但實在有點擠。

「真擠呀。」

山崎快步四處查看，並故意裝出惶恐神情。

「這樣實在不行呀。一不小心就會跨過諸位大爺的佩刀。這怎麼行。阿菊！阿菊！」

他喊來事先攏絡的那個女侍。

「妳們要是跨過武士爺們佩刀可就罪該萬死啦，懂嗎？還是拜託武士爺讓我們把佩刀搬到鄰室，小心保管吧？」

這麼一說，女侍們都覺得真是個好主意，便努力搬了起來。搬完佩刀後再送上酒菜。

浪人們並未放在心上，仍繼續談笑。

「太順利了。」

山崎心裡肯定這麼想吧。搬到鄰室的佩刀每三、四把就綁成一束，再扔進壁櫥裡。

兩小時後即將發生攻防戰，而如此情形勢必帶給浪人方決定性的不利。

「酒還沒準備好嗎？快點啊！」

土佐脫藩浪人野老山五吉郎道，龜也連聲附和。土佐人特別好酒。

終於酒過三巡。

「該開始了吧。」

會議主席肥後宮部鼎藏暗想，於是離席到樓下喚來老闆惣兵衛，要他把大門栓上，又下令他未擊掌之前嚴禁下人上二樓來。

池田屋惣兵衛長期被指定為長州藩的特約旅館，故今晚的集會是何性質他也隱約察覺。何況他雖是商人也頗有骨氣。

「只要是為了長州藩……」

他一向有如此心意。

「知道了。」

他點頭道，並親自坐在樓下的樓梯邊，不露痕跡地把風。

宮部鼎藏回到二樓座位上，開門見山提出古高俊太郎被捕一事來商量。

「既是古高，我相信不論遭何種拷問也絕不會供出來。但不管怎麼說，還是得預先想好善後之策。我們就依原訂計畫，二十日晚上照常舉行那件計畫，各位意下如何。」

「照常舉行！」

土州的北添佶摩以他獨特的低沉嗓音回答。

「不過……」

副主席地位的長州人吉田稔麿提出意見：

「就此棄古高君不顧妥當嗎？諸君意下如何？我今晚可是抱著必死之決心來的。」

他果然一身嶄新的衣服。

「襲擊壬生的新選組屯駐所，放火燒光所有屋舍，殺光所有隊員，救出古高君吧！」

「說得沒錯！」

土佐藩的北添、望月、藤崎、野老山等六人都點頭附和。

「諸君，咱們殺進去吧！」

龜如此大喊。一旁的北添趕緊制止他。

「太大聲了。你背後可是毫無遮蔽物啊。別忘了簾子後方就是隔壁的晒衣場呀。」

他如此提醒。

眾人連忙壓低聲音。

關於殺進新選組大本營的日期，眾人意見紛紜，但最後以兵法家宮部鼎藏的決定做為結論。

「起兵之夜分出一小隊去襲擊壬生的新選組。」

最後決定的作戰計畫就是如此。

不愧是兵法家宮部鼎藏理出的辦法，頗為順理成章。

他使用「前策」的字眼，首先以全力包圍壬生屯駐所並進行火攻，殲滅新選組隊員後，再衝至皇宮求見傳旨的公卿，拜領敕命後即通知長州軍上京。

以上計畫若成功，就繼續進行所謂的「後策」作戰計畫。殺盡反長州公卿，讓正論派（長州派）公卿掌握朝廷的主導權，最後眾人一同切腹。

而若切腹之前還有一點餘裕，就進行所謂的「餘策」計畫。將反長州派之首魁中川宮軟禁，將一橋慶喜逐至大坂，擊退會津藩並改命長州侯為京都守護職，將整個朝議一舉導向攘夷之論。

這天晚上約有二十二、三人集結在池田屋二樓。這群人可謂當時最頂尖的志士。

主要人物如下：

長州　吉田稔麿（二十四）、杉山松助（三十五）、廣岡浪秀（二十四）、佐伯稜威雄（四十二）、福原乙之進、有吉熊太郎。

土州　北添佶摩（三十）、望月龜彌太（二十七）、野老山五吉郎（十九）、石川潤次郎（二十九）、藤崎八郎（二十二）。

肥後　宮部鼎藏（四十五）、松田重助（三十五）、中津彥太郎、高木元右衛門（三十二）。

播州　大高又次郎（四十四）、大高忠兵衛。

但馬　今井三郎右衛門（四十六）。

作州　安藤精之助。

大和　大澤逸平。

伊予　福岡祐次郎。

京都　西川耕藏（四十三）。

其中肥後熊本脫藩者松田重助之閱歷，應可謂當時典型的勤王志士。

他出身熊本藩（細川家）的下級武士，少年時即拜該藩之兵學師範宮部鼎藏為師而吸收了勤王思想。

身分低微。是熊本城二之丸大門的衛兵。二之丸為少主細川護久之居處。重助有意將藩論導向勤王化而想盡辦法接近護久，但以他區區衛兵身分根本沒辦法直接與少主說話。

某日年輕近侍分別模仿演員以娛少主。事後少主走出大門時，發現衛兵松田重助正紅著眼哭泣。

這衛兵真怪。心中如此納悶的護久問他理由。

「小的是為少主而哭。」

從今以後護久就經常親切與他談話，松田也致力於藩政的改革，但藩中仍以佐幕論較為強勢，區區衛兵身分畢竟無力扭轉藩論。

安政大獄之前他就已脫藩。遍遊諸藩結識各方勤王之士後，化名並創設私塾於河內富田林，傳播勤王思想，門生有一百多人，一時之間在附近鄉里頗孚人望。可惜後來被幕吏盯上，於是逃往京都，在京都與梅田雲濱等人有所往來。

後逢安政大獄而逃離京都，在大和十津川鄉紀州的高野山等山間野地輾轉潛逃。

後蒙備後的友人窩藏，但仍無法逃離幕吏魔掌，乾脆展開九州、四國的遊說之旅，最後進入京都。也曾某日一踏進旅館，就發現牆上貼著通緝自己的人相書，只得苦笑著離去。

他曾再度於河內富田林開了家私塾，但也因幕吏闖入搜查而逃逸。

後投靠長州時，遇見離鄉來此的胞弟山田十郎。為了這回起事而離開長州上京時，曾與其弟在三田尻對飲餞別道：「我這回恐將死在皇城之下吧。」

其胞弟山田十郎在維新後改名信道，陸續擔任農商務大臣等職位。曾為池田屋事變中犧牲之志士立碑，以慰在天之靈。

池田屋樓上的志士早抱定必死之決心。

而另一個緊盯著他們的佐幕派志士團也已置死生於度外。

那就是新選組。

此官設浪人團成立之時，幕閣一部分官員認為：

「這是以毒攻毒。」

而表示贊同。

幕府本對那群在京都囂張進行天誅活動的尊王攘夷志士感到十分棘手，故決定借浪人之手討伐。

但他們的世界觀其實十分相似。新選組也是個攘夷團體。

當初成立時，隊員的共同目標就是希望成為「攘夷先鋒」，只不過目前的任務還僅限於護衛駐留京都的將軍安危及鎮護皇城。

他們奉「盡忠報國」為座右銘，隊旗甚至還染印了「誠」字以彰顯此氣概。

只不過與池田屋樓上的志士不同之處在於他們並非革命家。

他們尊奉現行體制，希望確保此體制，再談抵禦外國的威脅。

還有另一點差異。

新選組隊員自近藤以下眾人皆非思想家，對現行體制是好是壞並無批判能力。

雖說是新選組，實際執行者卻是局長近藤勇及副長土方歲三。

兩人生於武藏國多摩郡同鄉，自小就是好友，並一同拜入武州鄉下刀術流派「天然理心流」習刀，且皆為農民之子。

多摩郡一帶屬將軍之領（即所謂的天領）。

他們本就以身為「將軍直屬農民」自豪，甚至較江戶的旗本更狂熱地擁戴將軍。

武州農民的理念可說就等於新選組的思想。

他們多為單純的刀客。雖單純卻有著強烈的為士道犧牲之氣概。就這點及團結力特強這點來看，真可謂日本史上最強的刀客集團。

話說如此新選組……

日落後就開始忙碌。兵分二路，第一隊由近藤指揮，第二隊由土方指揮，分別低調地自壬生屯駐所出發。

至於目標則分別是——

近藤隊是朝池田屋前進。

土方隊則準備前往木屋町的四國屋重兵衛（丹虎）。

因為直到最後關頭，都仍無法確定那些志士究竟是要在池田屋還是四國屋集合。

不僅有新選組為突擊隊，警備隊也奉京都守護職及京都所司代之命動員了。此即會津藩等佐幕諸藩藩兵，人數共三千。

安排他們的任務是包圍池田屋並嚴守各路口。

夜深了，街頭的祇園樂聲也已停歇。

近藤與隊員一起出動，早已屏息守在祇園町的會所伺機行動。

會所離池田屋不遠。以近代戰術術語來說，應稱為戰鬥準備地點吧。

近藤等人一直等到晚上十點。

為了等京都守護職指揮下的幕府兵團（諸藩之兵）完成包圍。這兩三千人應負責守住各個路口。

而他們動作太慢。

近藤坐立難安。

「這不是錯失良機嗎？」

這是理所當然的。要是拖延太久，池田屋的集會說不定就結束了呀。

話說池田屋這邊——

酒宴尚未結束。眾人都已喝得醉醺醺。京都的西川耕藏等人平時臉色就蒼白，如今更是白得像紙。因為都已連喝兩個鐘頭了。

討論國事，為長州藩的悲劇傷心，痛罵反動的公卿，叛徒中川宮更被列為奸人之首且被貶得一文不值。

此外還評論了諸藩人物。

「土州以誰為最？」

「應該是坂本龍馬吧。」

在神戶備受龍馬疼愛的望月龜彌太道。

「他還真是個不可思議之人。」

主席熊本人宮部鼎藏抬起肥後人特有之暗土色的臉孔道。被宮部如此沉重的語氣一說，感覺龍馬似乎真如他語氣那般不可思議。

「他理應為同志，卻不響應這回起事。」

龍馬口中的柴天狗，即土州的北添佶摩道。

「不，北添君。《詩經．大雅．文王》中有『維新』這個詞。維新回天之路還遠著。咱們將會犧牲，接著其他人也將犧牲，然後還有更多人將犧牲。坂本君這樣的人應該是最後集大成之人吧。他是該繼續好好活著。」

臉色難看的熊本人如此道。

與龍馬呈鮮明對比的長州來島又兵衛也被提出來討論。又兵衛彷彿是專為率先發難而使血肉橫飛所生之人。

「他老人家……」

長州人吉田稔麿道：

「目前在長州，應該正致力促使大軍響應我等起兵吧。」

「不管怎麼說，事成之後……」

宮部鼎藏道：

「就該自我了斷。在皇城之下起兵暴動實在罪該萬死。咱們就一起勇敢切腹吧。成敗都是一死……我作了一首詩，想唸出來給大家聽聽。」

話才剛說完，樓下就傳來嘈雜的聲響。

新選組局長近藤勇頭繫附有鐵絲的頭巾，身穿淺蔥色制服外褂，以劍道護具「胴」護住腹部，並拉起束腳褲的褲管，如此裝束的他突然從小門鑽進土間。門栓已事先被假藥商山崎烝拉開了。

「老闆在嗎？我們要執行公務……」

近藤好整以暇地以草鞋蹭著土間的土。

他全神貫注傾聽屋裡的動靜。話聲是從二樓傳來的。

「應該是在二樓吧。」

心念一動，也沒脫鞋就踩上門框。

這時老闆池田屋惣兵衛連忙衝了過來。他朝近藤一禮，隨即會意便朝樓上放聲道：

「各位貴賓，官差來訪！要執行公務！」

笨蛋！近藤痛罵，一拳揮向惣兵衛的臉頰後衝進屋去。

人聲及騷動聲都傳上二樓了。可惜聽不清楚話的內容，只聽見模糊的回音。

有些同志遲到了。像長州的桂小五郎、因州的河田左久馬等人都還沒到。

「大概是他們吧。」

也難怪眾人都這麼以為。

綽號柴天狗的土州人北添佶摩行動一向敏捷。又坐在離樓梯最近的位子。

他站起身來。當然沒拿刀。刀都被藥商山崎烝搬到鄰室收起來了，想拿也拿不到。

他在走廊上跑了五、六步，接近樓梯口的欄杆時喊道：

「什麼事呀？惣兵衛。」

說著就想探出頭去。說時遲那時快，竟遭兩步作一步衝上來的近藤勇一刀斜劈而下。

「啊──」

他還想折回去拿刀，但手腳只是稍微動了動就當場死亡。

他才剛給土佐的老母捎了封信。

「僅以短信問候。」

以如此問候語開頭的信上寫著：依龍馬建議而進行的北海道勘查之旅已完成。又寫道：「十月前打算遠渡朝鮮。到時可暫時返鄉詳述別後種種，甚為期待。」他之所以有意前往朝鮮，想必是因受到勝及坂本「日韓清三國攻守同盟論」構想的影響，而打算先行調查吧。

「萬里波濤離家更遠，數行清淚寄於家書。」

此詩句也是當時所作。他顯然是個情感豐富之人，更是位多愁善感的詩人。

攻擊者來勢洶洶。

這可謂屋內交戰的法則。突襲方總是較佔贏面。屋內突然大亂，彷彿整棟屋子都要被拆了，各個角落都在進行血戰。

首先得找到佩刀。

還好長州人多半刀不離身，故得以即時彈起身來拔刀應戰。

天花板很低。

走廊又窄。志士團拚死抵抗，雙方就在如此屋內進行肉搏戰，或使佩刀激烈交鋒。近藤事後不久即寫信回鄉，信中曾提及：「對方個個都是萬夫莫敵的勇士。」

肥後的宮部鼎藏依然神色自若。

「來了嗎？」

說著站起身來拔出短佩刀。

他從容地指揮防禦戰。由此可見他不僅是主謀還是位兵學者。

他的指揮目標並不在殺敵，而是盡量撤逃。依宮部的直覺，如此情況下即使殺幾個新選組也無濟於事。還不如保住今晚在此集會的同志性命。這些同志都是一時之選。只要多活一人，攘夷討幕之大計終有成功的一天吧。他如此暗想。

「撤逃！」

宮部如此指揮。

「從那邊順著隔壁的屋頂撤逃！」

他將同志又推又擠，連聲催促。

他自己也跑到窗邊檢視逃脫路徑。

外面一片漆黑。

再望向稍遠處，只見各個街口都有大量提燈晃動。

「被包圍了……」

宮部離開窗邊。看來即使能逃出這裡，也只有萬分之一的僥倖能殺出重圍了。

「宮部老師，請您快逃吧！這裡就由我來殺敵掩護！」

衝上前來的是拜自己為師的同藩出身者松田重助。

「我是主謀不能逃，倒是你，快逃吧！別把命丟在池田屋，等起事時再壯烈犧牲吧！」

說著突然用力將重助推出窗外。重助就這樣跌落樓下庭院。

跌落的重助隨即遭守在庭院的新選組隊員砍殺。下手的應該是沖田總司吧。

重助不支倒地，肩頭噴出的血還帶有酒味。

「我不能死！」

心裡這麼想，意識卻很模糊。幸好那個應為沖田總司的新選組幹部並未在他喉頭補刺一刀，就走開了。

重助稍後恢復意識時，發現自己雙手被縛。

他就此逃出門外，踉蹌地走到路上時，包圍在外的數名會津藩士立即持短矛逼上前來，朝重助的腹部後背及頸部刺落。重助企圖咬住其中一支短矛，卻就此姿勢喪失全身力氣。這位安政年間以來最資深的志士終於犧牲了。

「粉骨十年功未成。」

這是重助的遺作。

另一方面，宮部鼎藏衝至鄰室找出自己的佩刀。就在他抓住佩刀的同時，出身不詳的新選組隊員奧澤新三郎就殺了進來。

宮部本以高跪姿勢背對著他，及時回身並同時敏捷地拿刀往橫掃去。

刀尖劃破奧澤的胸膛。宮部反手又一刀朝奧澤的右肩砍落。事件後不久奧澤新三郎就過世了。

高木元右衛門與宮部為肥後同鄉。

「元，快逃吧！」

宮部鼎藏在內側房間的壁龕前與高木錯身時對他喊道。

「知道了！」

高木晃了晃削瘦的臉。他的頭髮已散亂。宮部很欣賞這位元右衛門的豪氣。
高木元右衛門直久是肥後國菊池郡深川村的鄉士，人品較武士更多了一份俠氣，身受鄉里人士喜愛。自幼喜歡刀法，刀術超群。
可惜現在大刀不在身上。
高木拔出短刀持於左手，右手握著匕首。
「那我就撤退了。老師您要保重！」
「嗯，你才更要保重！」
兩個肥後人在壁龕前就此別過。
可惜不知能否逃得出去。
屋內還有數名新選組。
只有幾人而已。這是局長近藤勇所率的第一襲擊隊。副長土方歲三所率的主力軍先去了木屋町的四國屋重兵衛方，目前尚未抵達池田屋這邊。僅靠寥寥幾人就敢殺進來，近藤的膽識亦非尋常。
正因如此，他運用了巧妙的戰法。
池田屋的二樓前後各有一道階梯。

近藤守住前側階梯，後側的階梯則由神道無念流高手的副長助勤永倉新八負責。
兩側樓梯各位於走廊盡頭。走廊狹窄僅容一人通行，志士自然無法成群攻擊如此強敵。
一次通常只容一人出擊。
近藤及永倉各自站在樓梯口，巧妙地進攻或退守，現已全身上下沾滿他們刀下亡魂的鮮紅血跡。
高木不慌不忙穿過近藤把守的走廊。為的是使對方鬆懈。
「……？」
近藤眼裡閃過一絲疑惑。
就在這一瞬間，高木已將短刀射向近藤同時向前撲去。近藤連忙舉起刀來。
迎面朝高木劈落！
鏘！空中閃出火花。高木左手的短佩刀已準確地格開近藤那把名刀「虎徹」。
不僅如此，他還立即蜷起身體順著階梯滾落。

他滾到土間。

守在正門的原田左之助掄起短矛刺了過來。高木閃過後衝到路上去。

衝出五、六步即碰上擠滿街上的會津藩人牆。

他隨手迅速殺了幾人，趁隙衝出重圍逃進長州藩邸。高木是此事件中的唯一生還者。

肥後人高木元右衛門雖是池田屋之變中唯一逃過亂刀攻擊的生還者，壽命卻不長。

一個月後的蛤御門之變中，他充當長州軍之先鋒奮勇出戰，不幸遭會津兵的槍彈擊中胸及大腿，當場死亡。

事後會津藩士檢視屍體時，發現他纏於腰間裝有乾糧的棉袋上寫有「肥後藩士高木元右衛門源直久，年三十二」，手帳上還寫著一首辭世之和歌。

「屍埋都苔下，守護我大君。」

後追封正五位之官。

話說，池田屋的事發現場，宮部鼎藏與近藤過了幾招後，終於不敵而迅速切腹自盡。

「我事已畢。」

此即他臨終之語。

走廊因鮮血而濕滑。

土州人望月龜彌太因而滑倒。就在他滑倒之際，新選組的新田革左衛門一刀砍了過來。

龜滑倒的同時也揮刀朝新田的小腿砍去。

「看刀！」

他發出土佐人特有的吶喊。新田頓時朝龜的身上仆倒。

「看刀！」

龜大喊，同時揮刀刺穿新田革左衛門的腹部並彈跳起身。

插句題外話，據說人在江戶的龍馬此時正好夢見龜。夢裡的龜獨自一人精神奕奕地在野地裡跑跳，然後就消失不見蹤影了。

龜這天晚上的表現最讓新選組棘手。

當敵方仍只有近藤隊寥寥數名隊員時，他就一直在樓上衝來衝去。

「看刀！」

他發出如此瘋狂似的吶喊，同時不斷揮刀上前。後來連滾帶爬逃到路上時，已因自己受的傷及對方飛濺的鮮血而渾身濕透。

「逃到河原町的長州藩邸去吧。」

龜心裡想必有此打算。

他先走到木屋町通的暗處，再沿著高瀨川畔的柳樹往北狂奔。

但路上有會津兵守著。

龜利用這片漆黑，一再從柳樹後方衝出來突襲，還頗奏效。

「看刀！」

他每次出手就如此大喊。會津兵一聽見吶喊聲就提著燈圍過來，卻無法輕易捕捉到龜的身影。

不料，大約來到加賀藩邸後方時，龜自己愈來愈覺疲憊。

「此回舉事既已潰敗，即使得以苟延殘喘幾日也終將被捕或難逃一死。」

想到這裡，龜洩氣地背靠柳樹。背後的高瀨川潺潺流著，緊臨川邊的加賀藩邸巍然聳立。

龜以站立之姿把刀刺進腹部。

「坂本老師，我沒聽您的忠告。現在就要死了……」

當身體癱向樹根，龜已斷氣。

長州的吉田稔麿。

「有人突襲！」

最先如此大喊的似乎就是他。他一腳踢開飯桌，拔出長刀。

他全身上下穿著嶄新的衣服，且頭髮才剛梳過。如此裝束的吉田稔麿扔下外褂，以佩刀繫繩充當束衣帶並拉起褲腳，儼然是個出色的年輕武士。

他的臉型稍長，膚色白皙，算是個美男子。
稔麿展開戰鬥。他踹倒隔間紙門以擴大打鬥場所，又衝至後側階梯與新選組的永倉新八展開激戰，雙方白刃相交了數回合。
但永倉是新選組首屈一指的刀客，早有過豐富的室內交戰經驗。
不出幾招就制住稔麿了。
就在這緊要關頭，只見土州的野老山五吉郎揮刀切進來。
「吉田兄，你退下！」
野老山這年十九歲，是其中最年輕的。他宛如初生之犢似地朝永倉砍去。永倉將野老山的刀尖往上格開，隨即朝他右肩砍落，但野老山仍不退卻，又接連上前砍了第二刀、第三刀，結果不慎踩空從樓梯跌了下去。
其間，吉田稔麿遭自背後來襲的新選組安藤早太郎砍傷左肩，被砍的同時也回頭砍向安藤的頸根。

安藤的血猛地飛濺到天花板上，沒多久就死在現場。
稔麿不知如何殺出重圍的。他終於衝出池田屋，並如凶神阿修羅般將一路上的會津兵殺退，成功返回長州藩邸。
「杉山！快來支援！」
他如此大喊一聲後立刻往外衝，再度回到池田屋現場。此時新選組的人數已增至數倍以上。
前往木屋町四國屋重兵衛方的土方歲三隊一發現該處無志士集會，便連忙趕往池田屋與近藤隊會合。
稔麿被砍傷仍奮戰不懈繼續衝上前去，可又被傷得更重。他像個不怕死的瘋子般狂砍，最後終於被新選組沖田總司一刀斃命。其師吉田松陰之所以說「稔麿是我的良藥」，或許就是因他這種不計利害、率性而行的個性吧。
他在藩邸大喊的「杉山」，就是與他同藩的杉山松助。杉山在酒宴進行途中就返回藩邸了。
松助與稔麿是松陰門下的同窗，交情甚篤。

他衝出藩邸正門時已不見吉田稔麿身影。但聽門衛說，不遠處的池田屋發生不得了的大事。

「糟了！」松助話聲未落就面無血色折回房間，抄起慣用的短矛隨即再度衝上走廊。

「松助，連你也想去送死嗎？」

藩邸的留守居役乃美織江老人哭著阻止他。

「稔麿就在幾條街外與人進行死戰，我能見死不救嗎？」

松助衝到漆黑的路上，直奔至池田屋前方。

松助揮著短矛，刺倒兩名會津藩兵。

「賊兵！閃開！」

他甩掉刃上的血同時嚷道。但人牆似的會津藩兵不斷揮舞手中的矛，形成紙門般的屏障，池田屋的燈籠雖近在眼前卻沒法進去。池田屋樓上傳出震天聲響，志士團及新選組顯然正在激戰。

二十多名會津藩兵將松助團團圍住。

他們拿著提燈搜尋松助的身影，並不斷揮舞手中的刀及矛。

這時與會津同陣線的桑名藩士團也趕到了。

「怎麼？敵方才一個人啊？」

會津藩士聽到這句不中聽的話皆大怒，於是朝松助胡亂攻擊。

會津藩士中有個新加入者嚷著「讓開！讓開」並排開眾人直攻而來。看來功夫不賴。他迅速拔出長刀大喊：

「長州賊！」

同時應聲朝松助砍落。松助已因身上之傷及疲勞而暈頭轉向，不知不覺竟未及時使出短槍。他握著短槍的左腕瞬間被砍落。

他跌倒在地。

這時突有一人從人牆後方殺了過來。

是土州人野老山五吉郎。他持刀猛揮，所到之處的會津人牆也隨之崩垮。他抱起松助。

松助尚存一息，兩人開始往長州藩邸疾奔。

「杉山君，你的矛呢？」

野老山問道。

「還說矛呢？連手腕都不見啦！」

說著繼續前奔。但野老山從肩頭到背上的那道傷已足以致命，故眼神愈來愈渙散。

好不容易跑到藩邸前立刻不支倒地，連拍門的力氣都沒了。

大門緊閉。

長州藩邸預料會津兵必將來攻，故在乃美織江指揮之下閉門固守。

藩邸中人數不多，人人都全副武裝。正好以浪人身分寄居於藩邸的土州人千屋菊次郎（後來在天王山與真木和泉等人一同自刃身亡）寫信給土佐高岡郡半山村的父兄信中，曾描述這夜藩邸內的備戰狀態。翻成口語如下：

「那天晚上簡直就是場小型戰爭。約有二十人當場死亡，其他還有不少人受傷。藩邸內如同閉門固守之城。可惜只有我無自己的甲冑，只穿著借來的鐵鎖甲，實在慚愧。」

門遲遲不開。

野老山五吉郎看到逐漸逼近的會津藩士手上提燈，心知劫數難逃，於是倚著門自刃。

沒多久小門開了。邸內眾人驚訝地將野老山的屍體及奄奄一息的松助扛進來。可惜沒多久，松助也在乃美老人的看護下嚥氣了。

池田屋之變落幕了。

志士們犧牲了。而幕府這時才驚覺新選組實力之強。

新選組局長近藤勇寄給江戶養父的信摘譯如下：

「與為數眾多之徒黨交手，火花四散，兩個多小時的戰爭中，永倉新八的佩刀斷了，沖田總司的刀尖也斷了。藤堂平助的刀刃裂成竹帚樣，我養子周平的長矛也被砍斷。只有我的刀安然無恙，或許因為是虎徹之名刀吧。」

幕府對這回的「戰功」十分滿意，特頒感謝狀給京都守護職。頒發獎狀給武將是戰國時期的做法，進入德川時期後，自島原之亂以來可謂絕無僅有。

可見幕府雖身為一國政府，卻未將此事件視為治安問題，竟輕率地把它當成「戰爭」。「感謝狀」就是最好的證據。

自然也把京都視為戰場，同時也將長州藩及長州系浪人視為敵人。從這點看來，此事變的確是幕末政治史上的重要事件。以長州藩的角度看，自藩的人被殺，幕府還頒給敵方感謝狀，此舉更令長州藩不得不痛下決心。

何況，還不止感謝狀。

為褒揚新選組之戰功，還當面下賜局長近藤一把三善長道打製之名刀，並發給傷者每人五十兩，此外還下賜五百兩給全體隊員。朝廷也以慰勞隊員之名目，賜金百兩。

不過朝廷賜金卻是整個德川時代前所未有之舉。舉個較卑俗的例子來說吧。神社寺院等都是由信眾進獻金錢或穀物，神社寺院是不會發錢給信眾的。否則就如俗語所說的「寺院發錢給信眾，天道逆轉啦」。這種事極為罕見。江戶時代朝廷的地位就如同神社寺院。

故這回朝廷下賜的百兩之金，恐怕是因幕府的京都所司代居中活動。表面上是朝廷所賜，其實卻是幕府出錢的一種政治性舉動吧。

因為若獲朝廷褒揚，那麼殲滅池田屋眾志士之舉就是名正言順的勤王行動了。

應是幕府的聰明人為堵住勤王派輿論而想出來的主意吧。

但池田屋之變究竟能否有效延長已無法挑起時代任務之能力的德川幕府壽命呢？

恐怕可稱之為毒藥吧。

暴力終究只會招來暴力。

池田屋之變的消息，數日後就隨瀨戶內海的定期船班傳至長州。

長州藩舉藩震怒。

保守論退縮，來島又兵衛的武力陳情論佔了上風。全體決定盡快起兵上京。

幕末動亂的導火線已點燃。

而點火者可說就是新選組。

人類的大海嘯就此發生了。

滿載藩兵及浪人的長州藩軍船自領內的三田尻港陸續出發，跨過瀨戶內海的波濤，往東朝京都前進。

先發部隊於元治元年六月十日出航，隊員皆為游擊軍，隊長則是一身戰國式武裝的來島又兵衛。

又兵衛的妻子叫阿竹。

這位長州藩個性最衝動的男人似乎偏偏怕老婆。妻子對這個長年東奔西走、枉顧家庭的丈夫似乎覺得極為可笑。

「都這把年紀了，您究竟什麼時候才要安定下來？」

她總是如此發牢騷。

「拜託，妳就當我病了吧。」

連在藩主面前都敢倡言激辯的男人卻百般推拖，不敢與妻子起衝突。

這回抱必死決心出兵時，他也雙手合十請求：

「阿竹，僅此一回，下不為例。」

言下之意是，這是最後一次，往後就不再東奔西走了。

「是真的？」

阿竹笑也不笑地確認道。

「真的，我要安定下來了。」

「一定？」

其實不必妻子再三叮囑，來島又兵衛這回竟一語成讖。他率著大軍攻進京都，又闖入蛤御門，結果在馬上中彈而陣亡。

出兵那天，偏愛戰國時代行事作風的又兵衛召集全族男子到附近的神功皇后神社參拜，彼此舉杯餞行後就直接從神社出發了。

這天又兵衛頭戴高聳的立烏帽子，身披無袖外罩陣羽織，並穿著來島家祖傳的甲冑，腋下夾著長槍，騎在灰白的蘆毛駿馬上輕晃，可謂威風凜凜。

當他率領隊員自極樂橋往土器坂行進時，朝陽正從龜山峰頂升起。陽光映在又兵衛身上，甲冑上的金屬部分發出燦爛光芒。有目擊者留下如此記載：

「第一隊的領頭大將是又兵衛，第二隊是家老福原越後，第三隊是家老國司信濃，第四隊是家老益田右衛門介及同宗的毛利讚岐守。」

日後將與龍馬聯手的土州人中岡慎太郎，也與久留米人真木和泉同率浪人組成的忠勇隊出現在此次出兵陣營中。

終於陸續行至京都附近。

可說是將京都整個包圍了。

各隊分別於山崎的天王山麓寶寺、大念寺、離宮八幡宮、嵯峨的天龍寺、嵐山的三軒家及法輪寺，還有伏見。

完成佈陣後就著手進行長州人最拿手的言論戰了。

換句話說，就是向朝廷陳情。

卻不是單純的陳情。若不接受就動武。

流燈

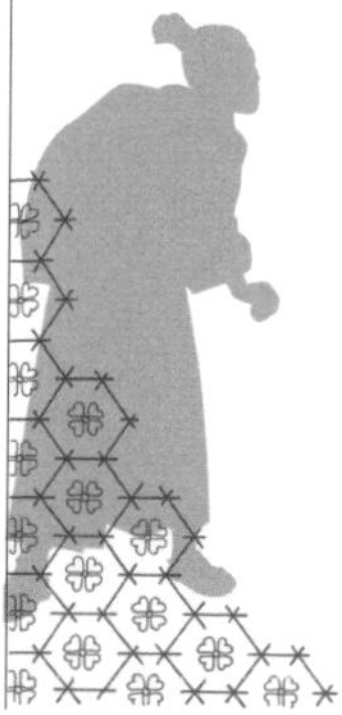

龍馬人在江戶。

這天傍晚，他獨自在千葉道場的廚房吃飯時，突然有人來訪。

到門口一看，原來是從附近土州藩邸一路跑來的檜垣清治。

「怎麼了？」

「你還不知情嗎？就在京師三條小橋的池田屋，同志全都犧牲啦！」

「冷靜點。」

龍馬問明詳情後，也說不出話來。北添佶摩和望月龜彌太都死了。野老山五吉郎也是。藤崎八郎、本山七郎、石川潤次郎……大家都……

「該怎麼辦？」

「檜垣，你不回藩邸嗎？」

「要啊，要回去。只是，回去後該怎麼辦？」

「這我哪知，要吃要睡隨便你。」

龍馬隨即躲進屋內。他想一個人靜靜。房裡一片漆黑。他也不點燈，只管倒頭躺下，默默追思死去的夥伴。

「你們真傻。」

眼淚不住滑下臉頰。

龍馬乍看之下情感並不豐富，但這是因他理智的脂肪太厚。一旦發生如此事態，這脂肪、甚至皮肉都將綻開，情感也將溢滿全身而完全失去理智。

「龜……」

他只是如此低呼，胸口就悶得喘不過氣來，終於忍不住嚎啕大哭。黑暗中，柴天狗北添佶摩坐在龍馬身邊。

「柴天狗，你也真傻！」

龍馬道，同時翻過身去，開始悶聲痛哭。

此事件害這時的龍馬失去了一切。

這回上江戶來也是為了籌措資金，好與北添佶摩一同到北海道設立浪人軍。

他連日上勝海舟和大久保一翁宅，要不就帶著他們的介紹信一一拜訪可能資助的地方。

勝的日記中有如下記載：

「坂本龍馬下東（到江戶來）。問之。他說欲帶二百左右之京攝（京都大坂）過激浪人前往蝦夷地開發及通商。已向有志一同者募得三、四千兩之資金。又說應盡速進行此策。龍馬意氣風發。」（意譯）

如今這計畫也將因此告吹。不僅如此，由於望月龜彌太參與其中，說不定神戶海軍塾也將遭到彈壓，甚至被迫解散吧（事實上，沒多久此惡夢就成真了）。

不過這些都無所謂。

只是幕吏為何非將這些憂國決死之徒如野狗般趕盡殺絕不可呢？

對此之悲憤，加上自己奔走之挫折，還有對死者的痛心全糾結在一起。龍馬因此翻來覆去，哭了半個時辰。

過了半個時辰，佐那子也得知京都池田屋之變的消息了。

是大哥千葉重太郎聽門人說起後，轉述給佐那子聽的。

「坂本大哥知道嗎?」

「這個嘛……」

重太郎不太確定地歪著頭。

「恐怕不知道吧。」

「我去告訴他。」

她捧著紙燭,小步跑過走廊,在走廊盡頭轉了個直角。龍馬應該在第一個房間。

房裡一片漆黑。

她暗覺奇怪,同時跪著拉開紙門,然後伸手將紙燭探進房裡以驅走黑暗。

紙門上寫著李白的詩,如今正隱約浮現在黑暗之中。

紙門後方有個彪形大漢仰躺著,右膝立起,左腳翹在右膝上。

「哎呀,姿勢真不雅。」

她以為龍馬在假寐。

她想叫醒他。但就在她進房的瞬間,不知是否因紙燭微動,睡著的龍馬上方突然閃過一道電光般的光芒。

佐那子嚇了一跳。

是龍馬把刀在空中虛晃了一下。枕著拳頭的龍馬正定睛凝視著刀刃。

「坂本大哥。」

龍馬這才起身收刀入鞘。

佐那子見他如此異常,嚇得說不出話來,好半晌才問道:

「您怎麼了?」

龍馬沒回答。佐那子不知如何是好,於是把行燈拉近,以打火石點亮行燈。

「池田屋的事變妳聽說了吧?」

龍馬直覺敏銳。猜到佐那子在走廊上一路跑來,定是為了通知自己這個消息。佐那子點點頭。龍馬隨即說出她尚不知情的事實。

「以前曾借宿於此的北添佶摩也過世了。」
「北、北添大爺也……」
佐那子手上的紙燭掉在榻榻米上。火熄了，蠟流到榻榻米上。佐那子連忙以懷紙擦拭並抬頭問道：
「真的嗎？」
龍馬點點頭：
「被幕府殺了。下手的壬生浪人還因此得到賞賜。幕府和壬生浪人遲早要遭到報復的。」
「遭誰報復？」
「我定要推翻他們。吉村等人的天誅組沒了，家鄉的武市黨也沒了，如今連京都的北添等人都被殲滅了……但只要我龍馬還有一口氣在，絕不會放過德川幕府！」
龍馬的臉頰上還留著淚痕。
這紙給我吧。他說畢便以佐那子方才擦拭榻榻米的紙使勁擦起臉來。
淚痕是擦掉了，卻也沾上蠟。

第二天一早，天還沒亮龍馬就離開桶町，去找他口中的「日本第一智者」勝海舟。
走到赤坂冰川下時，街上才亮了起來。
家家戶戶隔著牆不斷傳來汲水聲。路上已有佣人勤奮工作著，或打掃門庭或打水。江戶的早晨已然揭開序幕。
龍馬走進勝宅，依例被領進勝的書房。
勝捧著菸盆出現了。大概剛起床吧。
「什麼事？」
他並未如此問，只管狠狠抽起菸來。勝和龍馬只是默然對坐。不一會兒，整個房間煙霧瀰漫，龍馬終於感嘆道：
「您抽得真凶啊。」
「這時除了抽菸也別無他法呀。」
勝也苦笑道。
那件事勝已得到消息。當然也知道龍馬這一大早是為那件事來的。龍馬見勝如此神態也猜到他已知情，故沒主動提起。
前一夜勝在日記上寫下：
「當此時節，京師，本月五日發生殘殺浮浪之舉。壬生浪士之輩逞興濫殺無辜，土州藩士及我學生望月等人皆逢此災。長州藩亦然，故激憤上京主張讓流亡之七卿復職，廢橋公（慶喜）及中川親王，貫徹攘夷之策。」（意譯）
幕臣對池田屋之變無不高聲稱快，惟獨勝快快不樂。其日記中的「濫殺無辜」如實表現了勝的憤怒。
言下之意是，殺了又有何用？
勝早知鄰近的大清帝國為何一再遭外國侵略。他一向竭力主張這全是因其國內體制已十分脆弱，且官員又結黨營私而不顧國家利益之故。
德川幕府不過是政府，若以為它即等於國家，那就太愚蠢了。勝身為幕臣，只要有機會，定將如此直言不諱。他就是這種個性。
佐幕是種黨派。他們為謀黨利而誅殺反對派，還因此喜不自勝。
「這些白痴會害國家毀滅啊！」
要不是自己身為幕臣又是軍艦奉行，他一定早就如此大喊了吧。
勝對長州也無好感。他們大肆宣揚枉顧大局的攘夷論，只知衝動行事。這也只是種黨派。
不過在勝眼裡，相較於那些懦弱而不具國家意識的旗本八萬騎，他反而對孤劍求死的攘夷志士較有好感。他們對國家反比幕臣更懷有純粹的熱誠。
「實在愚蠢啊。」
勝拿菸斗在菸灰罐敲了敲，試著把菸灰敲落。
「對了，你來有什麼事？」
「有軍艦嗎？」
「軍艦嗎？」
勝笑了出來。眼前這位值得疼愛的倒幕論者該不是因池田屋之變過於憤慨，而想跟幕府借軍艦來推翻幕府吧。勝笑著問道：

「要軍艦做什麼？」

「只是想搭而已。」

龍馬沒好氣地道。既已至此地步，他希望能早日返回京都大坂那邊。數千、甚至數萬的長州軍正企圖與土州等浪人團進軍京都。

不，說不定這一兩天就開戰了。在江戶進行的北海道開拓計畫既已失敗，就沒理由繼續待在此處了。

「總之我是想搭便船回大坂。」

嘴上雖這樣說，表情卻沒那麼簡單。從他陰沉的臉色看來，是想駛著軍艦與長州軍會合，一同進京攻打幕府軍及會津軍。

「我也去。」

勝道。他是有公事在身，幕府已命他前往豐後的姬島。

前文提及的四國艦隊看來依然有意砲擊長州藩領的下關沿岸，故幕府想派善與外國交涉的勝前去安撫。

「加賀藩的藩船現泊在品川海面，我正與他們交涉，想搭他們的便船。你就與我同乘即可。」

「何時啟航？」

「還不知道。因為加賀藩的船都是西式船，操作方式還不太清楚。所以對方似乎有意請我教導的築地海軍練習所學生同航指導，但築地方面也有其難處。他們正分頭到諸藩去指導，人手早已不足。就是因為這些原因，加賀藩的藩船才會一直泊在品川海面。」

諸藩流行向外國購入軍艦、汽船及帆船。

但買進來卻無法憑自藩之力操作這些船艦。各藩自古都設有御船奉行或御船方等世襲官員，卻只有和式船艦的知識，故這方面的技術實有不足。

「加賀藩雖有百萬石之領，卻無法移動一艘小小汽船。這就是日本目前的窘況。長州藩也是一樣。連艘軍艦都沒法操縱的人卻四處嚷著要攘夷，根本成不了氣候呀。」
勝的論點又轉到這方面：
「沒錯吧。所謂的志士正橫行天下，其頭目全集結於京都。他們只知高呼攘夷、激烈雄辯，而此時能開動軍艦、發射大砲、支援攘夷實際行動的，除龍老弟你之外別無他人呀。」
「您這麼說我可擔當不起呀。」
「不，我這可不是在誇你，而是自誇教出你來呀。拜託你一件事，龍老弟。」
「什麼事？」
「還能有什麼事？當然是國家大事呀。我是幕吏，處境不像你那般自由，只能在書房裡咆哮。若你對我心存感激，就請用我為你加添的雙翼竭力振翅，凌霄而上吧！」
這天傍晚，勝派人通知明日下午將搭乘加賀藩的藩船。

「你實在很忙啊。」
千葉家少師傅重太郎十分不滿：
「龍老弟，你就要啟程了嗎？」
「是。」
龍馬返回房間整理行囊。佐那子進來，邊疊著換洗的襯衣，邊自言自語：
「我也去送行吧？」
「哦？送到品川嗎？」
重太郎已經想起身了。這位少師傅總是行動快過想法。
「我也去吧。」
「大哥也要去？」
佐那子露出愕然的神情。
「怎麼？礙著妳了嗎？」
「沒有啊。我本來就沒說我要去送行啊。」
「我剛明明聽到了。」
「那是自言自語啊。」

「是喔，看來是我耳朵太敏銳了。但既然想到了，不如把所有門人都叫來，大夥一起去送行吧。」

翌日清晨天未亮之際，龍馬就自千葉家出發。送行的有重太郎、佐那子，此外還有塾頭因州藩士真田大五郎及五、六名門人。

眾人皆手持提燈。抵達品川時已近中午。

往海面上一望，果見一艘懸著加賀藩船旗的船正不斷冒著黑煙。

「什麼嘛，還以為是帆船呢，沒想到還設有蒸汽機。」

船似乎正在試開，只是以低速在港內微微泛起水波。這模樣即使遠望都覺得不安全。

「好怪的船啊。」

龍馬心想，同時走進驛站入口處的茶館等勝抵達。

龍馬選了後方的長椅坐下。重太郎及真田大五郎等人也先後就座，佐那子則坐在角落。

自從出了江戶，佐那子就沉默得教人有些擔心。

即使坐在這茶館一角，她也只是偶爾以熾熱的眼神望著龍馬，但依然一聲不吭。

龍馬也想對她說點俏皮話，但不知為何就是開不了口。

此時勝一行人也抵達驛站，正行經茶館之前。

龍馬明明看到了卻不起身，依然捧著茶杯凝然不動。

「怎麼啦？」

重太郎擔心地問。

「我在想……」

他突然微笑看了佐那子一眼：

「最後要對佐那子說些什麼，可不知為何就是想不出來。」

自此之後龍馬終其一生未再踏入江戶。

這天上船了。

加賀藩船卻仍不出航，一直到翌日拂曉前才駛離品川海面。

「好像啟航了。」

龍馬到勝房間如此道。

勝看看船窗。

「真的啟航了。」

外面一片漆黑。

駛到六鄉川河口的燈進入視野時，天才亮。

船改靠船帆航行，老實依照沿岸航法緩緩南下。

船上的加賀藩士似乎使盡渾身解數在操縱船隻，但士官水手及火夫都仍不熟練，任誰看了都擔心。插句題外話，當時一般尚無制服，士官穿的是自己的窄袖和服，水手及火夫則是鑄鐵工匠般的打扮。得到慶應三年（一八六七），榎本武揚從荷蘭學成返日之後，才會改著洋式服裝。

「似乎有些勉強啊。」

勝也不禁皺起眉頭。因幕府海軍人手不足無法協助操船，目前船是由尚未熟練的加賀藩士操作。

過了橫濱海面，繞至本牧岬一帶時，風向突然一變。

這時必須立刻操縱船帆，卻無法順利做到，船身轉著轉著，竟被吹到一丁（編註：約一〇九公尺）外，還有些傾斜。

這時士官才衝進勝的房間，請示該如何處理。

勝忍不住笑了。堂堂幕府軍艦奉行並，地位堪稱一國海軍局長，卻得一一指示船帆的升降。這實在可笑。

「沒辦法，就算是船資吧。」

勝一一指示該如何處理，最後不耐煩地說：

「船上有個名叫坂本龍馬的人，他是我學生，你們去問他吧。」

他就這樣把顧問的工作交給龍馬。

加賀藩士在船上四處搜尋龍馬卻遍尋不著。

終於在煙囪旁的小艇上找到一個熟睡中的彪形大漢。

「您應該就是坂本爺吧？」

看來身分不凡的武士恭敬問道。

「正是。」

龍馬這才起身。

對方說要請他指導。

龍馬爽快答應了。他走到船橋，下了各種指令，但龍馬雖懂航海法，蒸汽機方面的問題卻不太在行。

但他還到船底去指導負責蒸汽機的士官及火夫。

這天航行順利。

翌日龍馬正在操作蒸汽機時，不知什麼緣故，蒸汽機的運轉聲竟變得有些不對勁，接著喀拉喀拉地開始發生異常震動，不一會兒就以驚人之勢漏出大量蒸汽。

「操作不正確，蒸汽機壞了。」

龍馬面不改色地對加賀藩士道，並立刻下令——

請大家有心理準備，要靠帆力駛至下田港。

加賀藩新買的船就這樣被龍馬弄壞了。

聽說龍馬把船弄壞，勝驚訝地親自下到船底檢查。

一進入蒸汽機室，發現十名加賀藩士正茫然圍著蒸汽機呆立。

沒見到龍馬。

仔細一看，原來他全身上下僅剩一條兜襠布，正鑽到蒸汽機底部。

但即使鑽進去也不可能修好。

損壞的部分是氣筒。外殼已破損，除非焊接使之黏合，否則做什麼都無濟於事。但龍馬卻以鐵鎚使勁敲打蒸汽機底部，假裝正在進行修繕工作。

「這聲音不錯。」

勝忍不住想笑，只是拚命忍住。他知道龍馬是做做樣了以表歉意。

「勝老師，修得好嗎？」

加賀藩的船指揮官面無血色問道。

「這個嘛……」

勝面有難色地歪著脖子。

「這得看貴藩的造化了。」

連我自己都覺得這話說得活像個庸醫啊，勝心想。

對士官而言可不是說這種風涼話的時候。因為這船是加賀藩勉強湊錢買進的唯一西洋船。可謂藩之重寶。

勝返回自己房間。

龍馬在蒸汽機底下四處敲打了大約三個小時才爬出來道：

「這可奇了。」

趴在地上的他狐疑地歪著頭。

「情形如何呢？坂本老師。」

「裂開了呀。」

「咦？」

「沒辦法了。打個比方吧，就像桶箍鬆掉的水桶一樣。」

「可這是您……」

是您弄壞的呀。加賀藩士正想如此質問時，渾身汗水和煤灰的龍馬竟當著眾人的面緩緩解下兜襠布來。

眾人頓時愣得氣勢盡失。

龍馬把那條兜襠布捲在手裡，開始擦拭身上的煤灰。

眾人啞口無言。

「喂，喂，各就各位！」

龍馬吼道。這麼一來就只能靠風力行帆，駛入最近的下田港了。

終於駛入下田港。

勝從下田奉行所派飛腳前往江戶的海軍所，要他們盡可能設法給加賀藩方便，讓他們修船，然後偕龍馬在町區住了一晚。

「你還真不老實呀。不過加賀藩也真是的，竟然相信一把鐵鎚就能讓蒸汽船前進。」

不愧是百萬石之領的大藩。勝覺得好笑。武士個性似乎也較慢條斯理且優雅。

「換作其他脾氣較衝的藩，恐怕早當場拔刀相向了。」

勝和龍馬翌日改乘正好入港而來的幕船翔鶴丸繼續西行。

龍馬終於返回神戶海軍塾。

塾內正騷動不安。

「我要加入長州藩軍之陣營。」

很多人有此打算。甚至有人趁龍馬不在就溜出海軍塾，投入正包圍京都的長州軍。

想當然，一如往常多為土州人。

原因之一是因長州的浪人軍中有兩位代表人物。一位是久留米人真木和泉，另一位是土州人中岡慎太郎。他們是去投靠同鄉的中岡吧。

龍馬一回來，塾內的不安氣氛隨之平息。

他並未多說，但首領不在總是讓人多少有些不安吧。而相當副長地位的陸奧陽之助儘管日後將改名陸奧宗光，且在日本外交史上有「不世出之外務大臣」之稱，但此時實在過於年輕。

何況陸奧與人討論時總是過於尖銳，故人緣不佳。

但陸奧就很適合當龍馬祕書，再無任何人像他如此適任了。

龍馬不在時的塾中動靜及京都大坂的情勢，他都能有條有理地為龍馬一一說明。這一點，老實說，即使龍馬一直待在神戶，也不見得能如此釐清情勢甚至理解。

「你的腦筋真是敏銳得像把剃刀呀。」

龍馬經常如此感嘆。

且陸奧為蒐集情報，近乎毫不留情地利用寢待藤兵衛的技術及才能。

藤兵衛似乎也不顧自身安危地潛入京都盡一己之力，積極活動。

「藤兵衛，辛苦你了。」

龍馬由衷慰勞道。藤兵衛只是靦腆地皺起臉笑道：

「大爺，因我雖是個小角色，卻也是勤王志士之一啊。」

他挺起胸膛道。他跟著龍馬這些年來見到不計其數的敢死志士，為他們不怕死的精神感動，也逐漸受到感染。不僅如此，龍馬也常對藤兵衛道：

「目前擔憂國事、甘願捨命奔走的人有九成都不是代代豐衣足食的權貴子弟。雖為武士，卻是身分賤如足輕者或町人、農民出身者。藤兵衛，只要有志向，不管是何出身都無所謂。」

「所謂志士，」龍馬又道：「是指一旦冠以如此名稱即置死生於度外之人。」

藤兵衛因自己能為如此志士效命而欣慰並四處奔走。

總之京都已佈滿戰爭的烏雲。

佈陣於伏見、嵯峨等地的長州軍，夜夜大舉在京都西區及南區的野地燃燒篝火，展現己軍長矛及大刀都已出鞘、槍已上膛，只待一聲令下就要衝進都心的決心。

龍馬在神戶靜觀局勢。

在此，筆者想暫且將焦點轉到京都的長州軍上。

他們真會殺入京都嗎？

此事已吸引了全天下的目光。

對了，筆者忘了一件事。龍馬在取得勝的了解下，窩藏了一位長州武士在神戶塾中。此人似乎是個間諜。

他叫竹田庸二郎。勝在塾內暗中會見這位長州武士。

「若見到長州侯請代為轉達。氣焰高張屯聚在京都的貴藩眾武士若殺入京都，也絕非深思熟慮之舉，只是為逞一時之快。故應非思慮周詳的長州侯之意——請代為轉達，說勝如此認為。」

這應是身為幕臣的勝對長州藩釋出的最大善意了

吧。

長州軍暴動的實際謀將是真木和泉。他以前曾是久留米天水宮的神職人員，如今則是浪人團的總帥。其人品與腦筋都被尊為過激攘夷派中之翹楚。年五十二歲。

這位真木在事情演變至此前，曾到神戶塾暗訪勝海舟。當時龍馬正好上京不在塾內。

真木是公認的討幕派名士，其主張天下皆知。而真木竟專程為了聽取勝的意見而親訪這位應屬敵人的幕臣。僅就此點也可看出勝的確具有不可思議之魅力。

勝為真木說明世界情勢，點出日本之於全世界的地位，並闡明盲目的攘夷論是多麼愚蠢。

真木當時似乎已對自己的攘夷思想產生疑問。

而透過勝的一席話才總算明白。

「我多年來的想法都錯了。」

真木應如此覺悟了。

但真木背後還有眾多推他為總帥的決死攘夷浪士，以及仰慕並視他為師的長州藩主及長州藩士。

「另有他法。」

這句話，事到如今他已說不出口。

情勢。人的命運受情勢左右，一國之命運也受情勢左右。

「自古志士之胸襟與見識就過於狹隘。」

勝老實不客氣指出。志士之所以為志士的資格在於激昂的氣魄及行動力，這兩樣都出自狹隘而狂熱信仰的思想。此即勝言下之意。勝又進一步道：「今天若讓那些攘夷份子搭乘汽船，多讓他們到國外見識，想法一定自有改變。」

「要救國不能靠器量狹小的志士。如此反而會使國家滅亡。」

勝甚至如此道。

「高見！真是高見呀！」

真木茫然道。

——但事情發展至此地步已是騎虎難下。我也不得不竭力前行。

就是這「竭力前行」之狀態，孕育出眼前京都滿溢的作戰氣氛。

天王山蟠踞在連接京都與大坂的淀川旁。

不過是座標高二七〇公尺的小山，卻再無任何山的名氣高過它。遠在天正十年（一五八二），明智光秀和羽柴秀吉就曾互爭這處戰術地位極重要的高地，最後由秀吉奪得而進一步贏得山城山崎之戰的勝利，此山也因而名聞天下。

人們慣稱勝負緊要關頭為「天王山」，就是源自於此。

這座天王山是長州軍的營地之一。

白天，青翠的樹葉十分耀眼，但一旦夜色漫上淀川堤，天王山就成了一團火球，彷彿要將天空烤焦。

山頂燃著大型篝火。

是長州人燒的火，想藉此火勢威嚇京都的朝廷及列藩。

另一方面，從幕府的畿內根據地大坂城，也可望見北方的夜雲都染紅了。

山燒起來了。幕末史的緊張氣氛終於化為大火，逐漸將天地染紅。

京都形勢極為不穩。

而終於形成翻天覆地般的大騷動，則是因為來島又兵衛的移動。

此事的來龍去脈，是因相當於總帥的家老福原越後坐鎮在伏見的長州營地。

而嵯峨天龍寺也有個營地，卻無指揮官。

福原於是派來島又兵衛為天龍寺營地之指揮官。

其移動路線必須經過京都市區。

「還是等夜深時分再往天龍寺移動，以免造成市區騷動吧。」

「長州人豈能如夜盜般偷偷摸摸走過市區！當然是

白天，且全副武裝，大大方方通過。」

說著戴上立烏帽子，穿上金光閃閃的甲冑，再披上陣羽織，然後跨上他的葦毛馬進行部署。

他所率之軍是火繩槍裝備的游擊軍及長槍長刀裝備的力士隊。

又兵衛揮著金色采配（譯註：軍隊中用來指揮之器具，以成束厚紙條做成，有柄）從伏見出發，取道竹田街道，一路沿桂川東岸行進。

途中行經鬧區街口時，偶爾還會命軍隊暫停，要隊員發出武士「嘿！嘿！」的威武吶喊聲，然後再繼續前進。故京都市中竟有人以為真要開戰而將家當堆上推車，開始逃難。

又兵衛一抵達天龍寺，就以其中的大方丈為本陣，又借用寺院內的六座小寺做為營房，同時徵用位於嵐山且臨嵐峽的旅館三軒家及法輪寺為另一營房。

又兵衛如此行進的相關消息誇大地傳入京都的心臟地帶。病中的會津守護職松平容保聽到後立刻彈跳起身穿上甲冑，火速趕往皇宮。出門前還吃了勝栗及昆布（譯註：取其「勝利」及「歡喜」之諧音以求好兆頭），並舉行同於出陣的儀式。

整座京都市擠滿全副武裝的會津兵及桑名兵等佐幕派諸藩之兵。

「道路街衢舉目皆兵。」

當時的公卿日記中如此記載。

京都有位重要人物。

即日後將與龍馬相知相惜的薩摩藩士西鄉吉之助。

西鄉不為島津久光賞識，經常惹他生氣，還曾二度被處以流放小島之刑。

這回長州騷動他被從第二次流放地薩摩藩領的沖永良部島召回，才剛上京來。現負責協助駐京重臣小松帶刀，指揮薩摩藩在複雜的京都情勢中應變。

插句題外話，筆者寫到這裡突然想起幕末一位三頭六臂、活躍一時的英國青年薩道義。他是當時駐日的英國公使館員。

薩道義應已於前年文久二年（一八六二）以英國外務省通譯生的身分到橫濱讀書。

這年輕人很快就學會會話及讀寫的技巧。他是個充滿好奇心又開朗的青年，故執行通譯工作與幕府高官及諸藩藩士交往時，特別對變動劇烈的日本感到興趣，而不顧英國公使館員之立場，一心想與日本交好。

去年底，年方二十二歲的他曾有數日因公與英國公使住在泊於兵庫港的船內。順帶一提，既是住在兵庫港船上，薩道義應該也可遠遠望見陸上的生田之森，即龍馬他們的海軍塾所在之處。

港內有七艘日本汽船。

其中一艘高揭薩摩藩船旗，已下錨定泊。這位薩摩藩的船長剛好認識薩道義，故上船來找他。告辭時，薩摩人邀請他：

「請務必到我們船上來接受款待。」

數日後，薩道義應邀造訪薩摩船並接受酒及蛋料理等招待。

薩道義起身上廁所，途中經過一個未關房門的房間。

裡面床上睡著一個彪形大漢，一側手臂有刀疤。領他去廁所的薩摩人低聲告訴他：

「那是島津左忠。」

隨即催他返回席上。

薩道義所見即為西鄉。因全藩輿論之期待，西鄉特從沖永良部島被帶回，以處理藩內複雜之情勢，目前正值上京途中。不知為何，薩摩藩硬要西鄉使用化名。

數月後，薩道義造訪兵庫的薩摩集會所時又遇見從京都過來的西鄉。這時薩道義已用「薩摩第一指導人物」來形容西鄉。關於這回會面的情形，就摘錄薩道義所書之《幕末維新回想記》吧。薩道義劈頭就向西鄉提起上回化名之事。結果——

「他開懷大笑。但從俗寒暄之後就尷尬了。他只是一臉茫然，不說話。不過其雙眼有如大鑽石般閃耀著光芒，說話時臉上的微笑更有說不出的親切感。」

西鄉住在京都錦小路的薩摩藩邸，密切觀察長州軍動向、宮廷情勢及幕府諸藩動靜。

派出藩士盡可能蒐集情報，也親自出訪，一一拜會必見之要人，將他們的意見列為參考。

西鄉終於作出決定。

「理應攻擊長州軍。」

西鄉將此決定要旨以蒸汽船速件寄回薩摩。領國中的島津久光側進有位西鄉的同志兼兒時玩伴大久保一藏（利通）。他收到西鄉的信便積極訂定藩的外交方針，如有必要也將派兵上京。京都的西鄉是投手，而領國中的大久保就是捕手了。

此信目前仍在：

「長州之事一直盡量採容忍方針，但他們正欲以暴力瓦解朝廷。事到如今已無法袖手旁觀。堂上看來亦有過半公卿贊同長州。如此若再忍氣吞聲，我藩（薩摩藩）必遭長州擊潰，此乃毋庸置疑之事。故應早日奉朝廷之命迎戰，除此之外別無他法。」

插句題外話，西鄉此時重視薩摩藩之利害遠在天下國家之上，此點頗堪玩味。這也是他與勝和龍馬不同之處。勝和龍馬堪稱「日本自覺」之先聲，相較之下西鄉更是個重視現實的政治家。但這一方面也因考量薩摩藩的利害關係實為西鄉之職務。

西鄉這封信中大量列舉他做此決斷的判斷根據，逐項附帶不厭其詳的說明，然後快刀斬亂麻似地批評並作出判斷。可見西鄉即使當個批評家，也會是當代一流人物。

他接著又在信中提出一件重要大事。那是關於打倒長州後的情勢預測。

「遲早要發生大戰。我藩在此役中雖協助幕府打擊長州，但擊敗長州後的情勢將如何演變呢？幕府恐大幅恢復昔日威勢吧。如此一來就不妙了。為預防如此情形，薩摩藩之方針必須設定為『擊退長州終究是為建立朝威而戰』。千萬別讓這點成為日後之遺憾。」

總之，就是要樹立以薩摩藩為中心的勤王主義。雖暫時與幕府聯手，但絕不可永遠聯手。

長州人是理想主義者。

薩摩人則是現實主義者。

有此一說。而此信的確洋溢著薩摩藩那股讓人聯想起英國注重現實的外交本質。

薩摩人無疑也是日本人。不僅西鄉，他們的外交本質都特別卓越，幾乎不像日本人。這是戰國時期以來島津家的傳家絕活，在幕末尤其發揮得淋漓盡致。

長州人偏重理想及道義之人較多，故以他們的角度看，薩摩如此行徑簡直奸佞邪智吧。這可謂本質上的差異。

說來——

這場紛爭的關鍵在於，究竟是長州，還是薩摩將成為朝敵？

因為孝明天皇，姑且不論其真正心意為何，態度上竟有了重大改變。他去年八月十八日長州沒落（即所謂的禁門之變）前濫發的言論都是出自盲目的攘夷思想，甚至曾無畏地明示「擊退外國」。這是天皇的對外態度，至於對內態度則是「朕將武權委交幕府，但朕屢次要求擊退外國，幕府卻遲未從命，朕實不悅。」

這話顯然含有否定幕府的敵意。當然，天皇的話背後總免不了長州藩及長州系公卿的策動，更可說是他們設法讓天皇這麼說的。

不料自去年八月十八日政變以來，薩摩藩就勃興為宮廷的背後勢力，詔書也從此一變，幾乎都帶有支持薩摩的色彩。

薩摩藩的政論是主張漸進式改革，實際而穩重。

至於幕府問題，雖心中貶低幕府，但仍主張「公武合體主義」。

公指的是朝廷，武則是幕府。亦即希望兩者保持友好關係。

此主張是為了解救幕府，故在主張反幕主義及朝廷中心主義的長州藩眼裡是明顯的敵對行為。

薩摩救了幕府。

孝明帝對薩摩之舉十分欣慰。說來諷刺，長州愛慕朝廷及天皇幾近發狂，然而天皇卻毫不領情。

武家與公家的關係打從源賴朝以來就彷彿男女關係，雙方心理亦然。天皇對這個深愛自己近乎發狂的長州男子恐怕不僅感到厭煩，甚至覺得可恨吧。

相較之下，反而對通情達理的薩摩紳士產生好感。

佈陣於京都郊外且深愛天皇幾近發狂的舊情人一直對朝廷動作頻仍，強要朝廷復合。

「去年八月十八日前說的話難道都是騙人的嗎？不可能吧。讓我們重修舊好吧。」

對此重修舊好運動最感震驚的是薩摩藩。萬一長州成功了，暗中左右八月十八日以後天皇旨意的自藩便將失勢，甚至將淪為朝敵。基於如此內情，西鄉開始活躍。

西鄉等薩摩藩外交官對朝廷動作頻仍，凡關鍵語句都取得天皇親筆書。

「去年八月十八日所發之旨並非關白等臣造假，而係出自朕意。」

又進一步道：

「長州人入京一事確有不妥，爾等毋需疑惑。」

西鄉藉此取得政治上的正義，進而策動反長州派諸藩。

西鄉日日拜會親薩派的朝臣、中川宮及前關白近衛等人。以西鄉之立場，自然希望取得「征討長州」之敕命。

當然，與薩摩打著相同主意的佐幕派會津藩這時也拚命向朝廷關說。

正包圍京都的長州軍也不可能對這些動作坐視不管。

除以言論指責之外甚至還恫嚇。他們假借親長派的公卿之口大量散播流言：

「將派刺客暗殺中川宮及前關白近衛。」

此流言使得中川宮及前關白近衛膽戰心驚，雖認同西鄉主張，卻遲遲不發「長州征討令」。

西鄉寫給大久保的信中曾如此抱怨：

「偏袒長州的堂上公卿刻意散播暗殺中川宮及近衛公的謠言，故（公卿特有的）恐怖症老毛病又犯了。我雖提出種種建言，但仍不代為奏請征討長州，實令人遺憾。無論如何皆難完成任務，只得暗吞血淚。」

西鄉終於按捺不住，召集對長州報持反感的十一藩重臣及留守居役，在位於三本木的「清輝樓」集會，試著製造輿論。

「貴藩等若反對討伐長州……」

西鄉瞪眼道：

「即使只有薩摩一藩也義無反顧。追討令的發布一再耽擱，此事我吉之助暗吞血淚，深感遺憾。」

這段精彩演說在當時曾以「西鄉的血淚會議」之名盛傳於諸藩間。

會議結果是，只有土佐藩和伊予宇和島藩贊同西鄉的論調，決定三藩聯合上奏。

「此時若不討伐長州，將留百年後患。」

奏書上寫著如此威嚇的辭句。時為元治元年七月十七日。這回三藩聯合上奏成了朝廷與幕府征討長州的導火線。

另一方面——

「陳情終究未果。」

包圍京都的長州軍如此判斷。更預估十九日應該就會發出追討長州之令。

因此就在十七日（與西鄉召開的血淚會議同時），

總司令官家老福原越後召集各營區的指揮官到男山八幡宮的社務所集合。

到場集合的主要指揮官如下：

伏見營區——福原越後、竹內庄兵衛、佐久間佐兵衛。

嵯峨天龍寺營區——來島又兵衛、兒玉小民部、中村九郎、太田市之進。

山崎天王山營區——久坂玄瑞、真木和泉、寺島忠三郎、宍戶左馬介、佐佐木男也。

總數有二十餘人。

「怎麼辦？」

會議主持人福原越後向大家徵求意見。

「暫時撤兵至大坂吧。」

如此保守論佔多數。朝廷下令後若起兵則為朝敵，勢必遺臭萬年。此即保守論之根據。

樹葉繁茂得幾乎把屋裡都染綠了。一旦在座眾人沉默，滿堂就洋溢著響亮的蟬鳴。

保守論者多為年輕人，就連有「火球」之稱的久坂玄瑞也持此論。

但來島又兵衛雖身處如此氣氛仍獨自發出怒吼：

「追討令又如何？事到如今，對追討令的發布早該有心理準備了。難道諸君怕成為朝敵嗎？可見你們是書讀太多了。自古總是贏的一方指輸的一方為朝敵，此乃日本之習。要是那麼怕成為朝敵，不如趁追討令尚未發布前搶先進攻京都吧！」

「不！」

久坂玄瑞立刻反對：

「面對朝廷還搶先出兵，名分上說不過去。最重要的是，現在幕府及薩摩會津定也已做好戰爭的準備，我方需要後備軍的支援。幸好少主（毛利長門守）已親率二千兵循海路前來，近日即將抵達大坂。或戰或和，還是等少主到了再決定較妥。故目前還是暫且撤兵回大坂吧。」

「住嘴！義助（玄瑞之通稱）！」

來島老人道：

「定要先發制人！若不搶得先機這場戰爭怎麼打？在京的幕府及諸藩大軍有七萬，少說也有五萬。」

又兵衛啪地打死一隻叮他臉頰的蚊子，繼續說：

「咱們只有兩千。眼見敵軍這一兩天就要展開部署，兵分三路攻來了。消極等待就只有認輸的份了。久坂所說的少主後備軍又如何？不也只有兩三千嗎？杯水車薪罷了。與其指望那種支援，不如發動奇襲。諸君，如何？不戰嗎？不戰就算了！即使只有我又兵衛也要戰。我要進攻！我要突襲！擊破會津陣營！割下松平容保的首級並掛在加茂河原示眾！你們……」

他的眼淚自臉頰潸潸滑落。

「就爬上東山欣賞我又兵衛的戰姿吧。聽懂了嗎？久坂！」

「老前輩，可是……」

「還什麼可是不可是？久坂你出身醫師世家，醫師哪懂得軍事？怕打仗的就趁現在快逃吧！」

來島又兵衛不耐煩地說完後，竟然中途離席返回天龍寺營區。

後來又是一陣甲論乙駁的爭執，最後會議主持人福原越後向長州藩的實際指導者久留米人真木和泉徵求意見。

「事非得已，只好同意來島氏的意見了。」

他沉痛道。

勤王主義者真木補充道：「進攻京都在形式上彷彿足利尊氏，但只要心同楠木正成就對了。」這話是為主戰論冠上大義之名。於是長州人終於決定開戰。

這就是長州藩的風氣，無論任何事都很理想化。

結果——

演變成一場天皇爭奪戰。

這點與將棋（譯註：日式象棋）無異。先將死對方「玉將」的一方就贏了。

天皇不過是個撰寫詔書的傀儡。把他搶過來擁戴，把敵方貶為朝敵，即可召集天下之兵，名正言順地征討對方，進一步建立自己想要的體制。

插句題外話，明治維新戰略上的本質亦如是。德川幕府就因未能奪得天皇而拱手將他送進薩長土三藩之手，因此淪為朝敵並遭天下之兵圍剿而終至滅亡。

西鄉對此本質瞭若指掌。他是個高格調的理想家，但同時也明白現實的本質。

——與其煩瑣討論，不如先設法將死「玉將」。

他實際學得此戰略的時間並非後來的討幕時期，而是在這回的長州暴動時期。由此看來，這回的暴動竟成了革命家西鄉暖身的好機會。

「與其煩瑣討論，不如先設法奪下玉將。」

說來諷刺，長州軍中最了解此道理的，卻是根本不是什麼了不起革命家的一介武夫來島又兵衛。

⋯⋯⋯⋯

正因如此，反而是他給逡巡遲疑的久坂玄瑞、寺島忠三郎、入江九一等年輕革命家當頭棒喝，對他們咆哮道：

「事到如今還猶豫什麼！」

最後長州軍的軍事會議就被來島又兵衛牽著鼻子走而一致決定：

「攻入京都！」

當然戰爭的名目是「肅清君側之奸佞」。

所謂君側之奸佞，第一是會津藩，第二是薩摩藩。說得露骨一點，就是要以武力把天皇從此二藩手中奪過來。

針對這點，在雙方陣營中洞悉此騷動本質的，長州方是來島又兵衛，薩摩方則是西鄉吉之助。那不等於兩人單挑獨鬥了嗎？

來島又兵衛的為人前文已多次提及，請容在此畫蛇添足。根據的是長州人馬屋原二郎（曾參與最後在男山八幡宮召開之軍事會議）所著之《禁門事實實歷談》。

「我也如此認為。」

馬屋原二郎如此記載：

「來島這人果敢而剛強。但與人相處時卻如春風般慈祥，思慮極為周詳，一見頗有老吏之風。絕非人人口中的莽撞武夫。」

又兵衛的行動等於是想拿短刀直刺心臟吧。

長州軍已決議由伏見、山崎、嵯峨三隊於十八日半夜展開行動，同時直逼禁門。

這是奇襲。幕府錯估了，還以為長州藩將在十九日開始行動，並專為這日做好備戰措施。

兵數五萬。京城內外集結如此兵力乃室町末期應仁之亂以來絕無僅有。

幕府錯估的不只此也。

這回作戰計畫是由皇宮守衛總督一橋慶喜（後來的十五代將軍）擬定。慶喜不論見識、膽量、謀才，在當時都有「家康以來之能人」的美稱。

他根據多方情報判斷，長州軍之主力為伏見的福原越後隊。

這也難怪。

因伏見隊之主將福原越後乃長州藩上席家老。且所率部隊是長州藩上士組成的「選鋒隊」，人數五百名。

既為上士陣容肯定較強，故此隊應為主力，只要擊潰此隊即可。慶喜如此估算。

可惜事實卻完全相反。德川三百年的太平盛世不僅讓江戶旗本變得窩囊，各藩上士也是如此。龍馬曾批評土佐藩的上士：「代代飽食高祿之階級，定無像樣之人才。」長州藩亦不例外。上士膽小懦弱又缺乏耐性，老是被平民階級出身的奇兵隊譏笑：

「又輸了嗎？選鋒隊。」

不管怎麼說——

有家康再世之稱的慶喜卻特別重視長州軍最弱部

隊所駐的伏見方面，估計此地應為主戰場，而將幕府最強之軍佈陣於此。

亦即以會津藩及桑名藩為主力，並將二藩之兵部署於九條河原。

命蒔田相模守為監軍，置新選組及見迴組於其手下，同時在鴨川勸進橋西端佈陣。

自家康時代起即為德川軍慣例先鋒的彥根藩佈陣於桃山。

大垣藩則置於最前線。

將大垣藩置於最前線之理由是，此藩雖為戶田氏所領的十萬石小藩，但在當時已率先引進洋槍，進行西式訓練。不僅如此，該藩之兵制改革者家老小原鐵心（仁兵衛）也是公認的天下名將。

話說——

十八日半夜十二點，伏見的長州軍正式展開行動，朝伏見的長州屋敷行進。

領頭的是二十人的步槍組。

緊接著是三十人的長矛組，此五十人為先鋒部隊。這可不是方才提及的弱兵「選鋒隊」，而是福原特地向嵯峨的來島調來的精兵。由從事志士活動多年的太田市之進指揮。

接著是中軍。除二十人的步槍組之外，還包括緊隨在後的拔刀隊。頭戴風折烏帽子、身穿鐵兜及陣羽織的總大將福原越後就騎馬走在正中央。

隨後是參謀。參謀背後有兩門大砲，車輪拖動發出威風凜凜的聲音。大砲後方是拔刀隊。殿軍則是二十人組成的長槍組。

行軍路線是沿伏見街道一路北上。

軍旗是名書法家福原的筆跡。大大寫著「尊王攘夷」、「高良大明神」、「香取大明神」等字樣的軍旗迎著夜風飄揚。

長州軍福原越後隊抵達伏見街道的森林時，與幕府前鋒大垣藩兵首度接觸。

大垣藩在此設了關卡。

「搞什麼！」

騎在馬上的長州軍先鋒太田市之進如此質問後，隨即揮鞭不耐道：

「長州軍要通過！」

說罷大搖大擺強行通過。長蛇般的部隊也隨後通過。

「幕府沒什麼好怕的。」

他心裡大概這麼想吧。

但不止長州有人才，藤之森的大垣藩營區有位藩將小原鐵心。

他個子偏小且相貌奇特。他未著甲冑，正敞著平常服的胸口迎風納涼。傳令兵趕來急報，他只道：

「喔，來了嗎？」

竟無意離開摺凳。

他自有一套祕策。姑且讓他們通過吧，必須讓他們解除戒心。

營區正對面是筋違橋。

長州軍陸續過橋。全軍過橋後，小原鐵心這才從摺凳站起身來，伸手從一旁的篝火中取出一根燃燒正盛的柴薪，口中高喊：

「唷——」

同時將柴薪高高拋到天空。

這是事先約好的暗號。大垣藩最引以為傲的步槍隊早埋伏在藤之森的樹林裡，一見信號立即全速衝到路上，在橋頭散開，並立刻朝長州軍背後一齊發射。

橋另一端的河堤暗處也埋伏著鐵心安排的步槍隊及長矛隊。

他們也朝長州軍側面展開攻擊。

長州軍立即陷入混亂。

裝填砲彈者、沒頭沒腦亂開槍者、掄著長矛衝入敵陣者、拚命竄回己軍者。完全失控！

最強的先鋒隊已前進到二、三丁之外，發現情況緊急連忙趕回，但這時中軍已開始潰散。

中軍是風評最弱的選鋒隊。

太田市之進騎馬衝入己軍之中，拔刀大喊：

「不准逃！逃者格殺勿論！」

但既已潰散就無法挽回了。

不久，馬上的福原越後就遭子彈射穿下巴。

他終於下了全面撤軍令。太田卻仍反對撤軍，並企圖在亂軍中集結少數兵士繼續挺進，可惜被攻來的新選組及彥根、會津兵所阻而終致四分五裂。

這場戰爭的槍聲及砲聲連京都皇宮也聽得到。一橋慶喜連忙進宮稟報。他這日的裝束是漸層紫色腹卷（譯註：護住腰間的簡便鎧甲），外罩印有黑色葵紋的白羅質地陣羽織，腰佩鞘尾飾有熊毛的黃金太刀，頭戴立烏帽子並繫上紫綾纏頭巾。他挽起褲腳，挪進天皇跟前。

眾公卿皆不知所措。天皇終於下旨：

「速速誅伐！」

征伐長州之戰就此展開。

以賭博來說，幕府軍就是所謂的「押錯寶」。因為他們誤判敵情了。

正當幕府軍將主力瞄準伏見的長州軍，嵯峨天龍寺的長州軍已趁著月色大搖大擺進入京都市內。人家都來到跟前了，幕府軍仍渾然未覺。

這部分長州軍的總帥是家老國司信濃，實際總指揮則是來島又兵衛。兵士之主力還是在長州藩與奇兵隊齊名、公認實力最強的游擊軍。此外還包括眾多抱必死之決心的浪人志士。

一行於凌晨兩點從天龍寺大本營出發。

總帥國司信濃這位年方二十五的年輕家老頭戴風折烏帽子，大和錦的襯襖外穿著祖傳的蔥綠綴繩鎧甲，最外面再罩上白羅質地的陣羽織，外褂背上畫著騰雲而上的祥龍。他就以這身打扮騎馬行進。

部隊最前方是寫著「尊王攘夷」、「討薩賊會奸」等字樣的旗幡，沐浴在陰曆十八日的月光下，衝天飛舞逐步前進。

途中在帷子路口兵分二路。

一隊由國司指揮，行經烏丸通，前往皇宮的中立賣御門。

另一隊則由打一開始即為此役主角的來島又兵衛老人率領，兵力四百。此隊預定取道長者町通前往皇宮，走到皇宮附近的護王神社前再進一步分成兩隊。一隊由兒玉小民部率領，前往皇宮的下立賣御門，另一隊則由來島又兵衛指揮前往蛤御門。

先看國司隊這邊。

此隊甫一來到中立賣通，背後即傳來眾多武士奔跑的轟然腳步聲。

「快去看看是敵是友！」

國司如此下令。

幾名斥候立刻衝了出去，隨即折回覆命：

「是一橋軍。說是要去護衛皇宮。」

「哦？說要去護衛皇宮嗎？」

年輕的國司情緒高亢得有些裝模作樣：

「討殺前往皇宮途中之軍有違大義，避開讓他們過去吧。」

既是戰爭，遇到敵軍就該直接開打，沒想到國司竟如此輕率放過對方，可見即使到如此關頭，已然儀式化的武士道精神依然存在。

這時一橋軍正護著急急趕往皇宮進謁的慶喜。慶喜日後也提起他目擊這幾名長州斥候之事。

兩名頭繫白巾身著甲冑者掄著長槍迎面從深夜的街上衝過來。兩人走了一丁遠後，又有兩人衝來然後快速經過。目送他們的慶喜內心也覺得他們很可靠：

「這應該是會津藩的偵察兵吧，動作還真機伶。」

事後才知那是長州藩的偵察兵。如此，雙方都算有所疏失吧。

國司隊率先抵達皇宮。

但筑前黑田藩與一橋兵已守在正面的中立賣御門，一見長州軍殺到就七零八落地開槍。

沒射中。

騎在馬上的國司信濃手上的金色采配用力一揮。

「敵軍確已率先開砲，雖是皇宮御門也不必顧忌了。發射！」

他下達如此開槍命令。

激烈的槍戰就此展開。國司接著又朝手下的拔刀隊喊道：

「衝啊！殺他個片甲不留！」

一聲令下，全軍便吶喊著往前衝。這些人多為在京都出沒、僥倖保住性命的勤王浪士。

雙方激烈衝擊，相持不下。

先是一橋軍招架不住退往一條通。而筑前軍竟幾乎沒交手就往暗處四散而去，想必因為筑前黑田藩也贊同長州吧。

「喂！推開御門！」

有人翻過圍牆拉開門閂。全軍闖入皇宮。

這時又兵分二路。一路繼續前進，從中立賣御門南側的烏丸邸後門攻進邸內，再拉開日野邸的正門攻至皇宮的唐門。

唐門這邊是由幕軍中最強的會津藩兵守護。步槍及長槍映著皎潔的月光閃閃發亮，篝火熊熊燃燒，還有成群的提燈。

看到提燈上的家紋，全體長州軍不禁怒髮衝冠。對長州而言，會津藩正是仇敵之藩，已恨到「欲啖其肉而後快」的地步。尤其這回大舉上京的直接動機又是為了會津藩所屬之新選組突襲池田屋的事件。其動機應是報復吧。

插句題外話，長會之衝突始於池田屋事件，接著就是此時，第三次則發生在後來長州軍以官軍身分攻打會津若松城。攻打會津若松城時，藩主松平容保雖正奉命閉門思過，長州藩仍堅持要將之殲滅，於是展開攻擊並攻陷該城，而導致白虎隊的悲劇發生。因自池田屋之變起，長州人就對會津人恨之入骨。會津人也極憎恨長州人，在攻打會津若松城時，被逮著的長州斥候甚至遭五寸釘刺入頭部而死。一旦憎恨過深，或許就無法再將對方當人看待了吧。

再插句題外話。維新運動時，會津硬是因長州的關係而被貶為「賊軍」，明治、大正年間一直抬不起頭來。直到昭和三年（一九二八），皇弟秩父宮雍仁親王娶容保孫女松平勢津子為妃，在會津若松市盛大舉行提燈遊行的老人才狂喜道：「這下總算化解維新以來的一切恩怨了。」這麼點事就足讓他們欣喜若狂，可見會津人的感情一向如何受到扭曲，而一切可謂全肇因於幕末。

「是會津軍！」

騎在馬上的國司信濃激動地下達攻擊令。

長州與會津在唐門前爆發激烈衝突。

當時天下公認藩兵實力最強的藩首推薩摩及會津。加上土佐及長州，就是人稱的四大強藩。

長州兵較占優勢，因他們已有馬關海岸的作戰經驗。

他們機伶地利用戰場附近的地利，尤其以日野邸的圍牆當做臨時堡壘，伸出槍口射擊；另一方面又趁會津兵裹足不前時，由拔刀隊及長槍隊再度突襲。

「兵勢猛烈。」

會津方的記載中如此描述。會津兵前仆後繼地倒下，砂上濺滿鮮血。正想避開流彈，卻反遭拔刀隊砍殺，除棄守退兵別無他法。

就在此時，正巡視前線的幕軍總大將一橋慶喜親率四百兵趕到。

慶喜即日後的十五代將軍。他有個渾名「好調兵遣將的」，可見他性喜指揮軍隊。他又被稱為家康再世，故絕非泛泛之輩。

眼見會津軍敗相已露，慶喜當即喝道：

「幹什麼！此門與天皇居室近在咫尺啊！」

然後朝自己手下用力揮舞采配下令：

「發動總攻擊！」

大將如此意氣風發，可惜慶喜一橋家的武士卻是公認的文弱。只見他們裹足不前，不敢放膽進攻。

長州軍陣營中有人發現如此狀況，那就是坐鎮馬上的國司信濃。他策馬衝到己軍的步槍隊，緊急下令：

「那是一橋！馬上，馬上那人！快射下那名馬上大將！」

交戰中的長州兵正處於混亂狀態，根本聽不見。只有兩三人聽見。他們連忙裝填子彈並試著瞄準慶喜。

就在這節骨眼，因慶喜直接指揮而受到激勵的會津長槍隊也不畏死地衝了過來。一橋兵隨後加入，於是長州兵的槍口前開始上演一場激烈的肉搏戰。

無法瞄準。

終於發射了。其中一發險險擦過慶喜的大腿並傷及其坐騎。

但慶喜巧妙地操弄韁繩，使馬不致驚嚇，然後又更賣力地指揮。故長州兵開始漸居下風。

就在此時。

蛤御門方向突然傳來砲聲和刀槍聲。

與國司隊在護王神社前分道揚鑣、規模兩百人的來島又兵衛隊已攻入蛤御門。

不一會兒，下立賣御門也頓時傳來雷鳴般的槍砲聲。是兒玉小民部手下二百兵突襲御門的聲音。

又兵衛以大木槌擊碎蛤御門，前鋒即揮著長槍衝進門去。

門內會津兵正嚴陣以待。藩將為日後死於伏見鳥羽之戰的林權助。

槍聲一時大作。只見又兵衛在硝煙中如惡鬼般大顯威風。

在此描述一下薩摩軍的情形。

這回的蛤御門之變中立下最大戰功的是薩摩藩，但實際部署處卻不在此。

僅一部分留守在御門，主力軍則奉命西行去阻擋天龍寺的長州軍。

黎明前即出發。

薩摩藩邸位於今京都大丸百貨後方，面對錦小路。藩兵半夜就到此集合，決定諸隊如何部署。

前往嵯峨的幹部將校如下。大將為島津備後，參謀團包括家老小松帶刀、側役西鄉吉之助、軍役奉行伊地知正治，並把前鋒分為第一隊、第二隊及第三隊。

西鄉並未著誇張的武裝，只是一身旅行裝束。

「伊地知爺，該出發了吧。」

他挺著粗壯的腰起身時，東方仍是一片漆黑。西鄉再聰明也料不到目標的嵯峨天龍寺已人去樓空，且長州兵正穿過市中心往皇宮挺進。

藩邸大門外及路上全擠滿薩摩兵，燈籠及火把的亮光籠罩在眾人頭頂上。

「簡直就像慶典似的。」

西鄉這句話把大家都逗笑了。西鄉轉向伊地知：

「那麼，伊地知爺，出發吧。這些年輕人等不及啦。」

說著率先走向隊伍前頭。他提著一個方巾包，裡面大概是便當吧。不騎馬。自戰國以來薩摩人就不太騎馬，主要以步兵出戰，因此除大將外，就連幹部也得徒步。

隊伍終於開始移動。但路面狹窄，擁擠不堪，很難前進。

故與西鄉同時出發的先頭部隊都已行經四條通抵達烏丸時，後方部隊仍尚未離開藩邸。

這時皇宮方向突然傳來砲聲。

「那什麼聲音？」

全軍停下腳步。此時北方的砲聲槍聲漸趨猛烈。

——長州人攻進去了嗎？

如此情況任誰都猜得出來。

這時原本守在乾御門的同藩武士特別趕來傳令：

「長州軍逆攻過來了！」

西鄉等人決定立即全力奔赴皇宮。於是命眾手下第一隊、第二隊、第三隊依序迅速朝北前進。

西鄉也隨第三隊趕去。第三隊隊長是柴岡龍五郎（景綱，維新後曾任職兵部省但不久即退休）。

走近皇宮時發現各處御門都已陷入混戰。

這時突有數人脫隊衝向最前方。

「擅自超前可是違反軍令呀！」

那幾人只是回頭笑笑。

「事到如今哪還管什麼軍令啊！」

說著向前奔去。中村半次郎（桐野利秋）及篠原冬一郎（國幹）等人也在其中。

長州軍在各門展開死戰。

其中尤以攻擊蛤御門的來島又兵衛及其手下二百隊員最是剽悍，防守方也不得不以此門為主戰場。故這場動亂後稱「禁門之變」或「蛤御門之變」。

話說又兵衛……

不僅他身上的陣羽織，甚至連頭上的立烏帽子也沾滿血跡，可見他一直騎馬在敵陣中四處廝殺。

「進攻！」

「進攻！」

他不斷吶喊，同時掄著長槍衝入會津軍及一橋軍中猛刺。

這時攻破下立賣御門且成功闖入的兒玉小民部手下二百兵也加入陣營，故一橋兵三兩下就潰敗撤退了。

只有會津軍仍奮戰不懈，但遭槍彈擊中者不計其數。藩將一瀨傳五郎及林權助雖揮著沾滿血跡的長槍奮力監督，但兵士依然挺不住。

這時國司信濃隊也趕來與來島會合。會津方再也抵擋不住，旋即全面潰敗。

守備方的諸藩兵士在門內倉皇奔逃，甚至發生自己人互鬥的情形。

來島等人攻了進來。

「到皇宮內院去！」

這才是目標。挾持天子移駕長州。除此之外別無撇開「朝敵」罪名之法。

來島、國司及兒玉都已陷入半瘋狂狀態。

「前進！找出天皇所在！」

來島說著往前衝。

皇宮內的情形如何呢？

天皇在常御殿。戰爭進行至蛤御門時，常御殿的屋簷遭子彈擊中而發出巨響。

公卿不知何故在官服繫上束衣帶且東奔西跑的，個個面無血色，甚至還有公卿躲到地板下方。

總大將一橋慶喜的舉措及安排其實相當機伶。他衝入常御殿拜謁天皇，並喝止不安的公卿。眾公卿多半已因槍聲及進攻的動靜而驚慌失措，直嚷著「赦免長州！赦免長州！」

「我軍已戰勝，豈能饒過那些闖入皇宮的叛賊！」

慶喜怒吼。

他深恐朝廷害怕之餘屈就戰況，突然發布認可長州的聖旨。果真如此，幕府軍就萬事休矣。

故慶喜特別要會津藩主松平容保及桑名藩主松平定敬兩人坐在常御殿的外廊監視。

「我出去指揮，你們兩個就坐在那裡別動。」

他態度堅定地下令，然後衝回戰場。

因來島又兵衛奮戰不懈，長州軍才得以占領蛤御門一角，此說法並不為過。

至少如果……

薩摩軍的主力未趕到戰場來，就是如此。

「我要第一個殺敵！」

薩軍的桐野及篠原等日後將成為西南戰爭將領的

年輕人如此吶喊，同時手舞足蹈喘氣往前衝。

再無戰士意識如此強烈的藩了。

以地理位置而言，薩摩藩位於日本列島西南隅且採一藩鎖國之政策，故就此保留了戰國時代的武士風範。

若追溯起來，秀吉、家康兩任支配者取得政權的時期，薩摩的島津一直採反抗態度且領土也未被沒收，甚至得以維持舊領，只因其兵強馬壯令人生畏。

「石曼子」

秀吉征討朝鮮時，這詞曾在明軍及朝鮮軍之間廣為流傳。

指的就是「島津」。

他們怕島津軍就像畏懼瘟神似的。

肥前平戶藩主松浦靜山侯喜寫隨筆，在其著作《甲子夜話》中曾寫道：

「薩摩有所謂的野郎會。」

年輕人辦酒宴。在座眾人中央懸著一條自天花板垂下的繩子，上面水平綁著一把步槍。槍口就對著眾人胸口。

酒酣耳熱之際，就點燃步槍的火繩並使之旋轉。

火繩燃盡而延燒至火皿時，步槍就會轟地射出子彈。

根本無法預測會擊中誰。

但眾人仍面不改色地喝酒。驚慌者將為眾人嫌棄。這酒宴就是如此試膽會。

不僅如此，薩摩藩還有一種獨特的刀法，全藩都修練之。世人稱為示現流，而在薩摩則稱為「國流」。構式只有一種，即一般刀術所稱的「八雙」。但又不似八雙那般柔軟，而是將手臂直直上伸，把刀尖刺向天空，然後張開大腿。一張開就朝對方大喊：

「呀——」

這吶喊聲十分奇特，他藩之人稱之為「猿叫」。想必是聽來有如猿猴的尖叫聲吧。

打擊目標也不再「面」、「籠手」、「胴」這幾處。只有左斜劈右斜劈一招。出手時全速朝敵方衝去，同時左右交互斜劈。

也無防守之招式。沒有所謂的防禦動作，只是一味攻擊。出手猛烈，死在薩摩示現流刀下的屍體幾乎都變成一團肉塊，慘不忍睹。

如今正衝上戰場的中村，不久前還在京都街上橫行，搞所謂的暗殺，是人人口中的「殺手半次郎」。

坊間盛傳無人能抵住他突如其來的一刀。

薩摩軍就是如此集團。

天空一片蔚藍。

天色已亮。

元治元年七月十九日，清晨的太陽開始照耀在蛤御門附近的砂地上。

擊潰會津軍及一橋軍的來島又兵衛往乾御門方向看去，不禁臉色大變。

「是薩賊！」

他調整韁繩掉轉馬頭，試著集合四散的步槍隊。

另一方面，從乾御門蜂擁而入的薩摩軍大聲斥責，怒罵四處逃竄的一橋軍。篠原冬一郎等人出手揍了兩三個推擠自軍、企圖逃走的一橋兵之後，厲聲喊道：

「薩摩軍前來支援！大家打起精神來！」

薩摩軍的到來終於止住一橋軍的潰散。會津軍也面露喜色，立即轉守為攻。

因此長州軍前後左右都被敵方包圍了。

但騎在馬上的來島並未因此屈服，像個玩不膩的頑童似的他依然精神奕奕。

「殺薩賊！殺他個片甲不留！」

他揮著采配大聲命令步槍隊。

薩軍有四門大砲。

將這些大砲拉到乾御門來的是黑木七左衛門等人。這個年輕人即為日後的黑木為楨，將在日俄戰爭以第一軍司令官之身分全程參與自鴨綠江打至奉天的戰爭。

他們把砂袋塞進砲口並道：

「我們來發射，大家一起殺進去吧！」

說著算準時機點火。砂袋爆炸後，細砂便灑向長州軍。接著又一門一門陸續噴出細砂，天地頓時呈現一片灰濛濛的景象。

眼睛都睜不開了。長州軍的戰鬥力因而瞬間凋萎。這時——

「呀——」

所有薩摩人的喉嚨不約而同發出前文提及的示現流「猿叫」，並將刀尖指向天空，衝入漫天砂煙中。

桐野在其中。篠原及柴山在其中。生麥事件的主角奈良原喜左衛門也在其中。

以薩摩藩委託生身分到龍馬的神戶塾就學的伊東祐亨早已返回薩摩，故在此人群中。野津道貫也在其中，他是日俄戰爭的第四軍司令官。

西鄉在大砲後方指揮全軍。他身旁是擔任副指揮的稅所長藏。他與西鄉、大久保並稱「薩摩三傑」，維新後改名篤，獲封子爵。

「西鄉爺，上馬吧！」

他要西鄉上馬以便指揮。

米島又兵衛從混戰之中遠遠看見這一幕。

「那人就是薩摩的大將！」

於是召來五、六名步槍手，要他們瞄準西鄉發射。有數槍擊中西鄉的坐騎，其中一槍擊中西鄉腿部，西鄉終於落下馬來。

西鄉落馬跌坐在地。他笑道：

「好像掉進谷底啊。」

說著爬起身來。絕口不提自己的傷勢。一方面因為是輕傷，另一方面也因他了解以目前情勢，自己受傷的消息若傳至全軍，勢必被誇大其辭而影響士氣。

他拍掉屁股上的灰塵。

「正之進！」

朝眼前操作步槍的年輕人喚道。這個眼神靈活似乎相當機伶的矮小男子名叫川路正之進。他日後將改名川路利良並成為警視廳的首任大警視，此時與桐野同受西鄉寵信。

「那個看來應是大將之人是誰？」

「那是來島又兵衛。怎麼？」

川路邊填子彈邊回答。西鄉踮起腳來張望，同時自言自語：

「哦，原來那人就是來島又兵衛爺啊。他很會作戰嘛。因為有他在，長州似乎就沒那麼容易打敗。」

川路心裡也贊同。只要擊斃敵將來島，長州軍必潰敗。西鄉就是命自己瞄準他射擊。他如此會意。這時代，心意的交流多半如此進行。

填好子彈後，川路敏捷地往前跑，衝到門後隨即以高跪姿勢屏息以待。

來島身邊圍著不斷攻擊他的薩摩、會津及一橋兵等友軍，故很難瞄準。

川路耐心等待射擊的機會。

川路步槍準星那頭的又兵衛正奮力殺敵。「尊王攘夷」、「討薩奸會賊」、「高良大明神」等旗幡在他背後飄揚。但散於四處的長州兵都累了。何況敵方兵力已增加數倍，長州兵逐漸倒在槍彈及刀矛之下。

又兵衛刺倒幾個薩摩兵正要掉轉馬頭時，川路正之進準星的另一頭突然淨空。

只見以七月天空為襯的又兵衛身影清楚浮現並緩緩移動。

「就是現在！」

川路扣下指尖的扳機，子彈轟然疾射。

子彈貫穿騎在馬上的來島又兵衛胸膛。即便是神勇的又兵衛也挺不住，馬鞍上的他彈起身子，隨即倒栽蔥跌落。

又兵衛試著以長槍拄地起身，只可惜氣力盡失。

「命已該絕嗎？」

他大聲自言自語，然後向衝上前來的姪兒喜多村武七道：

「武七！介錯！」

如此下令後，即倒持長槍朝自己喉嚨突刺，就此斷氣。

武七拿著又兵衛的首級，力士隊扛著他的身軀，一邊發砲掩護一邊撤退。

長州軍自此瞬間開始潰敗，而長州人對西鄉的詛咒也始於此時。

長州軍兵敗如山倒。

他們敗走後不久，家老益田右衛門介所率的山崎陣營隊隨即抵達戰場。

戰爭總是人算不如天算。嵯峨、伏見、山崎三軍若同時抵達皇宮齊力攻擊，定能發揮非常的作戰力吧。

但他們偏偏分散著抵達戰場。

才會落入慘遭敵軍各個擊破的慘況。

………………………………

這支益田隊最多土佐浪人。

首先是中岡慎太郎。他與相當於參謀長的真木和泉同屬本陣，與長州的久坂玄瑞一同攜手作戰。

浪人組稱為忠勇隊。此忠勇隊中，龍馬認識的土佐人有：

那須俊平、五十八歲

上岡膽治、四十二歲

尾崎幸之進、二十五歲

柳井建次、二十三歲

中平龍之助、二十三歲

伊藤甲之助、二十一歲

上岡膽治即為之前在大和戰死的天誅組首領吉村寅太郎妹夫（其妹名為阿光），那須俊平老人則是同為天誅組幹部的那須信吾養父。

有段悲慘的故事。

那須信吾之前因在高知城下帶屋町街口暗殺土佐藩參政吉田東洋，不得不逃離家鄉。當時住在山裡檮原村的那須俊平對此一無所知。

「我女婿竟如此有志向啊？」

他得到消息後十分愕然。大概覺得自己招了個了不得的女婿吧。

俊平本是個窮鄉士。何況檮原村土地貧瘠種不出稻米，只能吃些稗或小米，是個即使有意給獨生女找個招贅婿也沒人肯答應的窮鄉僻壤。

因緣際會，住在佐川盆地的濱田宅左衛門之次男信吾卻願意入贅。信吾也頗安於貧窮。其生家俸祿僅有兩人半的米糧，信吾之姪顯助（後獲封伯爵的田中光顯）口述命人速記而成的《維新夜話》中，甚至有如下記載：「一年大概只能吃兩三頓白米飯，全年都吃和著麥子、玉米及甘藷的飯。也不用油燈，因為沒錢買油。只得上山砍木頭來燒，以取代油燈照明。還得挑肥、種甘藷，從事農務。」

信吾入贅與為代成婚，兩人才生下兩個孩子，他就犯下暗殺及脫藩之罪。

俊平感嘆地詠了一首蹩腳的和歌：「聽說拋妻棄子乃武士之常，但仍不免淚濕衣袖。」

他不勝感慨。但不久就想通了，決定晚年要致力教育孫子。於是又詠了這首和歌：

「以所遺之二孫為力量，或可忘卻此身已老呀！」

但這老人家似乎也滿腔熱血。沒多久就拋下女兒及孫子，步上女婿後塵，脫藩投奔長州了。就連如此老人都受到時代巨流的驅使，而奮不顧身地投入漩渦之中。

這位俊平正衝向敵陣。

自山崎趕來的這支長州軍躲在堺町御門旁的鷹司邸，以此處為城砦，朝四方幕軍發射。

敵眾我寡，故除據城死戰外別無他法。

「這樣不正如鼠輩鑽進洞穴一樣！」

浪人組忠勇隊對長州人有失尊嚴的表現十分憤慨。

「衝出去爽快地戰死吧！」

他們如此鼓譟。事實上，若繼續如此據城死戰也必全數死在敵軍槍砲之下。敵軍的砲彈正如橫潑進來的驟雨般射進邸內。

忠勇隊中的土州人尾崎幸之進大聲吼道：

「有人願意跟我一起衝出去死戰嗎？」

在他附近的浪人全都加入行列，共二十餘人。那須俊平老人也在其中。

一行人拉開大門蜂擁而出。

「看我搶先殺敵！」

尾崎如此大喊，同時揮著長槍衝向敵陣。那須俊平緊隨在後。

右側是鷹司邸的土牆，左側是九條邸的土牆，再過去就是仙洞御所。

越前及會津兵正從仙洞御所那邊逐漸逼近，尾崎等人毫不猶豫地揮著刀槍迎上前去。

他們不畏死，竭力奮戰，但敵軍因彥根兵來援而增為數倍，為數僅二十人的浪士就像螞蟻般一一慘遭虐殺。

尾崎和那須老人彼此掩護，並肩作戰。但尾崎的長槍過長無法隨心所欲施展。尾崎把長槍靠在土牆上，拔出刀來裁短長槍，還笑道：

「老前輩，這樣就變成短矛了！」

沒想到這句話竟成了尾崎幸之進生前最後一句話。他就此衝入敵陣，最後渾身佈滿傷痕而壯烈犧牲。

俊平老人隨尾崎衝殺亂軍之中，依然展現他傑出的短矛技法。

他雖只是村裡道場的師傅，但不愧是靠長槍吃飯的。剛把敵人刺倒，隨即迅速抽回，以柄端的金屬箍刺倒背後來攻的敵人。他奮力殺敵，腳卻不小心絆到土牆邊的小水溝而仆倒在地。

這時越前藩士堤市五郎立刻掄起長槍刺下。

市五郎是使槍名手，而俊平也早累了。他沒能躲過這一刺，身體被長槍貫穿，扒了扒地就斷氣了。

下手的市五郎在越前藩也是個知名人才，維新後改名正誼，奉新政府之召而出仕，陸續擔任福井縣權大參事、侍從長、宮內次官及宮中顧問等職，獲封男爵。

創造歷史的究竟是死在堺町御門內砂上那個藉藉無名的俊平老人，還是大正十年（一九二一）才以八十八歲高齡病逝的男爵堤正誼呢？究竟是誰的問題已足堪作為永久的歷史課題了吧。俊平的短矛尚保存於堤家。

據鷹司邸頑抗的長州軍下場極為慘烈。

久坂玄瑞為向宅邸主人鷹司政通請願，而在子彈紛飛的邸內四處奔馳。

政通是前太政大臣，這位年近八十的老人曾是長州的支持者。

政通正急著要進宮謁見天皇。久坂在走廊上平伏請願道：

「吾等此番並非計畫來皇宮作亂，而是為請願而來，殿下殿下，您若要進宮，請務必讓我同行！」

年輕的久坂一再拜託並膝行上前。他哭著扯住政通的衣袖，政通卻只是瞪大眼睛不發一語。

最後終於拂袖甩開，逃也似地跑走了。老實說，長州人對天子的「惡女情深」，政通大概也怕了吧。

後來戰況漸趨慘烈，久坂便自殺了。

「既害主君成為朝敵，就已無臉返鄉。」

於是與松下村塾的同窗寺島忠三郎一同借用邸內一室，拔出大刀互刺身亡。兩人皆一身輕裝，僅著劍道護具「胴」，繫著內有鐵絲的頭巾，並將結打在後方。

同是同窗的入江九一被久坂及寺島說服，正準備逃離鷹司邸並返回長州報告事件始末。

幕軍將鷹司邸包圍得水泄不通。

入江重新繫緊斗笠的繫繩，掄著長槍衝了出去。就在他衝出小門的瞬間，埋伏在該處的越前兵突然探出長槍，使勁往他雙眼間刺去。

兩顆眼珠同時飛出，他仰頭往後倒下，沒多久就死於邸內。

幕軍總指揮一橋慶喜深怕鷹司邸的長州人拚死頑抗，故依戰術常識下令：

「放火燒掉鷹司邸！」

於是會津桑名及一橋之兵個個手拿火把擲入邸內。不一會兒鷹司邸就成了一團火球。

此外，河原町三條上東側的長州藩邸也遭幕軍縱火燒成灰燼。

這兩處引發的火勢迅速蔓延至整個京都市並延燒了三天，燒成灰燼的共有八百二十一個町區。

燒毀的房子共二萬七千五百一十三間。

燒斷的橋有四十一座，寺社二百五十三間，宮門遺跡三處，公卿邸十八家，數字驚人。

火勢之大，連大坂及神戶都看得見。

碰巧在神戶海軍塾的勝也看到了。他跳到庭院大喊一聲：

「龍老弟，失火啦！」

隨即衝回來並立刻下令準備出發。龍馬和勝一同自神戶出發了。

勝得知京都異變後機伶地採取行動。

他命龍馬盡速把泊在兵庫海面的練習船觀光丸駛到大坂。

「凡事眼見為憑。」

這就是勝與龍馬的行事風格。一定要親至現場再見機行事。看都不看還長篇大論的，不管說得多有道理也不過紙上談兵。這就是兩人的看法。真可謂具有傑出記者的一面。

抵達大坂後，龍馬先在市內的旅館等候，軍艦奉行並勝則立即登城參加幕府要員的會議。

城內已是眾論沸騰。

但因完全不了解京都方面的情形，所有意見都是架構在想像與臆測之上，毫無用處。甚至連哪一方戰勝都不知道。若長州戰勝，現應已在京都成立長州政府了。

「笨蛋！」

勝憤怒極了：

「再那樣討論下去也不會有什麼結果。最重要的是派斥候到京都去查探！」

「說得也對。」

眾人這才發覺，趕緊派數名騎馬的斥候到京都戰場查探。

但這些斥候個個膽小如鼠，才離開大坂市內就立即折返，回報的全是在路上聽來的小道消息。勝稍一質問就露餡了。

「呃……不清楚……」

所謂的「道聽塗說」就是形容如此情形。

——余甚怒。

勝在其名為《雞肋》的回憶錄中寫道。

他氣極敗壞之餘竟道：

「我自己來當斥候！」

說著戴上韮山笠衝出城去。途中先到龍馬的旅館找龍馬同行。

「帶你同行就天下無敵啦！」

他開玩笑說，同時出發到櫻宮，接著沿淀川堤開始北上。

天氣酷熱。兩人下巴上的斗笠繫繩都因汗水而濡濕，腳下的堤防也被烈日烤得熱呼呼的。

「龍老弟，你覺得哪一方會輸？」

「這個嘛……不知道呀。」

龍馬憂鬱地望著路旁的夏草。芒草正茂。兩邊鑲著芒草花邊的狹窄堤防，朝北方天空一望無際延伸過去。北方天空那邊正發生異變。

「長州能否順利擁得天皇呢？」

龍馬抬頭望著北方的天空。黑煙已淡淡染上天空。

「京都燒起來了呀。」

「你……」

勝望著這個堅持倒幕論的門生：

「一定希望長州戰勝吧？」

「我可沒這麼想。」

斗笠下的龍馬擠出一絲微笑：

「若此時讓他們輕易得勝，長州人定會自以為了不起而組織一個獨斷獨行的政府吧。長州人就是這個性。不過我也不希望他們落敗。如果你硬要問我，我只好回答，現在真是熱得教人抓狂呀。」

這回的偵查任務是查明幕府與長州究竟誰勝誰敗，沒想到只在這道堤防上走幾丁距離就達成了。因為勝與龍馬看到異常的光景了。

在此直接借用勝自己寫的文章吧：

「從櫻宮走了數丁，即見一船自淀川上游漂了過來。」

勝看見這條船了。

——龍老弟，你看那船。

勝指著船道。

龍馬只是默不作聲。

「船上有三名壯士。」

勝寫道。三人渾身鮮血和汗水，身穿劍道護具「胴」，肩扛步槍。此步槍是以打火石做為點火裝置，反作用力大而命中率低，是幕末最早出現的洋槍。

「是長州人吧。」

龍馬輕聲道。

令人驚訝的是，那些長州人一看見勝及龍馬，立刻把船划到這側岸邊來。

「要攻擊我們嗎？」

龍馬大概如此以為吧。他迅速抓住勝的手臂，試著把他藏到自己背後。

「壯士們走上岸來。」

勝如此描述當時的情況。

「余大恐。但又進退兩難。」

勝如實寫下自己內心的恐懼。但他當時卻努力克制且面不改色道：

「別緊張呀，龍老弟。」

說著不讓龍馬把自己藏在身後。

——佇立不動靜觀其變。

勝如此寫道。他就靜靜站在堤上等著對方出招。他的腿恐怕正不住發抖吧。

龍馬將斗笠打斜，抱著胳臂靜靜俯瞰那三人。

長州人跳下船來。

「他們上了岸隨即拔出佩刀。」

勝繼續寫道。那三名長州人在茂盛的蘆葦叢中拔出閃亮的佩刀。

「突然彼此互刺。」

勝及龍馬也屏住氣息。兩名長州人彼此抓住對方胸口互刺一刀後，跪倒在地。這是自殺。

剩下那人也站著，一刀刺進自己喉嚨而死。看到如此駭人光景，勝即知長州軍已在京都敗北。

「余大驚。渾身毛骨悚然，須臾之間無法移動。」

因為這光景實在太讓人意外了。勝如此說明自己的心理。

這時龍馬的舉動也十分反常。他衝下堤防又衝進蘆葦叢中，隨即把他們一個個抱起。

「有後事要交代嗎？我幫你帶話回家鄉！」

他如此大喊。但兩人已斷氣，另一人微笑著似乎想說什麼，可惜口中湧滿鮮血而無法發出聲音。

龍馬抱在手中的那名長州人袖口寫有名字，故知他名叫「吉田佐三郎義弘」。名字的右上角還以墨寫著「尊王攘夷」。

他拚命動著嘴巴，但終究無法成聲，只是不斷吐出鮮血，最後終於說出「遺憾啊」。不知是否因此讓血流入氣管，只見他一時喘不過氣，終因窒息而亡。

屍體突然變重。龍馬輕輕將他放在河床的砂上。他不是被任何人所殺。龍馬心裡浮現一個詞「犧牲」。究竟是何種犧牲呢？

歷史已開始變得極度緊張，它渴望鮮血，正要求血祭的犧牲。

「我絕不讓你們白白犧牲！」

龍馬站起身來。

「我叫坂本龍馬。你們若有靈請牢記在心，我定讓你們的死開花結果。」

龍馬雖未說出聲來，但仍在口中喃喃自語。

龍馬喃喃說完後轉過身去，突然露出靦腆的微笑。因為勝就站在身後。大概是等龍馬等累了而走下來的吧。

「龍老弟是要推翻幕府吧。」

這位幕府的軍艦奉行露出異於平常的落寞微笑道。身為幕臣的勝心情一定很複雜吧。

「為了國家，不得不如此。」

龍馬也為難地說。

「沒關係。德川幕府持續兩百多年了。若外國不來應尚能持續一百年吧，但他們就是來了。接著就是這場騷動。」

龍馬也聽得出勝話中的含義。

自家康以來，日本的實際皇帝就是江戶的將軍。京都的天皇已奉家康之命「天子應習諸藝能。第一則為學問」，只知專心學習詩歌、管絃及學問，故一直以來僅虛有其位，可說只是個潛在政權。

與外國開始交涉後，日本如此雙重政權制度即成為最大的難解障礙。要與外國締結條約時，京都天皇的玉璽印是絕對必要的。

天皇對條約多持反對意見。故連外國也十分困擾。

當然，建立統一政權勢在必行。只是究竟該以天皇為中心，還是以將軍為中心呢？因此才有勤王論及佐幕論的誕生。

勝已想通：

「這是所謂時代的趨勢。今後不可能指望漸趨衰弱的幕府來推動強力的統一政治。幕府將倒台，以京都為中心之治世即將到來。身為幕臣，這雖可悲，對日本卻是唯一可行之道。」

但勝認為問題出在倒幕的「勢力」。若現在被長州人推翻，他們能建立什麼樣的政府呢？

「換作你的話就沒問題了。」

勝道。說完後又提起薩摩有個人叫西鄉吉之助。若是被西鄉及坂本推翻，則是日本和幕府雙方之幸。勝如此補充道。

兩人沿著河堤往回走。

「文的方面我一向不行。」

勝道：

「但我記得與謝蕪村有首歌頌這河堤風光的作品，叫〈春風馬堤曲〉。」

龍馬也聽過這詩。俳人蕪村出生在這蕪菁田特多的村子，遊遍諸國後曾重返闊別二十年的故鄉田園。

蕪村也曾走在現在龍馬和勝腳下的淀堤上，途中還有出外幫傭放假返鄉的同鄉美少女同行。那夜他便一口氣寫成這首悲悼故鄉的長詩。

白梅盛開，浪花橋邊，財主之家，
學得春情，浪花風流，
……
故鄉春深，行行又行，
楊柳長堤，路漸下坡，
翹首始見，故園之家……

「龍老弟呀……」

勝指著河面：

「河裡有流燈。」

果然，一盞盞撫慰亡靈的流燈正順著川水流去。仔細想想盂蘭盆節早就過了。這是從上游村莊流過來的嗎？還是遠從京都、伏見那邊放流而來，目前尚在處處淺灘搏鬥，但仍一路朝思慕的大海流去呢？

好似在京都犧牲的眾多長州人及浪士的靈魂漂浮

於川波之上。

「他們正努力流去哪。真有毅力。」

「真有毅力?」

勝似乎覺得龍馬的措辭很有意思，斗笠下的他初露笑容。

「沒錯，真有毅力。遲早定能流入大海吧。所謂的時代潮流也是如此，遲早要流入大海。」

勝雖為幕臣，但顯然對長州軍的悲慘下場寄予十分同情。

「只是，在漂流途中，幕府這個堰堤也實在太大了呀。」

龍馬放膽道。勝看來並無特別不悅。勝的腦筋遠較其他人理智。在他眼裡，德川幕府、長州、薩摩、會津似乎都只如庭園式盆景之一角。

「堰堤大也是理所當然的。畢竟是耗時三百年才蓋成的呀。」

「勝老師，若是我龍馬成了破壞這堰堤的人，您會怎麼做?」

「我可不管喔。」

勝的表情隱藏在斗笠下方無法判讀。

「我只是因欣賞這個名為坂本龍馬的人，才與他往來的。這人想法如何，要做什麼，我一概不管啊。」

「感激不盡。」

龍馬特別在意勝。這麼一來，腳步也不知不覺輕了起來。

後來經過天滿三軒家的川番所（幕府所設之河川警衛崗哨）對岸時，衛兵似乎把兩人當成長州人，竟突然朝他們開槍，其中一發子彈還射穿了勝的斗笠。

這彷彿象徵了幕臣勝的立場及命運。

轉變

九月了。

勝以軍艦奉行之身分駐於大坂城內。龍馬則待在神戶村的海軍塾。

龍馬一直以神戶為根據地四處奔走。這個月初他前去拜訪幕臣大久保一翁在大坂的下榻處時，卻由大久保口中得知：

「勝爺好像會招罪。」

此事非同小可。

「理由是？」

「因為你呀。」

大久保敲敲菸斗。這位幕府高級官員對龍馬極有好感。

「我？」

「也不是啦，是因為你們。聽說池田屋之變發生時，也有神戶塾的學生戰死在池田屋二樓，不僅如此，這回的禁門事變也有許多塾生加入長州軍到京都打仗。勝身為幕臣卻姑息討幕之士，因而在幕閣引起極大的騷動。」

「嚇了我一跳啊。」

龍馬慚愧地抹了抹臉，手上頓時沾滿汗水。害勝惹上如此麻煩他實在過意不去。

「坂本君，你怎麼一身汗呀。」

「天氣實在太熱了。」

龍馬拾起一旁大久保的扇子。

「那是我的扇子呀。」

「我知道。」

他舒暢地仰起頭。

「不過，勝老師這事難道沒法可想嗎？」

「像我這種小官哪有什麼辦法，該不會得切腹吧……」

「切腹？」

龍馬啪地收起扇子模仿切腹的動作。歪著脖子想了一會兒後突然大笑，害大久保嚇了一跳。

「幹嘛呀，突然這麼大聲。」

難得大久保也對這個高深莫測的年輕人感到不快。

「那好啊，切腹。勝海舟的肚子裡是黑的還是紅的，切開來看就真相大白了。這我龍馬也很有興趣，一定要到切腹現場親自瞧瞧。」

「喂喂，他可是你的老師呀。」

「當然是我老師。不過，大久保爺……」

龍馬望著眼前這位聰明博學又精通西洋事物的能吏。心想，既不出手救勝，終究還是官僚。

「勝海舟不僅僅是個幕臣，恐怕是百世難得一見的天下豪傑呀。幕府的昏庸之輩若敢下令要如此人才切腹，那就下令吧。這可有得瞧了。」

「切腹只是打個比方嘛。」

大久保苦著臉解釋：

「姑且不提這個，幕府已經追究到你們頭上了。現正大張旗鼓在京都大坂搜捕長州餘黨及浪人，還有人說要先派新選組攻擊這個不逞浪人大巢穴——神戶海軍塾。」

「那慘的應該是新選組吧。」

當時薩摩藩的西鄉吉之助人在京都，不知有何計畫，竟派人帶信去見勝海舟，恭敬問他何時方便。
「好啊，九月十一日可以。」
勝答覆。
這就是勝和西鄉這兩位百年知己的初次見面。
史實一向如此記載，從未提及勝與西鄉之前見過面。然而勝的隨從新谷道太郎翁於昭和十二年（一九三七）六月三日九十三歲時，曾對明治女校創辦者巖本善治氏提起。當時談話的速記如下：
「不，在三年前，亦即文久元年（一八六一）六月，兩人就曾密會。」
勝出訪鹿兒島。當時的隨從即為新谷翁。一抵達鹿兒島城下，就聽說西鄉被處流放之刑，目前人在大島。
立即雇了船，勝、新谷及船夫三人一同前往大島。抵達大島時已是傍晚時分。
勝雖貴為幕臣，但走進西鄉家時卻毫無架子，一介書生似地爽快道：
「我是江戶的勝麟太郎，特來瞧瞧您在做什麼。」
勝如此寒暄。
「做點好生意。」
西鄉畢恭畢敬答道。依新谷翁的說法，當時的西鄉沒後來那麼胖。他娶了島上一個名叫阿菊的女人充當在地小妾。
兩人邊用晚餐邊聊，但當時也在一旁聽著的新谷翁卻說：
「好像打啞謎似的，完全不懂他們在說什麼。」
那夜就此住下。翌日早上，西鄉進房對勝道：
「勝老師，請您去看看我做的『生意』。」
於是帶兩人出門往海邊走去。
海邊有七座倉庫。
西鄉把倉庫一一打開給勝看。
全是走私品。
且全是武器彈藥。若是在幕府全盛時期被發現，光是這條罪就足使島津家七十餘萬石之領悉遭沒收並就此滅藩。
但薩摩藩一直瞞著幕府大量走私，德川中期以前幕府方面也曾多次派俗稱「薩摩飛腳」的密探潛入薩摩查探，但從無人生還，全遭滅口。
歸途上，海舟對新谷翁道：
「西鄉做的雖是非法生意，卻是為國家而做，決非居心不良，故無所謂。但要是你說出去就肯定沒命了。」
故即便維新後，勝也沒提起自己曾在大島與西鄉會面一事。
以上為題外話。總之西鄉來到大坂了，元治元年九月十一日應該才算兩人的首次會面。
西鄉是代表薩摩藩來的。
來見勝是為敦促幕府「早日征討長州」。
為何還猶豫不決?若不趁長州元氣大傷之際發出致命攻擊，等他傷好就要東山再起了呀。

西鄉主張消滅長州，其冷血之態度甚至連嫌惡長州的幕府及朝廷都害怕。
但他並不憎惡長州人，證據是他把蛤御門之戰擄獲的二十四名長州人收容在薩摩藩邸，待之如客，甚至暗中將他們送回長州。
京都的長州殘兵皆被幕府新選組及諸藩逮捕殘殺，由此可見西鄉對他們的禮遇可謂破天荒。
自戰國時期以來薩摩人就有禮遇俘虜的習慣。或許此舉只是沿襲該習慣，但一方面也可說是出自薩摩藩的外交能力。
缺乏外交能力一直是日本人的缺點，自古以來惟獨薩摩人這方面特別強，簡直讓人懷疑他們是不同人種。
西鄉等人正以左手護住長州俘虜，右手卻拔刀逼近幕府脅迫：
「為何不討伐長州?」
薩摩藩如此外交是為了佈局，亦即先借幕府之力討伐長州，接著禮遇俘虜，然後再與長州聯手推翻幕府。這才是最終目的。簡直就像名人棋譜。

筆者突然想起關原之戰。

關原之戰，毛利家和島津家皆屬戰敗的西軍。戰後家康論罪時，有意將毛利家滅藩。但事實上毛利氏在關原之戰中未發一彈，且支族吉川廣家又是東軍之內應，故沒收其領地實在過於苛刻。然而毛利氏卻得向直到昨日之前仍同為大名地位的德川氏百般陪罪，好不容易爭取將領地減至四分之一，居城也自廣島遷至日本海岸的萩城，以此惡劣條件才得以保住家名。如此災難，應是拙劣而一味低聲下氣的外交方針所致吧。

但島津氏卻在逃回領國後立即備戰，靜候轉機。另一方面又派家臣上京展開軟硬兼施的外交手段。最後德川氏終於讓步，島津氏連一寸土地也未遭削減。

薩長兩藩外交能力上的差距到幕末更為顯著。一旦落入薩摩人手中，長州人就像三歲孩童。

就外交能力而言，薩摩人中尤以西鄉最是出類拔萃。此時期的西鄉或許可說是日本史上最具外交手腕者吧。

如今西鄉特來找勝。

西鄉是個罕見的巨漢。

土佐人中岡慎太郎寫給故鄉同志的信中提到：

「不遜於後免的要石。」

後免是高知東方的一個市鎮，有位名叫要石的力士。信上既寫說西鄉與要石無異，讀了信的土佐鄉下武士想必都嚇到了吧。

「此人有學問又有膽識，平素寡言卻謀慮甚深，又果決，偶出一言則貫人肺腑。且德高望重，歷經艱難，行事老練。其誠實如武市（半平太）又學識兼備。實為知行合一之人物也。此即洛西第一英雄。」

洛西一般是指京都西郊，但中岡慎太郎這是指西日本。

總之巨漢西鄉身著印有家紋之服，以堂堂薩摩藩重臣身分前來拜訪勝。

勝身材較一般人矮小。兩人正經八百地各自就座後，滑稽感便自強烈對比之中油然而生。

西鄉劈頭便道：

「在下惶恐，這回特來質疑幕府優柔寡斷之舉。」

西鄉是在指責幕府雖公開表示要討伐長州卻遲遲沒有動作。他是特來質問以查探幕府之真正心意。

戰術中有所謂的「探索射擊」之法。當不知敵人在何處時，就先朝四處的竹林或部落亂射一通。只要敵人受驚反擊，即知敵在何處、又是如何布陣。

西鄉這回來訪也是如此用意。「為何不討伐長州」，他之所以提出如此激烈的質詢，是為了探知「幕閣」這個教人捉摸不定之行政組織究竟做何打算。西鄉猛烈「射擊」，由此可知他是個傑出的偵察者。

「是這樣的。」

勝改為輕鬆坐姿。

足智多謀的他馬上識破西鄉的用意。

勝識破之後也不隱瞞態度，開始豁出去似地反擊西鄉的探索射擊，直接讓他明白幕閣如何布陣。

「『幕閣、幕閣』叫起來好似高高在上，其實根本沒像樣的人才呀。即便是老中、若年寄之位者也都不諳時勢。像這回禁門之變，激進浪人投入長州而戰死，倖存者也畏怯得無力東山再起，而幕閣竟因此人感慶幸，以為從今以後天下太平了。全是些得過且過無能至極之徒呀。」

「是……」

西鄉吃了一驚。

他沒想到會從幕府的軍艦奉行口中聽到對幕府如此強烈的批評。

「當今，要說狡猾，普天之下再無任何人能勝過幕府高官了。」

勝又道：

「他們彼此掩護並刻意讓人搞不清權限的劃分。實在老奸巨猾呀，那些人。」

「是。」

西鄉態度十分恭敬。

「其中的老中諏訪因幡守應該算是老大吧。假如你去跟他講正確的道理，他只會敷衍道：『您所言甚是。』絕不會當場反對。你若以為他既沒反對一定會付諸實行，他卻又毫無動靜。若正確道理對自己不利，他就背地裡排除異己。因此沒人願意提出正確道理，也沒人願意直言不諱。」

「是……」

西鄉大為吃驚。再怎麼說幕府也是日本的正式政府，一向持漸進論的他也願盡一己之力協助幕府，幫國家度過難關。

「已經這般腐敗了嗎？」

西鄉內心那股少年般純真的正義感，頓時讓他全身熱血沸騰。

「勝老師，那種奸臣何不將他剷除？難道沒任何方法嗎？」

「要剷除一個小人當然容易。但剷除之後，卻無人能取代他挺身挑起國家大任。以目前幕府的情況，最後一定是提出意見的人倒台。沒藥可救了啊。」

「那麼由列藩協助可行嗎？」

「那也沒用。」

勝啪地打死脖子上的蚊子。

「就算有人去說薩摩提出如此意見，他們一定認為此人是被薩摩騙了，不知何時就要丟官了。無論諸藩如何相挺，也只像在澡盆裡放屁。」

「啊？放屁？」

西鄉實在氣不過：

「要是這時列強組成聯軍，像對待清國那樣以艦隊載滿陸軍蜂擁駛入攝海（大坂灣），眼見就要攻占京都，那將如何？」

「日本恐將就此滅亡吧。」
幕臣勝言下之意是，若要靠現在的幕府，日本就要滅亡了。
「難道沒什麼好辦法嗎？」
「有。」
勝開始說明。天下有四、五位賢明諸侯，例如薩摩的島津久光、土佐的山內容堂、越前的松平春嶽、伊予宇和島的伊達宗城等。只要他們各率藩兵上京會師，在攝海常備足以擊退外國船艦的兵力，並開放橫濱及長崎兩港，一切皆以諸藩同盟之名進行對外談判，如此一來即可不必像幕府那樣被迫接受屈辱的條約，也更能讓外國心服口服。
「諸藩同盟。」
西鄉小聲嘟囔後吞了下口水。這不就是政變嗎？
簡而言之勝的意思就是：
「否定幕府，把日本的外交權及軍事權交在諸藩同盟手上。」
這還不算倒幕論。
但已是漠視幕府論了。
西鄉可說是透過這回與勝的會面，才真正確立自己的世界觀及新國家論。
「不過，勝實在了不起。」
西鄉暗自佩服。
勝雖為幕臣卻如此明確地否定幕府。
「幕府呀，只是暫時借來的衣服。即使脫掉這件借來的衣服日本依然存在。思考日本的存亡問題不是理所當然的嗎？」
「您所言甚是。」
西鄉點點頭，但此時內心不知是否正捫心自問「我自己是這樣嗎」。正如西鄉日後掀起西南戰爭一舉可見，他終生都未將薩摩藩自腦海中徹底抹去。
無視薩摩藩而只以日本為考量，對西鄉這種感情過度豐富的人而言是絕對做不到的。

跳脫開來只以日本為考量，對他而言實在過於抽象。插句題外話，在二十世紀後半的現代，若稱「只以整體人類為考量」，多數情況下不免有些虛偽。因為所謂的人類還停留在抽象概念的階段。

幕臣勝卻已飛躍至如此境界。當然這必須比今日的人類主義者更有膽識。勝說不定會因此送命。

「此人果然異於常人。」

薩摩藩士西鄉吉之助彷彿被驚醒般震撼。震撼程度大概有如見到外星生物吧。

與勝會面後第五日，亦即元治元年九月十六日，西鄉寫了封信給家鄉的盟友大久保一藏，信中提到這份震撼：

「與勝氏初次見面時，發現他實在令人震撼，真教我佩服得五體投地。因我是在對他智謀深淺毫無所悉的情況下去見他的。總之他是具有英雄氣質的人物，更勝佐久間（象山）一籌，學問與學識皆在其上。我至今仍為這位勝老師深深著迷。」

對談之中西鄉連茶都沒喝。大概也無心喝吧。

西鄉告辭時，勝對他說：

「我認識一個很有意思的人哪。」

「哦？」

當時不僅西鄉，只要是有志之士都渴望結識值得交往的人才。西鄉那對有「萬人迷」之稱的眼睛閃著天真無邪的光芒。

「是哪位呢？」

「是土州人，叫坂本龍馬。找天幫你們介紹吧。」

一定。西鄉說完隨即離去。

之後不久，龍馬說要上京偵查情勢，勝於是建議他，既然如此不如順道至錦小路的薩摩藩邸找西鄉聊聊。

插句題外話，筆者愈想愈覺得勝這人委實不可思議。他給了龍馬和西鄉重大影響與方向，還若無其事對雙方說「見個面吧」。不知勝是否已預料到這兩人見面、熟識之後，將使歷史陷入巨大的變動之中呢？

勝雖凡事一板一眼，但壓根就是個都會之子，根本無法擺出一本正經的表情，總是語帶諷刺或說些反話，靠著看似愛惡作劇的外表掩飾自己的一板一眼。

「是個大個子哪。」

這時也如此笑道。龍馬也忍俊不住。勝預先給龍馬的資訊就只有這句話。

勝還真奇怪。難道他是打算撮合這兩人，要他們彼此相撲把整個日本搞得天翻地覆嗎？

總之勝身上有著妖精的氣質。他愛惡作劇的外表下其實有著高深莫測的智慧及超越幕臣立場的想像力，且雖不屬時代主流卻早看出理應只有老天爺才知道的時勢轉轍機之所在。更進一步發現龍馬與西鄉等轉轍手，又不經意似地安排他們見面。此人顯然是老天爺憐憫日本幕末亂象而特別派來的一個妖精！

總之龍馬上京去了，寢待藤兵衛隨行。

「不是聽說全燒成平地了嗎？」

在溯淀川而上的夜船上，藤兵衛道：

「聽說現在搜捕浪人搜得很凶啊。大爺您不小心點的話，幾條命都不夠呀。」

自伏見寺田屋海邊上岸，已是黎明時分。

龍馬跳上岸後發現，道路左側是成排的奉行所提燈，右側則是高舉的新選組提燈，雙方顯然已各自派出眾多人馬。

他們是在監視浪人入京。尤其若發現長州系浪人就不分青紅皂白先抓再說，要不就抽刀當場先斬後奏。

「你叫什麼名字？屬哪一藩的？」

新選組隊士及伏見奉行所官差自左右圍了上來。

龍馬脫藩後一直使用才谷梅太郎的假名。通關許可上寫的也是勝安房守手下。

「進京目的為何？」

「就那個……」

龍馬抬抬下巴把視線投向對面。那裡是寺田屋，門口站著一個女人。是阿龍。

她正以熾熱的眼神望著龍馬。

「是為了來會女人啦。」

不耐地說完後就走向阿龍。才一走近，也顧不得眾目睽睽就高高抱起阿龍。

哪有笨蛋光天化日在路上把女人高高抱起的。

「浪人不該如此，但那女人也實在不檢點。」

行旅商人唾棄道。

女人也真不知羞恥，竟還痴痴地凝視著龍馬，任他抱住自己。果然是阿龍的作風。

「阿龍。」

龍馬抱著頭上的阿龍道：

「好久不見。但我可沒忘記妳啊。我一得空就幫妳想名字。」

「名字？」

「妳的名字跟我太像，容易搞混，得幫妳改個名字。我一直絞盡腦汁想找個好名字。」

「想到了嗎？」

「想到了。妳看『鞆子』怎麼樣？」

「哪個字？」

阿龍微偏著頭面帶微笑。她天生就不在乎別人的看法，竟無視周遭圍觀群眾，只管沉醉在兩人世界中。

「革部右邊加上甲乙丙的丙。」

「好名字。」

說著優雅地將懸在半空中的腳尖併攏。

龍馬不是開玩笑，這是他絞盡腦汁想出來的名字。從這天起，阿龍就搖身一變成了「鞆子」。但要她改名的龍馬往後卻依然喚她阿龍，很少用這名字。

龍馬轉向茫然遠望著自己的新選組和奉行所官差，輕輕點了下頭：

「我先失陪了。」
說完後抱著阿龍走向後方的路口，彎進巷子裡走到寺田屋後門才放下阿龍。他的戰術成功了。
「呼——那些人應該看不見了吧？」
「你是因為他們看不見了才放我下來的？」
「嗯。」
龍馬以手指搓搓鼻子走進後門，那表情似乎已忘記阿龍的存在。
因為是後門，所以一進來就是浴室。龍馬當場脫下衣服及褲子，扔下大小佩刀，光著身體跳進澡盆。跳進去後立即大喊：
「登勢夫人！輛子！怎麼是冷水啊！」
老闆娘登勢聽到浴室傳來的吼聲，連忙跑過來。
「怎麼？這不是坂本大爺嗎？您何時大駕光臨的啊？」
「快把水燒熱吧！」
「您說澡盆的水嗎？我這就去燒。您好久沒來我很擔心您呀。還有謠言說您死在池田屋，要不就說在蛤御門戰死了。我真為您擔心呀。」
「我這不就來了嗎？先別管這些啦，拜託妳先把水燒熱吧。」
多虧阿龍蹲在灶口拚命燒柴，鍋爐總算熱了。
這是所謂的大砲澡盆（譯註：日文為鐵砲風呂。木桶澡盆，一側立有粗銅管或鐵管直接從管子底下的鍋爐加熱，狀似大砲故名）。
「吐，有點熱了。」
龍馬說著跳進澡盆，水溫總算慢慢升至體溫程度。
「阿龍妳真會起火燒水，也很會點炭。」
「人家都這麼說。」
「乙女姊也是這樣。聽說這兩樣工作拿手的人腦筋很好。」
「真的嗎？」
「不過個性也比較倔強，多半是嫁不出去的野丫頭。」

「……」

阿龍似乎生氣了。

「因為乙女姊和妳都是不會針線活也不會煮飯的女中豪傑啊。」

「坂本大爺。」

登勢走過來責備道：

「哪有人要人家幫您燒洗澡水，然後又說人家壞話的。真是莫名奇妙呀。」

「登勢夫人，望月龜彌太和北添佶摩都死了，這三、四個月已經死了二十多個土佐同伴了。」

「我也這麼聽說了。這亂世不知要持續到幾時呀。」

「持續到我來收拾為止。」

接著是一陣潑水聲。

「不過，阿龍，時代的狂瀾怒濤才正要開始呢。外國人已經來到大門口了。清國甚至連首都也遭到攻擊。那些人將從攝海登陸。那裡離京都才十三里。再不振作起來，夷人就要挾持天皇號令天下了。」

或許是洗澡水不夠燙吧，龍馬今天特別多話。

「聽說……」

登勢對情勢瞭若指掌，因寺田屋簡直是薩摩藩的指定旅館。

「情況不大妙呢，長州已遭夷人艦隊攻擊。」

「長州實在可憐。才剛在蛤御門慘敗，四國聯軍又緊接著來襲，下關慘遭猛烈砲轟，真是屋漏偏逢連夜雨。而薩摩藩卻事不關己地對天下情勢袖手旁觀。」

「土州情況如何呢？」

「老藩主是個聰明的自大狂。因他彈壓合理的思想，大家都脫藩了。他們投奔長州又跑到京都，每逢事變發生就有人被殺。滿路都是土州脫藩浪人的死屍。能慰他們在天之靈的時代若不來，這些冤魂將繼續徘徊於天地之間吧。啊，對了。」

龍馬轉移話題：

「登勢夫人認得薩州一位名叫西鄉吉之助的人

嗎？」

「豈止認得，他前天才在坂本大爺您現在用的澡盆裡泡了好一會兒呢。」

「就這個澡盆嗎？」

龍馬似乎頓時備感親切。

龍馬洗淨旅塵後，借用登勢的房間酣睡了整個上午。

將近傍晚時分才起床問阿龍：

「藤兵衛回來了嗎？」

他睡前派藤兵衛事先到京都查探街上及路口的警戒狀況。

京都可說是已進入戒嚴狀態。位居警視總監的京都守護職松平容保已下令要自藩會津藩的千名藩兵，加上新選組、見迴組、京都所司代的五百名桑名藩兵及京都奉行所官差等四處搜索長州殘黨，並阻止可疑浪人潛入京都。

「可疑份子一律格殺勿論！」

下了如此凶殘的密令。長州人桂小五郎沒能逃出京都，一直化身乞丐露宿三條大橋下。插句題外話，生性機伶的桂半夜偽裝成按摩師，邊吹笛邊穿過先斗町及三本木花街，再喬裝為全身僅著一條兜襠布的苦力溜到大津，睡在路邊的乞丐寮，與自京都來尋的愛人幾松重逢後，又扮成商人跑到但馬，在那裡又多次遷居度過該年。

藤兵衛終於回來了。

「大爺，危險哪。連一隻螞蟻都別想通過。」

藤兵衛道。這回還是老實點折返大坂吧。

「我還是要去。」

龍馬不以為意地說。長州潰敗後，幕府已權威盡復，甚至變得更殘暴，此王城之地簡直已成佐幕派的根據地。龍馬想親眼瞧瞧那模樣。他講求證據及現實的天性正驅使著他。若非親眼目睹、親耳聽見就無法打算，也無法預測今後的天下走勢。坂本龍馬這人與其他理想主義志士最大的不同點或許就在此。

「為何您那麼想去呢？」

「因為田鶴小姐在啊。」

阿龍驚訝地抬起頭。

「我很擔心，不知她情況如何。房子恐怕都被燒掉了吧。」

「可是……」

阿龍道：

「田鶴小姐是土佐藩家老的妹妹對吧？如此身分，河原町的土佐藩邸一定會盡心安置她的。」

那還有什麼好擔心的呢？阿龍哀怨的眼神彷彿這麼說。

藤兵衛看不下去了。

「大爺，您究竟是喜歡哪一位呢？是江戶的佐那子小姐？京都的田鶴小姐？還是伏見的阿龍小姐呢？」

「別多嘴。」

龍馬生氣了：

「我統統喜歡！」

「怎能說統統喜歡呢？最好還是分出程度吧。統統喜歡跟統統不喜歡沒什麼兩樣。全心全意忘我地渴望著天地之間的某個人，這才是真正的喜歡。喏，阿龍小姐怎不設法讓我家大爺真正喜歡上妳呢？」

藤兵衛使勁地敲了敲菸斗。

晚餐有酒。

登勢和阿龍輪流斟酒。龍馬後來多少有些醉意。

「真不敢相信我竟然醉了。」

或許真的很罕見。龍馬並不特別愛喝酒，但酒量頗好，平素喝個一升（編註：約一・八公升）也若無其事。

「藤兵衛，唱首歌吧。」

「好啊。」

藤兵衛嗓音之渾厚都夠格靠這吃飯了。

「請大爺幫我彈三味線。」

「好。」

龍馬拿起一旁的三味線。他的琴技是乙女姊調教出來的，以一個沒受過專業訓練的素人來說算不錯了。

在龍馬的伴奏下，藤兵衛唱了兩三首時下流行的「都都逸」。

龍馬彈著三味線同時盤算著。

「明天該如何進入京都呢？」

連一隻螞蟻都進不去的京都。坂本龍馬這麼出名的浪人能順利進去嗎？

「阿龍。」

龍馬突然扔下三味線。

「我要痛快地跳場『看看舞』，妳來彈月琴吧。」

「您會跳呀？」

「豈止會跳，我還是在長崎學的，可正宗呢。」

阿龍一拿起月琴，龍馬就起身撩起褲管跳了起來。

「看看兮，賜奴的九連環……」

此曲由長崎的清國人傳入日本，是當地酒宴的餘興節目。自京都、大坂至江戶已蔚為流行。伴奏樂器主要是清國的月琴，而這正是阿龍最拿手的。

龍馬又跳又唱。

看看兮，
賜奴的九連環。
雙手拿來解不開。
拿把刀兒割，
割不斷了。
呀呀呦。

歌詞的意思是：

「雙手捧起您送我的益智九連環，但想解也解不開，想割又割不斷，真無奈呀。」

內容如此風雅。但是以長崎式發音唱出來的中文，想當然不僅清國人不知所云，就連日本人也聽不懂，簡直不三不四。但總覺得逗趣中帶點哀愁，故龍馬一直很喜歡。

「對了！」

龍馬突然停住舞步，拍了下手：

「明天就邊跳看看舞，邊隨著群眾混進京都吧。阿龍，妳明天帶著月琴隨我進京都。」

「我不是阿龍，是鞆子呀。這可是您自己取的名字呢。」

「對喔，鞆子。」

龍馬一屁股坐下，醉意一下子湧上全身。

「我要睡了。」

才剛躺下就打起呼來。

老闆娘登勢的房間被龍馬占住，只得到阿龍房間睡。

「喔，阿龍。」

她伸手拉過枕邊的菸草盒。

「妳看他是真要進京去嗎？」

「我想是吧。」

「很危險呀。」

登勢塞了菸草卻不點火，任菸斗停在半空中，一動也不動地陷入沉思。

阿龍望著她的側臉，覺得很美。

「如果我是他的情人，一定不會讓他這樣做的……」

她暗示阿龍制止龍馬，阿龍卻自顧自地想著：

「情人……」

完全被這個詞吸引住了。

「我猜坂本大爺應該喜歡義母大人您吧。他曾說您和乙女姊個性像極了，而對您有不尋常的感覺呢。」

「說什麼傻話？那意思是說，感覺就像親人似的呀。」

登勢連忙解釋：

「我也是把他當弟弟呀。我們差幾歲？三歲……

不，五歲嗎？」

登勢突然沉默不語，過了半晌才笑道：

「他真是個怪人喔。」

她指的是龍馬。

「曾多次聽他說喜歡田鶴小姐，卻又告訴我，再沒有比江戶千葉道場的佐那子小姐更好的姑娘了。現在又說妳啦，他說妳不會針線活只會彈月琴，還曾上大坂去甩流氓耳光，他說他就欣賞妳這點。」

「義母，您的菸。」

阿龍提醒。因為登勢一直吸著沒點火的菸斗。

「啊，對喔。」

登勢笑著掩飾。但她對龍馬並不只是姊弟般的感情，這點阿龍最清楚。

「阿龍，我是個從早忙到晚的船宿老闆娘，所以只有一樣絕活。」

「是什麼呢？」

「那就是很快入睡，而且一旦睡著，就連小偷來都吵不醒的絕活。」

「哎唷。」

阿龍大笑。

「我一睡呀，阿龍，隨便妳上哪兒去都行，要去跟他說現在京都有多危險也行，不，其實我覺得妳真該去告訴他。不過得等我睡著，然後在我醒來之前偷偷摸回來。換句話說，得趁我昏睡的時候喔。」

登勢開始呼呼大睡。

阿龍卻睡不著。

——睡不著時就讓腦袋放空改用腳底呼吸。這樣就能睡著了。

龍馬有一次這樣教她。

「真的嗎？」

阿龍拉起棉被蓋住頭，悄悄伸腿把意識集中在腳底，試著以腳底呼吸。

「不行呀。」

還是胸部在呼吸。怎麼可能以腳底呼吸呀。
「但坂本大爺應該不會騙人。」
於是又吸了一口氣，然後試著用力從腳底呼出去。
還是做不好。
「換句話說，就是要一直這麼想吧。」
如此一想就不斷告訴自己正以腳底呼吸。阿龍接下來把意識集中在腳底，試著拚命呼吸。
但愈是這樣，身體內部似乎愈來愈熱，最後彷彿感覺胸部的鼓動正透過喉部薄薄的皮膚傳了出來。
好奇怪的感覺。阿龍第一次有這種感覺。
「受不了了——」
她終於按捺不住。腦袋根本無法放空。因為龍馬在裡面。阿龍感覺龍馬似乎充斥在身體的每個角落。
阿龍使勁掀開棉被。
「我要去找坂本大爺。」
一到緊要關頭，阿龍體內就會出現彈簧，使她搖身一變成為充滿行動力的女人，甚至連自己都感到驚訝。
「女人家主動到男人房間去好嗎？」
就連這點反省能力都喪失了。
「對不起。」
她對著登勢沉睡的臉低聲道。阿龍悄悄繞過被褥走出房間。
她穿過走廊，站在龍馬房間前然後蹲下身體，拉開紙門一閃而入。
「不會被討厭吧。」
她已經不考慮這些了。前文提及阿龍曾到大坂掌摑流氓救回差點被推入火坑的妹妹，而現在那個阿龍就在一片漆黑中喘息著。
「坂本大爺，阿龍來找您了。」
她開門見山。
龍馬依然躺著。
但其實紙門拉開那一瞬間他就醒了。他的佩刀就在枕邊。

他陡地放開抓在手裡的佩刀：

「怎麼，原來是阿龍呀。」

說著翻過身去，面向一旁又打起呼來。

阿龍聽到龍馬的打呼聲也不禁洩氣。

但既已不顧羞恥溜進龍馬房間，總不能就此回登勢那邊呀。不是嗎？

「喂，坂本大爺。」

說得誇張一點，阿龍這是抱著必死的決心了。她膝行至龍馬身邊，雙手放在龍馬棉被上使勁搖了起來。

「做什麼呀？」

龍馬詫異地張開眼睛。

「我睡不著，也試過坂本大爺教我那招用腳底呼吸的方法，可是愈試就愈睡不著呀。」

言下之意是要龍馬負責。只好使出這招了。因為她實在找不出偷溜來此的理由。

「是妳方法不對吧？」

龍馬懶洋洋道。

「可是都沒用呀。」

阿龍仍然堅持。一片漆黑之中龍馬看不見，但她想必極為緊張吧。

「無論如何都睡不著呀，坂本大爺。」

「怎樣？」

「沒用就是沒用嘛，什麼腳底呼吸……」

「好！」

龍馬似乎也下定決心了。只要不是白痴都猜得到阿龍的心意吧。

「我抱著妳睡。進被窩來吧。」

「沒關係嗎？」

「別再說話了，從現在開始言語已是多餘。」

阿龍幾乎是跳進龍馬被窩的。

龍馬抱住僅著襯衣的阿龍腰身，讓她緊貼自己。

阿龍顫抖得十分厲害，牙齒甚至不住打戰。

「阿龍。」
「叫我鞆子。」
「終於要成為我的女人了嗎?」
不知為何龍馬的聲音竟略帶惆悵。
「您不也一直有此打算嗎?」
「嗯,不過也有其他考量。我本想一輩子不要有固定的妻子,現在仍是如此想法。」
「為什麼呢?」
「以前也跟妳說過呀。胸懷大志者希望保持即使隨時從地上消失也毫不留痕跡的自由之身。」
「嗯,您剛說『言語都是多餘的』。」
「喔,對喔,我忘了。男女間進行到此地步也不用再多想了。」
遠處傳來狗吠聲。
龍馬伸手解開阿龍的衣帶。
「阿龍,我來了喔。」
「等等。」

阿龍突然害怕起來。
「妳這是強人所難呀。」
龍馬輕聲笑了:
「阿龍,妳已經袒著胸脯了,都到這地步了還叫我等等,豈不是強人所難嗎?委屈妳了,但真的不能等啦。」
阿龍也覺得好笑,竟也忍不住笑了出來。這一笑恐懼感就消失了。
「現在可以了。」
「傻瓜,應該說得深情一點呀。」
龍馬也不好意思地撫摸著阿龍。
「真是出乎意料的柔軟呀。」
「什麼?」
「妳的身體呀。」
他很驚訝。因為阿龍個性像少男,外表讓人以為肌肉一定很結實且身材乾瘦,沒想到卻完全不是這樣。她有著絲絹般的肌膚，和富於微妙彈性的脂肪。
「果然是女人。」
她終於忍不住發出聲音。
阿龍發出聲音後，龍馬又以手掌覆在阿龍那裡，再次確認。
已經濕了。
龍馬很高興。
「阿龍，妳平素嘴巴硬，但這裡果然還是女人。」
「當然呀。」
「天生萬物真是不可思議啊。」
「為什麼？」
「嗯，不知為何愈來愈覺得神韻縹緲。」
「真是個怪人。」
阿龍的緊張也逐漸解除。
幾乎就在同一瞬間突然受到昏天暗地般的猛烈衝擊。衝擊過後餘音嬝繞，身體中彷彿奏起首次聽到的旋律，隨著微妙的痙攣傳遍全身。

……

阿龍閉上雙眼。
自己的身體似乎正激烈地震動，卻不了解為什麼。
自己的意識已如雲霧般散失了，只剩下被龍馬抱在懷中的生物，這應不是阿龍。
而是名為「愛」的生物吧。
身體震動得幾乎超越極限，接著又震動得更加厲害。阿龍覺得自己似乎就要飛升至宇宙了。
「啊——」
自己似乎大喊出聲了。
飛升上去後又往下沉落。阿龍彷彿拉著細繩逐漸下沉，直沉入深海底部似的濃綠色彩中。
「龍馬爺……」
自己似乎喃喃低語：
「今生今世愛您不渝。」
「不必愛我。」
龍馬輕輕挪開身體：
「那將成為我的重擔。」

「不，我絕不會成為重擔，只有我阿龍會永遠愛您。」

「應該是鞆子吧。」

「對，對，馬上就忘了，是鞆子。」

天亮之前阿龍悄悄返回自己房間。

登勢睡得正熟。

「對不起。」

她對著沉睡中的登勢道歉後鑽入被窩。

卻睡不著。

她蓋上棉被使勁閉上眼睛，沒想到眼淚卻從緊閉的雙眼不住流出。女人真奇妙，就在剛剛阿龍失去了處女之身。更不可思議的是，她感覺之前的自己竟彷彿皮影戲般遙遠。

「究竟怎麼回事呀？」

真搞不懂。

阿龍咬住棉被一角悶聲哭泣，彷彿正享受著哭泣的樂趣。怪的是愈哭愈感到有一股又酸又甜的悲傷正無可奈何地擴散開來。

這是在與被分割後走進皮影戲世界中的那個過去的自己惜別嗎？

不僅如此。

阿龍也感受到已踏入新世界的自己。

阿龍這個存在，已不像之前的自己是孤零零一個人活在世上，這個新的自己是以「龍馬的阿龍」身分誕生於人世，不再是孤獨的阿龍了。

「我是他的女人呀。」

阿龍藉著哭泣細細品味這股想要大喊的衝動。

龍馬呢？

「我可不知道呀。」

他或許會懶洋洋這麼說吧。無所謂，不管他說什麼，已成為「他的女人」的自己都不會改變。

阿龍停止哭泣。

因為周遭突然亮了起來。不知何時房裡的燈火已點燃。

「怎麼啦？」

登勢高跪在行燈旁問道：

「作惡夢了嗎？」

阿龍搖搖頭，就像回答「不是」似的。敏感的登勢靜靜凝視阿龍的模樣，隱約也察覺發生什麼事了。

「妳是許身給龍馬了吧？」

「是。」

阿龍像個小女孩般點點頭。

「那很好啊。我一向認為坂本龍馬是日本第一的男人，因此我也認為妳獲得了即使被全日本女性嫉妒也甘願的幸福。只是，只是，只是……」

「只是？」

「只是妳將無法安穩過一生呀。」

「我已有此覺悟。」

「我這話是出於嫉妒。但妳可千萬不能成為他的包袱唷。要是妳成了他的包袱，我將以喜歡他的女人身分來阻止妳。」

「打擾了，大爺，早飯準備好了。請到二樓的濱之間用餐。」

在走廊上招呼龍馬的並不是阿龍，而是下女。

「喔，我正等著呢。」

龍馬彈跳起身，臉也沒洗就穿過走廊，兩步併一步跳上二樓。

帳房所在的板之間也好，樓梯口也好，都是寺田屋事件的原跡，曾吸過許多薩摩志士的鮮血。

上樓後第一個房間就是店裡所稱的濱之間。

房間面濱（碼頭），靠著欄杆往下瞧可俯瞰來往的旅人。

「天氣真好啊。」

今天無論如何一定要進京。龍馬如此盤算，同時坐到飯桌前。

一旁服侍的是阿龍。她低垂著頭不敢正眼看龍馬。

連耳根都紅了。

「什麼，是竹筴魚乾和煮秋茄呀。」

龍馬不太喜歡乾貨，但在不靠海的京都和伏見，這種菜色應該算豐盛了。

「您不喜歡魚乾嗎？」

「嚼起來費勁呀。」

因為龍馬是在海邊的城下町長大的，很少吃魚乾。

「因為我老家土佐高知就連海邊都有魚游來游去。還有鯨魚呢。」

「騙人。」

「沒騙妳啦。一有鯨魚誤入海灣，漁夫就召集數倍的船隻，大聲喧嘩圍捕。還有人就在海灘上啃起切成西瓜大小的整塊生魚，吃得滿臉是血呢。」

「哎唷！」

感覺好像在聽野蠻的異國故事，在京都長大的阿龍覺得有些噁心。

「是因為這樣所以土佐人脾氣比較暴躁嗎？」

「不，土佐也很大喔。像上上個月在蛤御門戰死的那須俊平老人，他所住的村子是位在冬天積雪甚深的山裡，像那種村民一輩子見不到海的村子也很多。不過山裡的土佐佬雖不獵鯨魚，卻改獵山豬，故身手矯健，脾氣更暴躁哪。」

「嗯，您多吃點。這是我特地為您做的。」

「什麼？這些菜是妳親手做的？」

「是，是我摸黑拚命……」

「哦——」

龍馬十分驚訝。他可以理解這是不習於廚房工作的阿龍費心為自己做的，但也只是烤個魚乾、燒個茄子而已呀，不是嗎？

龍馬剔下魚乾放進嘴裡。只見阿龍死命地盯著自己的嘴巴，眼神似乎在問：

「味道還可以吧？」

「妳做的菜果然好吃。」

龍馬硬著頭皮道，同時把口中過鹹的魚乾吞下肚。

「跟我一起進京吧，快去準備。」

「一路小心喔。」

在登勢的目送下走出寺田屋的龍馬三人，簡直就像一幅猜謎圖。

一個五尺八寸身高異常的浪人，戴著時下流行的韮山笠。

浪人後面跟著一個引人側目的漂亮姑娘，手上抱著一把月琴。而左邊則是個小偷——

但他並未特別以布巾包住頭臉。他打扮得像個賣雜貨的小販，步伐輕快充滿朝氣。走路的姿態看來相當習於旅行。

伏見是座熱鬧的市鎮。

居民戶數有六千六百五十六，境內共有一百五十間寺院，如今大多數寺院住滿從京都來此避難的災民，故人口驟增。再加上路上往來如織的旅人，整個市鎮熱鬧非凡。

「他們是做什麼的呀？」

路人都瞪大眼睛目送龍馬一行。走在前面的龍馬左手照例放在懷中。邊走邊哼著「看看舞」的歌詞。

後面的阿龍雖未一路以月琴伴奏，但總是抱著那把月琴，乍看之下好像是在伴奏。

「大爺，好難為情呀。」

藤兵衛很受不了。

不久走進墨染之里。

這裡有好幾家面街的便宜妓院。

家家都掛著長捲簾。妓女每每從簾後跑出來便拉著旅人的衣袖：

「喲——進來嘛，進來玩一下嘛。」

一個身穿青梅產的條紋棉襖外加黑天鵝絨的襯領，臉塗得雪白的妓女叫住龍馬：

「喲——浪人爺。」

「別亂叫！我可是在長崎受過訓的看看舞者呀。要我上門表演嗎？」

「真的嗎？」
妓女半認真道：
「插著兩把佩刀的藝人還真少見哪。」
龍馬閃過身繼續前行。
順著街道前進不久便進入京都，抵達俗稱「大佛」的方廣寺門口。
「這下糟了！」
龍馬暗叫不妙。因為門口高掛染印著三片柏葉家紋的燈籠。
土佐藩主已進京。因河原町藩邸過小而借用此處當本陣。
「龍馬！喂！這不是龍馬嗎？」
門內走出一位氣宇軒昂的武士叫住龍馬。
——誰叫我呀？
龍馬停下腳步回頭望去。
這裡是土佐藩的臨時本陣前。雖是母藩，但龍馬既已脫藩，這些人對他而言就是敵人。
「是我呀。」
那名武士走了過來。他的前額剃得乾乾淨淨的，腰間還插著裝飾精美的大小佩刀。一看就是個頗具身分的上士。
年紀尚輕，有張精明能幹的臉及看似敏捷的腰腿。
「你忘記啦？乾退助呀。」
他就是後來的板垣退助。與後藤象二郎同獲老藩主容堂的賞識，特奉容堂之命將土佐藩之軍事組織洋式化的高級官僚。
插句題外話。板垣這人在明治後成為自由民權運動之總帥，明治十四年（一八八一）召開國會的御詔發布後，即被推為自由黨之總理，翌年到岐阜發表演說時遭刺客襲擊負傷，當時還說出如下名言：
——即使板垣會死，自由也不死。
不過他個性過於豪爽，不太具備政治家或思想家的能力，當武將的能力反而高多了。維新戰爭時他擔任東山道先鋒之總指揮官，親率官軍攻陷甲府城平定關東，又進一步攻下會津若松城，這一連串的指揮實無人能及。

他在高知城下與後藤象二郎比鄰而居之事，已在此長篇小說開頭提及。

他自小即與後藤同為難以管教的頑皮孩子王，打架無人能出其右。

板垣擅於作戰。他這孩子有點潔癖經常洗手，他知道後藤怕蛇，吵架時還把一條青蛇藏在懷中，趁兩人扭打之際把蛇往後藤臉上扔去。

後藤因此嚇昏過去。後藤當然要想辦法報復。他看準板垣有潔癖，故意叫他出來，然後拿糞便丟他。板垣終於投降。

話說退助在路上叫住龍馬時還姓乾。

他可謂目前上士中唯一的勤王黨，多年來一直對龍馬懷有好感。

「你要是忘記我，我會很難過。」

退助道：

「從前上士和鄉士大吵時我曾和你在五台山的沼澤對打，我還拔刀砍過去，只是後來被你制伏了。」

「忘了。」

龍馬對上士一向沒什麼好感。他冷冷轉過身去，想就此走開。

乾退助卻像隻小狗似地跟了上來。

此時的退助不同於晚年，個性極為輕率。

他一追上龍馬就道：

「我很尊敬你。」

退助在藩裡也算頂尖的名門子弟且又特別受老藩主寵愛，年紀輕輕已受託將來挑起護衛土佐二十四萬石之領的重任。

兩人雖屬同藩，但土佐藩之身分制度極為嚴謹，退助這種權貴子弟對區區一介鄉士之子如此表態，可謂前所未有之舉。

何況龍馬還是脫藩在逃的亡命罪人呢。此時退助這位年輕的高級官員理應逮捕龍馬才對。

「你為何上京？」

個子矮小的退助仰頭望著龍馬道。

「想來就來啊。」

龍馬冷冷回答，並未放慢腳步。

「喂喂，拜託嘛，我對你很有好感呀。還特地如此追著你說話呢，你起碼也該賞個笑臉吧。」

「我可是醜話說在前頭。」

斗笠下的龍馬難得露出略微暗沉的微笑，同時又道：

「我一向好惡不鮮明，但若一定要我說世上有什麼特別討厭的事物，那我覺得再無任何比土佐藩上士更討厭之物了。」

「龍馬，這我知道。請你了解，我，只有我是不一樣的呀。」

退助似乎天生叛逆。無論哪個藩，即便長州及薩摩兩藩亦不例外，只要是上士必定保守且採佐幕立場。因既得利益者必然覺得最好是繼續維持現狀。

唯獨退助與眾不同。

他上京來是為了一些聯絡工作，本來一直奉藩命在江戶從事洋式騎兵的研究。

他同時也進行騎兵的操練，只要有空就率領數騎騎兵隊員在江戶各町區繞繞以熟知地理環境。

「以此情勢，亂世遲早要到來。那就是討伐江戶幕府的時機了。我正是為那時的巷戰預做準備。」

他在維新後如此解釋。此時勤王論者及倒幕論者都已出現，但就攻擊江戶城而進行純粹軍事研究的，恐怕只有這位名叫退助的年輕人了。

但以他的立場總不能在老藩主容堂面前如此表態，更何況上士同伴皆為佐幕者，故也不能共謀。

多年來他一直對龍馬十分仰慕，聽說龍馬浪跡諸國，更希望有朝一日能遇見他。

沒想到竟在這大佛門前讓他遇見了。

難怪他一路追來。

「京都太危險了。雖然不知道你要上哪兒去，不過我決定跟著你。即便幕府官差來了，只要有我這個土佐藩重臣在你身邊，量他們也不敢對你下手。對了……」

他突然話鋒一轉：

「你知道福岡田鶴小姐的消息嗎？」

「什麼？福岡的田鶴小姐？」

龍馬不由得有些狼狽：

「你知道她的消息嗎？」

「知道。」

退助果然具備戰術上的才能。他早知龍馬的弱點。他聽說龍馬喜歡家老福岡家的田鶴，不僅如此，還聽說田鶴對龍馬的愛慕之情更在其上。城下的街談巷議更將兩人的事編成因身分懸殊而終究無法結為夫妻的悲戀故事。

「她在京都平安無事嗎？」

難怪龍馬一開始就這樣問。前文提及的蛤御門之變中，京都市區有八成都因戰火而燒毀，當然不敢奢望唯獨田鶴小姐所在的三條家藏匿處平安無事。

「燒毀了。」

退助道：

「不過應該平安無事。」

因為公卿三條家背後有土佐這個大藩當靠山。田鶴小姐服侍的三條家前任當主實萬卿的未亡人信受院出自土佐的山內家，不僅如此，老藩主夫人正姬又是三條家的養女。等於是親上加親，故即使三條家燒毀了，土佐藩也不可能見死不救。

「為何不說下去？」

龍馬凝視著退助：

「快說！」

「別急別急。田鶴小姐和信受院夫人都平安無事，但接下來的情況可就複雜了。」

「想當然土佐藩會收留她們吧？」

「不，並未收留她們。」

即使有意收留，礙於當時的政治形勢也不敢。退助道。

三條家的年輕當主三條實美卿是激進的勤王家，又是長州派公卿之首，不僅如此，去年八月又因所謂的「七卿流亡」事件逃往長州而官階遭撤，如今已被逐出朝廷，換言之就是政治犯。

而長州又進一步於此年夏天闖入京都皇宮，掀起戰亂而成為「朝敵」，故三條家留守在京的家人處境就更難堪了。

「龍馬，目前京都的情勢已然大變。長州式的勤王主義已成為逆賊。亡命長州的三條實美卿自然成了逆臣，而田鶴小姐跟隨的留京家屬也就被視為逆臣家屬了。」

「居然有這種事！」

「這是事實，莫可奈何。土佐藩那些思想固陋的重臣對幕府有所顧忌，竟拒絕收留三條家的留京家屬。」

「那他們豈不成了無家可歸的難民嗎？」

「別急別急。土佐藩已與武市主導時代截然不同，早已完全是佐幕一色。別說信受院及田鶴小姐的善後問題了，藩主夫人的情況更是麻煩呀。」

藩主夫人指的是現任的年輕藩主豐範的夫人。她是從長州毛利家迎娶過來的。

「藩主因對幕府有所顧忌而與夫人離婚，只因其娘家為毛利家。」

那麼田鶴小姐究竟情況如何呢？

「土佐藩佐幕化的情形我很清楚。我比較想知道居處被燒毀的田鶴小姐目前身在何處。」

「她目前和信受院夫人住在嵯峨大覺寺旁的一處民宅，可說是政治的犧牲品。」

「生計呢？土佐藩應該會暗中補助吧？」

「藩裡似乎連這都有所顧忌。」

「乾退助。」

龍馬拉助退助的衣袖，突然把手伸進他懷中硬掏出裡面的錢包。

簡直是當街搶劫。

「你、你做什麼？」

「退助，拜託你，請你原諒，這錢暫時先借我。我現在是毫無金錢來源的脫藩浪人，就算聽說三條家處境窘困也莫可奈何。」

「嚇我一大跳哪。」

退助也真是好脾氣，他掏出手巾擦了擦汗。

龍馬招手要寢待藤兵衛過來，又向退助問明嵯峨那戶民家的地點。

「把錢送到那戶民家，就說是乾退助資助的。明天我們在河原町的書店菊屋會合。」

「遵命……」

藤兵衛只如此回答就再也說不出話來了。因為龍馬強奪錢包的熟練手法讓專業的他也佩服不已。

「大爺，您這手法……似乎還在我之上呢。」

他在龍馬耳邊如此低語後迅速離開，朝嵯峨方向急奔而去，大概想趕在太陽下山前抵達吧。

退助接著說起土佐藩的內部情形，又告訴龍馬京都的諸藩政情及動向等龍馬亟欲知曉的情報。

「不過薩藩的動向依然是個謎。該藩的立場實在令人不解。」

「沒錯。」

龍馬也點頭道。薩摩藩給他的印象就像個沉默的巨人，讓人不寒而慄。

因為該藩的最大特徵是一藩統制主義，任何事都是組織上下集體行動。

其他藩，即便是長州藩也多個人行動，藩士各有各的意見，對外也是依己見各自行動，整體來說不過是由個人組成的集團。水戶藩更極端，藩內黨派眾多，不僅意見相左，甚至彼此殘殺。且非僅單純的佐幕及勤王兩黨對立，兩黨中又分為更複雜的支派，故已無法稱之為藩，簡直已達不可收拾之地步。

插句題外話。水戶藩率先倡導勤王思想，諸藩皆尊水戶為勤王之總部，但水戶人卻因致力於議論及藩內鬥爭而未參與明治維新，反由不喜議論且一向集體行動的薩摩人發起維新運動，這可謂幕末史的最大諷刺了。

總之，薩摩人不喜個人談論藩內情況，故很難猜測該藩將採何種行動。龍馬也想知道該藩動向，故特地去拜會西鄉。

翌日，龍馬就到位於錦小路的薩摩藩邸去找西鄉。

薩摩藩邸經常有浪人論客來訪，但多半會遭婉拒。該藩與從前的長州不同，島津久光不歡迎浪人出入。

「西鄉爺在嗎？」

龍馬貿然堵在警衛室門口問道。

西鄉已儼然京都市中最孚眾望者，自然有許多人慕名前來與他討論。

負責應付並打發這些人離開的，就是人稱殺手半次郎的桐野利秋。他正在警衛室裡閒得發慌。

他堪稱西鄉的保鑣。

「您是哪位？」

半次郎上前道。他的褲子拉得較一般人高得多，朱鞘的大小佩刀如門閂似地插在腰間。

他是典型的薩摩隼人。是個不要命且清心寡欲的豪傑，沒讀書，一切奉西鄉為師，不，簡直把他當神看待。身分是鄉士，與藩士相對而言較低。

「這人是殺手半次郎吧。」

龍馬已然看穿。

據說只要殺過一次人就會帶點陰森感，怪的是這人看來並不具如此凶相。他態度謙恭，表情討人喜歡，還帶著足以軟化人心的笑容。

「在下目前的化名是才谷梅太郎，但在這薩摩藩邸內報上本名也無所謂吧？」

「哎呀，當然無所謂呀。本藩即便將軍駕臨，若有必要還是敢關門不讓他進入，這就是我藩風氣。」

「原來如此。」

龍馬十分感動，薩摩藩隱然已將幕府列為敵對之國。如此獨立自主的藩風甚至在半次郎這種人身上都表露無遺。

「如此藩風才堪稱重如千鈞。此藩他日必將握有天下之主導權。」

龍馬暗想並環視周遭。

大門前有棵老樟樹，抬頭仰望只見樹梢有片白雲悠悠往西飄去。

「敢問您本名是？」

「在下是土州人坂本龍馬。」

「啊！」

半次郎天真地拍了下手。

「您就是坂本爺嗎？久仰大名。聽說令姊乙女也是位了不起的人物哪。」

大概是從土佐藩的朋友口中聽來的吧。甚至連龍馬的各色逸事他都知道。

「西鄉爺交代過，近日將有神戶來的大個子來訪，身上的家紋為桔梗紋，絕不可怠慢。」

半次郎並非如此多話之人。他立即轉身衝進去向西鄉稟報龍馬到訪。

在描寫西鄉與龍馬這場歷史性對談之前，筆者想先介紹一下兩位的外貌。

首先介紹龍馬。

據說他身高五尺八寸，故在當時是個罕見的彪形大漢。

以龍馬血統來看，其父八平身材高大，母親則個頭嬌小。大哥權平身材也頗高大，細眉大臉，脂肪過多而極有分量。

其餘的姊姊像母親，身材都纖瘦而嬌小，唯獨龍馬與乙女姊遺傳到父親的骨架。

乙女姊被冠以「坂本家的仁王」，可見她應是城下個頭最大的女性，但身材亦頗勻稱，四肢修長而腰身纖細。

此身型與龍馬大略相同。

某年夏天，龍馬結束江戶第一回刀術修習而返回高知城下老家，適逢慶典的午後。

源老爹特從本町筋的大街跑進來對他說：

「少爺，我回來了，花台（慶典的花車）就要通過了。」

源老爹知道龍馬自小喜歡慶典，幾近瘋狂。

「喔，好！」

龍馬說著衝出房間。但因時值盛夏，他渾身赤裸只剩一條兜檔布，連忙抓件手邊的衣服套上，然後衝出門去追趕花台，一連跑了幾條街口。

終於追上了。他夾雜在人牆中看得正高興，沒想到人們卻不看花台，反而盯著龍馬直瞧。

「喂，龍馬，你身上穿的是什麼呀？」

朋友提醒後，龍馬才驚覺自己竟穿著乙女姊的大紅長襯衣。

那衣服就像訂做般合身，長度大小都剛好。乙女姊在維新後提到這事還笑道：

「他正好跟我一樣高呀。」

乙女高五尺八寸，可知龍馬身高亦同。

他身材與大哥權平不同，是屬於肌肉發達型，又因受過刀術訓練，故手臂肌肉硬如岩石。

提到這裡突然想起明治、大正時期的刀客中山博道翁曾針對幕末刀客選出八傑：齋藤彌九郎、齋藤新太郎、島田虎之助、千葉周作、近藤勇、坂本龍馬、山岡鐵太郎及桂小五郎，並分別加以評論。其中點出「龍馬的刀法與近藤勇一樣，以竹刀對打時技術並不特別突出，但一旦以真刀上陣，其刀尖自然透出令人膽戰的威力」。

龍馬天生捲毛，加上習刀的關係，兩鬢受護面具頻繁摩擦變得更捲，相貌因此更顯精悍。此外，他還有雙濃眉且雙眼綻放著異彩。

總是態度冷淡，喜歡將手放在懷中，也不太笑，但一笑起來，卻有股讓人為之心悸的親切感。

話說西鄉——

龍馬的外貌已經為大家介紹了。

接下來就描述與他在錦小路薩摩藩邸對坐的西鄉吧。

正要提筆之際，多年好友碰巧在這酷熱時節來訪。此人是知名週刊誌的主編。

說來真巧，他一坐下就道：

「轉進你家巷口時，不知為何突然想起西鄉這個人來。」

為他奉上的茶他瞧都不瞧一眼，又問道：

「西鄉隆盛究竟是什麼樣的人？」

我因如此巧合嚇了一跳，又突然被他這樣一問，一時也答不上來。

「實在是個難以了解的人呀。」

我老實回答。如此回答的同時腦海裡也一邊描繪西鄉的影像。他應該有張略顯茫然的臉龐吧。「我想世界史上從未出現過這種人物吧。」

「是難以了解的人呀？」

「總之，以尋常人的知識及理解力是無法理解那種人的。」

關於西鄉隆盛這人，我竭盡所能做了各種調查，也幾度到他出生之地鹿兒島拜會必要人物且費盡思量。

「若就這些資料，可以說上一百個小時，但不管怎麼說也無法具體表現西鄉這個人。」

說得抽象一點，就是西鄉這人很難歸入人類分類表的任何項目中。好比說西鄉身兼革命家、政治家、武將、詩人及教育家的身分，但要是將他套在其中任一項就無法呈現西鄉的具體形象。若勉強將他塞進其中一項，西鄉也不是個特定專業人才。換句話說他不是位專業技術人才。

只能說他是位哲人了。

西鄉特別喜歡「敬天愛人」這個詞。再無任何人如他這般無私。打從年輕時代開始，他就以屏除私心成大事為座右銘，拚命教育自己。到了中年幾乎已臻此境界。

或許是天性使然吧。透過如此鍛鍊，他形成異常吸引人的人格。此異常的吸引力成為他的原動力。甘願為他犧牲的人群聚而來，不但形成大集團，最後甚至推動整個薩摩藩投入幕末風雲之中，而維新運動也因此得以完成。

勝曾評論龍馬與西鄉：

「坂本龍馬就像會盤算的西鄉。」

兩人屬同類型，但在此點有些不同。

在此順便轉述識得西鄉之先人對他的評論。

與其描寫事蹟生平，說不定這樣更能讓讀者更鮮明地看到此人物。

西鄉兩度遭流放小島。

藩主之父久光不喜歡他。第二度流放時，島上的老婆婆也吃驚道：

「你呀，哎唷……」

並對他說起教來。老婆婆似乎一直以為他是工頭。

「你一定是大壞蛋！到這島上來的人一次就學乖了，沒有人來第二次的。可是你這人竟來了兩次！這回一定得徹底洗心革面，早日回去呀！」

西鄉慚愧得滿臉通紅，連忙說了三次：「請原諒我，這回一定洗心革面。」

老婆婆見他那近乎滑稽的慌張模樣，有感而發地點頭：

「你呀，真像個孩子。」

她如此誇獎西鄉。

西鄉天生個性就是如此天真無邪，這也是他吸引人的魅力之一吧。提到吸引人的魅力，就不得不提日後西南戰爭發生的事。這場戰亂中有六十三名豐前中津藩士加入薩摩軍。戰況日趨不利，最後只得閉城固守城山。

這些中津藩士的領袖名為增田宋太郎，他召集六十三名同鄉道：

「城陷已在所難免。你們殺開血路回鄉去吧，我單獨留下即可。」

「為何只有你單獨留下？」

同鄉如此質問。這位豐前人潸然落淚道：

「我來此才有幸接觸西鄉這人。如此不可思議之人若接觸一日則產生一份親愛之情，接觸三日則產生三份。親愛之情與日俱增，如今我已離不開他了。既然如此，我決定不計後果，都要與他同生共死。」

在錦小路的薩摩藩邸大門接待龍馬的中村半次郎（日後的陸軍少將桐野利秋）因家貧而目不識丁，幕末跟在西鄉身邊耳濡目染而學得各種知識，偶有人嘲笑他沒讀過書，他只是滿不在乎道：

「我要是有幸讀書早就取得天下了。」

事實上桐野的行事作風頗具戰國武士風範。西鄉很欣賞桐野如此爽朗的個性。

桐野曾如此評論西鄉：

「該死之處不敢死，我就是這種人。而讓我成為勇於死得其所之人的是南洲翁（西鄉），因此我一生都離不開他。」

事實上，桐野日後發動西南戰爭，擁西鄉為領袖而將他逼上死亡之路。西鄉反對桐野舉兵，也早知此舉之愚蠢，最後卻道：「既然半爺如此堅持，那我就將自己交給你吧。」或許正因他情感異常豐富，才會有「接觸一日則產生一份親愛之情」的情形吧。

但單就上述情況，顯然只是個「愚蠢的討人喜歡者」。

繼續談談西鄉的故事。

西鄉當然不只是流放島上老婆婆眼裡那種「給人天真印象而討人喜歡的人」。

他也是個激進的叛逆份子。

他本是藩裡一個小郡的文書官，而自此卑職提拔他的正是前藩主島津齊彬。齊彬不是尋常藩主，他是個天才型政治家，更是學者及批評家，可惜就在幕末風雲前夕過世。

齊彬有意自己為師，視西鄉如弟子般栽培。

有一次齊彬對終生寵愛龍馬的越前福井侯松平慶永（春嶽）如此道：

「島津家部屬的確眾多，可惜如此情勢之下卻無任何派得上用場之人。只除了一個名叫西鄉的人呀。請你好好記住這名字，他可是我藩之重寶呀。」

「不過……」齊彬又接著說：

「這人個性特立獨行，能用他的恐怕只有我了。」

齊彬死後，其庶弟島津久光成為實際上的藩主。

久光有意繼承有天下賢侯之稱的兄長齊彬遺志，打算親自上京一手整治朝廷與幕府對立的混亂狀態。當他召見堪稱亡兄遺臣的西鄉前來商議時，西鄉卻不給面子：

「你沒這能耐。」

言下之意是，此事得齊彬公才能完成，久光你這根本是猴子學人似的行徑。個性頑強的久光聞言大怒，只見西鄉撇過頭去不屑地說：

「地五郎。」

薩摩語的地五郎指的是鄉巴佬。當然，是大到足以傳進久光耳裡的音量。

他因此遭久光疏遠，二度流放小島的間接原因也在此。久光一直憎惡西鄉。明治後久光獲封公爵稱號後仍道：

「討幕維新之舉我毫不知情，那是西鄉擅自利用我藩所做的莽撞之事。」

甚至嚴厲批評：

「他根本就是安祿山！」

安祿山是唐玄宗的武臣，本為胡人出身，以驍勇善戰聞名又兼具才智，善於逢迎。他表面上故作正直而巧妙迎合玄宗皇帝（久光意指玄宗即相當於先君齊彬）故備受寵愛，終於成為邊境防衛司令官並握有兵馬之權。他利用此權興兵作亂，驅逐玄宗並定都於洛陽，以「大燕」為國號建國稱帝。此大燕國不久即告滅亡。久光既為藩主又特別憎惡西鄉，在他眼裡西鄉自然和安祿山沒兩樣吧。

總之，西鄉是個膽敢斥罵久光「地五郎」的剛烈之人，他擁有無限膽識，更是個叛逆份子。

西鄉身高五尺九寸。

高龍馬一寸。但龍馬屬纖瘦體態，西鄉則是驚人的肥壯型身材。

因直至數月前西鄉才結束島上的流放生活，故與龍馬初次在此藩邸見面時略瘦，但也仍重達二十七、八貫（譯註：一貫約三・七五公斤，故西鄉此時仍超過一百公斤）。

幾年後他曾住在薩摩川治木的朋友家。

「他食量很大，簡直像牛馬般能吃。」

這是朋友家下女對西鄉的評論。在這名下女眼中，西鄉肯定只是個食量超乎常人的巨漢吧。

飯後送上三顆大文旦。文旦就是西洋梨型狀的柚子。

「呻，好大的文旦呀！我就不客氣地吃一個吧。」

他狼吞虎嚥，轉眼就吃掉一顆，接著又拿起一顆，最後要剝開第三顆時，自己也覺得好笑。

「沒辦法，我就是這種身材，要做衣服的話，普通一人份的布料也不夠。我雖不喝酒，食量卻很驚人。若是牛馬長得肥壯當然好，但身為人可就不妙了呀。不過我食量雖大卻不是貪吃鬼，那種邊吃邊抱怨的人才是貪吃鬼咻。」

他如此嘀咕。下女們聽了，忍不住在廚房裡捧腹大笑。

西鄉終生以「去欲」為自我教育之目標，這由他對自己被當成貪吃鬼耿耿於懷而辯解之事可見一斑。

「別愛自己。」

這是他獨創教派的唯一教義。他自小不愛讀書，甚至還遭一個名喚休吾的家僕抱怨。但第二次流放小島時卻勤奮地讀起書來，並開始思考「究竟何種人能成就大事業」。最後，他得到的結論是：

「不要命、不要名，也不要官位及金錢者，別人就拿他沒輒。唯有這種眾人拿他沒輒之人才能克服艱難，成就國家大業。」

龍馬也留下與此類似的語錄，但說法與西鄉相較之下顯得較像逆說，且不似西鄉具有宗教性，卻一針見血。或許勝就是因此才說龍馬是「較會盤算的西鄉」吧。

就拿成就大事這點來說吧。龍馬的語錄中有「人生之目的在於成就事業」。此觀點與西鄉並無二致，但他立刻接著強調「切勿羨慕他人事蹟而模仿他人」，可見他極具冒險精神。

又，關於生死觀也與西鄉頗為類似：

「遭五馬分屍之刑，遭逆施磔刑，或於宴席上歡樂死去，橫豎都是一死，並無二致。既然如此更應思成就偉大之事」，又有「死時就將性命交還給上天，切勿一心貪求高官厚祿而貪生怕死」之句，可知龍馬觀點雖與西鄉相似，但似乎更顯得實際。

西鄉晚年愛以槍行獵，經常一身獵裝（一如上野公園內銅像之裝束）走在故鄉的山林之中。但他並非不修邊幅之人。

聽說龍馬來訪，他立刻換上印有家紋的正式服裝及高級的仙台平裙褲。

老實說他心裡只想到：

「就是勝老師提到的那位仁兄啊。」

故換衣服應是表示對勝的敬意吧。

坂本「良」馬（譯註：日文之「龍」與「良」同音）。

他腦海中浮現的這幾個字就是最佳證據。這也難怪。當時龍馬之名在京都雖已無人不知無人不曉，但西鄉曾被流放小島，故在天下情勢中還算是個「菜鳥」。

他對這回的會面究竟有多期待呢？

「幸輔（吉井）爺也來吧。」

他建議幸輔一同出席。幸輔與西鄉很早就開始在藩內從事志士活動，維新後改名吉井友實，獲封伯爵。是和歌作家吉井勇之祖父。

「這人對海軍事務十分熟悉。」

西鄉如此道。看來他對龍馬的認識僅止於此。

穿過走廊來到書房，幸輔爺不禁大吃一驚：

「哎呀，客人不見啦！」

只剩一個坐墊，龍馬已不見人影。

龍馬此時正忙著在藩邸的庭院中捉鈴蟲（譯註：日本鐘蟋）。

因為在房裡等候時一直聽到鈴蟲的聲音，他忍不住從外廊跳下庭院循聲找去，果然在草叢中發現鈴蟲。

龍馬趁牠跳起的瞬間抓住，然後放進袖兜中。他自小就喜歡鈴蟲，也飼養過。

「哦，你在抓鈴蟲嗎？」

西鄉走到外廊朝龍馬問道。

龍馬轉過身來，瞇著近視眼望向西鄉。這時他應該打招呼說「你好，我是坂本」，但又怕袖兜中的鈴蟲跑掉。

「你有蟲籠嗎？」

龍馬壓著袖口問，西鄉也緊張地問道：

「幸輔爺，有蟲籠嗎？」

並請他到邸內找找。幸輔心想：

「哎唷，這下來了個怪人。」

但仍大問管倉庫的人邸內有無蟲籠。幸好有一個。

幸輔繞至庭院把蟲籠交給龍馬。近視眼的龍馬把臉湊近蟲籠，小心翼翼打開袖口，然後迅速把蟲趕入籠中。幸輔見他那認真模樣不禁懷疑：

「這人不會是專程到薩摩藩邸來捉鈴蟲的吧？」

龍馬拔了幾條雜草藤，編成繩子綁在蟲籠上，然後爬上外廊伸手將蟲籠掛在屋簷。

「真是個怪人。」

西鄉詫異地望著眼前的土佐人。

龍馬也兀自觀察著。最讓他感動的是自己抓到鈴蟲喊著要蟲籠時，西鄉也跟著緊張地大喊「蟲籠！蟲籠！」單純而近乎天真的誠實人品可見一斑。

「這人應可託負重任。」

龍馬心想。

插句題外話。被西鄉視為最大知己之一的勝晚年曾道：

「我腦筋比西鄉好，人格卻遠遠不及。那是因為他膽識及誠意過人。江戶城移交時也是如此情況。聽我一言就信而不疑，單槍匹馬進入江戶城。我有時也會視時機和場合多少使些手段，但遇到他的至誠就沒輒了。連我都不忍騙他。因怕這時若還耍小手段，反而會因西鄉而被人看穿自己的心思，故連我都以至誠回應。江戶城的交接工作也像這樣，就在順暢無阻的座談之際順利完成了。」

江戶城也好，鈴蟲也罷，在西鄉眼裡皆無二致。

西鄉也正暗中觀察龍馬。

其實他也不由自主地發出驚嘆：

「此人絕非泛泛之輩！」

日後西鄉對龍馬之友情堅篤異常。龍馬後來在寺田屋遭數百名幕府官差包圍、攻堅，好不容易殺出一條血路逃進伏見的薩摩藩邸時，西鄉激憤道：

「現在就去攻打幕府衙門，把它燒光，夷為平地！」

害左右之人連忙勸阻。

隨著他們兩人的結盟，幕末史也開始朝意外方向發展。關於這點將隨這部長篇小說的進行逐步交代，還請讀者稍安勿躁。

總之，西鄉覺得龍馬是：

「前所未見的人物類型。」

而龍馬也有相同的想法。

兩人的思想並不相同。正如其語錄所載，龍馬的思想即使在二十世紀的今天依然一如毒物般綻放著詭譎的光芒，且新鮮度分毫未失。

龍馬在語錄中道：

「軟弱者多善，而剛強者多惡。」

又道：

「大奸智而無欲之人，在日本稱為鬼神，在唐土稱為聖人，在天竺（印度）稱為佛，而在西洋則稱為上帝。其理由皆同。」

其邏輯理論充滿華麗的逆說精神。龍馬想成為「大奸智而無欲之人」，西鄉則希望「大至誠而去欲」。

問龍馬的話，他一定會說：

「一樣都是大異人。」

二者的確屬同類型之人，風格卻大不相同。

兩人之間的對話進行得並不順利。

因西鄉有薩摩人特有的寡言個性，而龍馬在土佐同伴口中又是出名的冷淡，故也不多話。

夾在中間的幸輔尷尬地打圓場：

「坂本爺，鈴蟲開始叫了啊。」

說著還笨拙地擠出一絲討好的笑容。

龍馬掛在屋簷的蟲籠，的確開始發出「鈴……鈴……」的清脆鳴叫聲。

這簡直是場有背景音樂的會談。

西鄉終於笑道：

「我也常被罵說太過沉默寡言，沒想到坂本兄與我不相上下哪。」

龍馬也笑了起來。他的笑容很討人喜歡。西鄉暗道：

「哇，這人真了不起啊。」

西鄉一直認為男子漢最重要的就是要討人喜歡。

萬人若如鈴蟲渴慕草露般仰慕追隨，遲早必能推動群眾，甚至整個社會，而完成轟轟烈烈的大事。

但以西鄉的哲學角度來看，所謂的討人喜歡並非女人那種可愛，而是自無欲及至誠滲出來的分泌物。

「坂本兄，我薩摩藩……」

西鄉終於切入正題：

「風評一向不佳。長州人及長州派志士諸君都喚我們是薩賊。上回的蛤御門之變發生時也是如此。」

西鄉舉出一個令人意外的土佐人。中岡慎太郎。

慎太郎雖為浪人之身，卻成為長州君之參謀而隨軍闖入京都。後來全軍敗逃時，只剩慎太郎獨自留在戰場。

「我要去除掉勤王叛徒西鄉！」

他大膽造訪薩摩支藩佐土原藩藩邸，先找到舊識鳥居大炊左衛門，他是佐土原藩之外科醫師。

「有勞你啦。我在戰場參觀，結果……」

說著伸出右腿。只見他大腿遭子彈貫穿，傷口皮開肉綻。只是緊急處理一下，就若無其事前往成列

野戰砲且殺氣騰騰的薩摩軍陣營。

他與西鄉有過一面之緣。

慎太郎向衛兵交涉，請他帶自己去找西鄉。西鄉身邊約有二十名護衛，個個手拿亮晃晃的短矛。

「薩摩何時成了佐幕派！」

慎太郎劈頭如此大喝。同席的薩摩家老小松帶刀曾說：

──當時中岡慎太郎那視死如歸的神情簡直和土佐犬一模一樣，連西鄉身邊的薩摩人都不敢出手。

「哇，被罵得好慘啊。」

西鄉對龍馬道。龍馬內心大為驚訝。

「慎太郎看似思慮周詳，一旦要幹卻淨幹些魯莽事。」

「坂本兄，你對我藩印象如何？」

世人對薩摩藩頗有惡評，此事顯然連西鄉都很擔心。

龍馬輕描淡寫地低聲說：

「長州曾人氣頗旺哪。」

有段時間，長州藩曾有瘋狂信徒隨教主忘我狂舞般的宗教性集體歇斯底里症狀。

所作所為自然也無異於胡搞，激烈到讓人覺得很孩子氣。但他們又很會為自己的激烈行為找正當藉口，因其肉體與精神已完全失衡。但龍馬認為，在此歷史關鍵時期需要的並非深思熟慮、裹足不前的老人，反而是那些瘋子吧。

「在京都市中，就連婦孺都偏袒長州人啊。」

「是花街吧。」

西鄉道。長州人在京都花街的確灑了不少錢。桂小五郎及久坂玄瑞也在三本木等地花錢如水，因此祇園的藝伎多數偏袒長州。

「坂本兄，只要在花街灑錢，京都市內就有一半人以某種形式獲利。民眾就是因此偏袒長州的吧。」

「這個嘛……」

龍馬不禁苦笑。他不認為只因為這樣。據說長州潰敗後，京都市內仍有民眾甘冒生命危險窩藏長州人。想必是因為長州人充滿行動力的熱誠深深打動民眾的心吧。

二條大橋的橋頭高揭一面布告。不僅三條大橋，京都市內共有二十餘處高懸著町奉行的告示。

告示文意譯如下：

「此回長州人膽敢挑起戰端，攻進京城，甚至冒犯皇宮御門。（中略）長州藩向來假勤王之名，使盡各種手段蠱惑人心，故市中或有不少民眾信任長州人。但長州人卻是砲轟皇宮之逆賊，大逆不道之罪明確屬實，故朝廷已下令要幕府正式出兵討伐。」

告示文又道：

「為長州所蒙蔽之人若能痛改前非則既往不咎，故應老實稟報。又，發現潛逃中的長州人應立即稟報，將有重賞。反之若膽敢窩藏，則視同朝敵。民眾應謹記在心。」

幕府高揭告示主要就為通告最後幾行。反之可由此看出長州人在京都多受歡迎。

「討伐他們的薩摩人自然就不受歡迎啦。」

龍馬笑道：

「人啊，若是不受歡迎就什麼事也做不成。哪怕是伸張正義也往往被曲解為惡意之行，到頭來也只得自行放棄。」

「但長州畢竟是大膽砲轟皇宮的逆賊啊！」

「你不說我也知道。這事在幕府告示寫得一清二楚啊。」

龍馬搓著小腿毛。

「坂本兄！」

西鄉按捺不住。此時的西鄉一直很焦慮。雖成功踢掉宿敵長州，但為此額手稱慶的第一是幕府，接著就只有一向討厭長州的今上天皇（孝明天皇）了。世間輿論似乎頗為冷淡。

「我是在問你的意見，不是問你京都民眾的反應。」

「喜歡啊。」

龍馬簡短地說：

「要我選的話，我喜歡薩摩還勝過長州。」

「真感謝你如此抬愛。只是，姑且不論喜不喜歡，你對薩摩有沒有什麼意見呢？」

「沒有。」

龍馬笑道：

「沒有啊。當然沒有。你方才批評長州的意見與幕府告示如出一轍，已說明貴藩之立場。你既持如此人云亦云的意見，我也懶得多說了。」

「這下來了個難搞的人。」

西鄉笑道。

「對了，西鄉兄，問你一件事。」

「哦？我洗耳恭聽。」

「你討厭長州我可以理解。但如今，天下足堪依靠之藩只有薩州及長州。若兩藩看在日本的份上攜手合作，那就太好了。不知意下如何？」

「只要是好事。」

接著也未明說，只是以他那萬人迷的誠實表情點了點頭。

「不過……」

一旁的幸輔插嘴：

「坂本爺，以長州人的個性，他們既已討厭薩摩，不可能跟我們攜手合作的。」

「沒錯。」

龍馬點頭道：

「我家鄉有這這麼一首歌。」

說著以江戶日本橋的節奏為幸輔唱了起來。

安並的阿清是柴天狗，
兩度騙了入田的村長，
嘿喲！嘿喲！

「這是什麼歌？」

幸輔和西鄉都愣住了。

「這個嘛……在土佐是小孩唱的歌。是他們要到田裡去抓小魚時唱的歌。」

「哈哈，那究竟是什麼小魚呢？」

「是泥鰍。」

似乎因彼此方言不太能溝通，故談話也無法太深入。

屋簷的鈴蟲仍叫個不停。

就這樣，兩個體型碩壯的男人初次會面但未能暢所欲言。

龍馬離開後……

「真是個怪人啊。」

西鄉對幸輔透露：

「見面時雖未多談，但他回去後反覺印象深刻。」

「那隻鈴蟲該怎麼辦？」

「哦，那隻呀。」

西鄉看看龍馬龍留在屋簷的蟲籠。

「畢竟是人家交給我們保管的東西啊。放點草進去給牠餵點水。下回他再來，要是告訴他蟲不在了，可就有損個人信義啊。」

「不就是隻蟲嗎？」

幸輔不甘心地暗中嘀咕。因為要照顧這蟲子的是自己。

「竟來了個怪人。」

翌日西鄉又針對龍馬說了同樣的話。他心目中的龍馬形象想必也隨著時間經過而逐漸成長吧。

初次會面對話提到最重要的一點是：

——薩摩會追討長州嗎？

這是龍馬的質疑。幕府有意追討長州，正著手進行各項準備。薩摩藩是否加入，對事態發展將有極大的影響。

「這個嘛……」

西鄉只是支吾其詞。此時自然想更進一步打擊長州，只是方針尚未明確。

龍馬不等西鄉回答即轉變話題：

——現在不如此亦無妨，但將來請與長州攜手合作。

他如此點明，且並未硬是要求答覆，只是簡單提出即轉頭望著庭院。龍馬應是看出就立場及時機而言，西鄉無法當場回答，這才刻意將視線自西鄉為難的表情移開吧。

西鄉十分佩服龍馬對氣氛及時機拿捏之準。

「他絕非橫行於世的尋常論客。」

龍馬並不高談闊論，只能說他是對西鄉提出政治預想。

話說龍馬這邊。他回神戶村後並未對勝提起自己對西鄉的觀感。

數日後勝問：

——你認為西鄉這人如何？

筆者認為此橋段還是直接引用勝自己的語錄吧。

他(龍馬)道:「我初見西鄉,只覺這人深不可測。一如大鐘。小扣則小鳴,大扣則大鳴。」

實為真知灼見。勝心裡大為讚嘆並在日記中寫道:

「評者也人物,被評者也人物。」

菊花枕

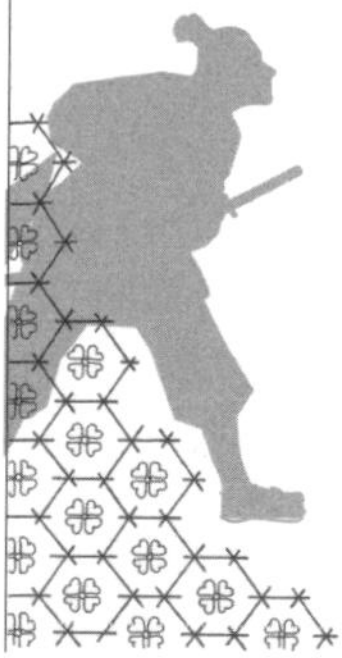

時序已入深秋。

伏見寺田屋中庭那株老柿樹的葉子已開始轉紅，但龍馬自上次之後都沒再來。

「怎麼不來啊？」

阿龍等得不耐煩了。

她極力忍著，但敏感的老闆娘登勢似乎已從她的神情察知，只是不忍戳破。不過有一天……

「阿龍……」

登勢似乎終於看不下去了：

「別那樣鑽牛角尖呀。」

「我？妳是在說什麼？」

她無意裝糊塗，卻因說話習慣而下意識地反問。

「這丫頭真不討人喜歡。」

登勢本是個好勝的女人，加上有些吃醋，心裡才會不高興。她甚至心想，龍馬怎會喜歡妳這種女人呀。

「還是田鶴小姐和佐那子小姐強多了。」

登勢如此斷定。但其實她根本沒見過田鶴小姐或佐那子小姐，只是聽龍馬提過罷了。

「不過我還真怪呀。」

登勢是個聰明人故也發現自己如此，甚至也知道這其實是出自嫉妒。

但她也是個心智成熟的女人，故能巧妙地表現自己的嫉妒之情。

「阿龍呀，這時候對我撒點嬌會比較可愛喲。」

「對義母您嗎？」

「嗯，把一切事情坦白告訴我，不要獨自悶在心裡。」

「那請把那菊花給我。」

阿龍沒頭沒腦地說。

「菊花？」

登勢特別喜歡菊花，在門口、碼頭的石階兩側、後院及房子東側的空地上種了各式各樣的菊花。

種類繁多，有嵯峨菊、伊勢菊、肥後菊等。當然得花許多工夫照料，這些工作全交給男僕。但登勢極愛這植物，每到菊花盛開時節甚至興奮得心不在焉。

「妳喜歡就送妳啊。想要哪一朵？」

「全部。」

阿龍目光炯炯地說，彷彿公開宣告似的。登勢大吃一驚。

「庭院裡全部的菊花嗎？」

「是的。全剪下來，而且只剪花朵，然後放在草蓆上晒乾。我想收集起來給坂本大爺做個菊花枕。」

「啊？」

登勢這下也慌了手腳。為了做一個枕頭，竟然要把寺田屋的菊花一次剪光。

「妳……」

登勢嚇得渾身氣力盡失。

「想把菊花……」

登勢已面無血色。

這也難怪。伏見的船宿寺田屋名聞天下，但也是位於房子櫛比鱗次的擁擠町區中。雖有庭院也僅是徒具形式，因此特地在門外簷下擺上幾盆菊花以增添旅館的風情。

可說是商業道具。何況登勢又特別喜歡這些菊花。如今她竟說要把這些花全剪下來。

「聽說睡菊花枕可以明目醒腦。」

阿龍大概搞不清楚登勢的心情吧，還兀自笑著。

「這怪丫頭恐怕完全不懂得體諒他人吧。」

登勢如此一想也就不生氣了，只是仍捨不得一下子失去這麼多菊花。她拚命忍住這份悲傷點頭道：

「這對腦袋一定很好喔。」

「拜託您了。阿龍實在很想享體會一下用這麼多菊花做一個枕頭的奢侈。」

阿龍似乎完全沉醉在自己的計畫中。

「義母，您說這樣是不是很有意思？」

「嗯，有意思。」

登勢無力地附和道。

「好開心呀！那我現在就去叫忠吉來剪花囉！」

「也好。」

她已被逼得走投無路。這麼一來，人稱女中豪傑的登勢心情反而更悲傷。因為她沒法說不。既然說不出口，乾脆開懷地笑了。她拍了下手道：

「今晚就把花全剪下來吧。阿龍妳也幫忙。」

「那義母您呢？」

「我屋裡還有事要忙。」

登勢為掩飾痛苦而如此道。她實在沒有勇氣親眼看著自己心愛的菊花被剪下來。

時候終於到來。

房子裡外傳來喀嚓喀嚓剪菊花的聲音，登勢盡量避免聽見，於是躲到廚房指揮或到二樓指示飯菜的擺放，起勁地忙著工作。

月亮升起後，登勢若無其事走到屋外。

盛開的菊花全不見蹤影。門口也沒有，碼頭也沒有……

登勢茫然自失地望著這光景，不由得對自己的輕率懊惱不已。當時愛面子而無法斷然拒絕，害得這些菊花落得如此悲慘下場。

「討厭的傢伙！」

她心裡罵的是自己。

不能恨阿龍，因為她本就是個自成一格的天真女孩。

「但不知坂本大爺會不會高興。」

大約十天後，龍馬像風一般走進寺田屋的土間。

「哎——」

帳房的登勢抬起頭來。

此時正值夕陽下山時分，水渠上方的雲朵都被染紅了。

「怎麼回事呀？」

登勢看到龍馬忍不住問道。他的臉色實在太奇怪了。

他的臉曬得黝黑，本就個性開朗而朝氣蓬勃，乍看之下很難發覺，但其實臉上籠罩著罕見的陰翳，甚至可說形容憔悴。

「阿龍等你等得好苦呀。」

登勢故作開朗地取笑他。龍馬卻答都不答，只是坐在門柱上以小刀一刀一刀割起草鞋的繫繩。

「是不是發生什麼大事了呀？」

登勢直覺地想到。她下到土間親自端來臉盆為龍馬洗腳。

「登勢大人，有酒嗎？」

「旅館當然有酒啊。」

登勢邊洗邊答，暗覺不尋常。龍馬是土佐人故酒量很好，但似乎並不是特別愛喝酒，從未一進門就要酒的。

「您要酒做什麼？」

「當然是要喝啊。」

「喝了要做什麼？」

「睡覺。」

龍馬笑也不笑：

「我有些疲倦，讓我先睡一下，子時（半夜十二點）叫我。」

「叫您？」

登勢愣得停下手邊的動作。

「我要上京去。喔，不過夜。不能過夜。」

「究竟怎麼回事呀？」

「要解散了……」

龍馬踩上門框同時道：

「我是說神戶的海軍練習所。幕府竟稱之為叛徒的巢穴。不過……」

說著無畏地笑笑：

「事實也是如此。」

龍馬和勝一同經營的神戶軍艦操練所，即通稱的神戶海軍塾實際上是勝的私立學校，卻持續接受幕府補助。一直以學生伙食費的名義補助三千兩。換言之是個半官半民的學校。

然而這學校卻出了池田屋之變戰死者，還出了在蛤御門之變與長州軍並肩作戰者，不僅如此更窩藏長州殘兵，自然給人猶如叛軍養成所的印象。

幕府對此塾如此現狀已提高警覺，並下令要求提出塾生名冊。

勝和龍馬雖以「無此必要」為由拒絕，但幕府突於此年（元治元年）十月二十一日召勝至江戶。

此舉即為處分的前兆。不僅如此，實際上等於是關閉學校的命令。

對那麼愛船的龍馬而言，這無疑是他人生中的重大事件。

「真可憐。」

登勢以憐憫的眼神望著龍馬，就像看著玩具被搶走的孩子一般。

或許是喝了酒的關係吧，龍馬的臉色並未稍霽。

阿龍也在房裡陪著，與登勢交替為龍馬斟酒。

「這麼說來，您最引以為傲的那艘叫什麼觀光丸的軍艦也要還給幕府嗎？」

登勢問。

「當然。別說軍艦了，勝老師被叫至江戶召見後將被迫辭去軍艦奉行一職之事，據說也已成定局。」

龍馬可謂受到多重打擊。

不僅如此。

塾生，包括諸藩之士及浪人早已增至二百餘人。說到善後安排，諸藩派來的武士只要讓他們返回各藩即可，但占半數之多的浪人該如何安排善後呢？這可是個大問題哪。

事實上前天晚上，即將前往江戶的勝和龍馬曾針對此事交換意見。

「幕吏實在狡猾呀。」

勝明明自己也是幕府高官卻說出這種話。

「解散看看吧。諸藩在籍的武士回去後，就剩下脫藩的傢伙了。這些人在天下連遮風避雨的地方都沒有。幕府一定會唆使白痴會津……」

勝一向對佐幕的會津藩沒有好感。認為他們只知利用新選組之類的組織殺人，這種對政治走向渾然未覺之輩，終將成為幕府毀滅之因。

「唆使白痴會津，必將見獵心喜前來捕殺。」

他說的恐怕沒錯。即使幕吏不來，土佐藩的警吏也必趕來逮捕龍馬等人。之前他們一直是看在勝的份上才客氣的。

「龍老弟，你看怎麼辦？」

勝問道。龍馬略微沉思，茫然望著庭院中的野菊。其實他有個驚天動地的妙計。卻是個夢一般的計畫，究竟能不能實現，龍馬也毫無自信。

「喂，究竟怎麼辦？」

勝又問。龍馬這才說出這個勝作夢也想不到計畫。

成立軍事公司。

換句話說就是成立私設艦隊。錢和軍艦都以所謂的「股份」形式要諸藩出資，平時靠經商分享利潤，萬一外國艦隊來襲就當成艦隊活用。

「有意思！」

勝拍了下大腿。同時也對龍馬這不可思議的腦袋感到驚訝。這計畫若成功，就是西洋行之有年的「公司」首次誕生於日本，且還有其獨創性，因為這是家兼具戰爭與通商功能的浪人公司。

然後，我認為應找薩摩藩當大股東。龍馬道。

「這也是好主意。對了，你看如何？不如就要求以薩摩藩專聘的名義進行吧。」

如此一來眾人就安全了。勝心想，真是太好心了。

基於此，龍馬特從攝津的神戶村來到京都，為的就是要上薩摩藩邸交涉，以實現這項前所未聞的計畫。

坂龍飛騰。

有這麼一個詞。這詞是將龍馬比擬為一條龍，並形容這條龍隻身馳騁於幕末風雲的颯爽英姿。而此時期可謂坂龍即將騰空飛起的前夕。

但喝著酒的龍馬卻悶悶不樂。

這也難怪。勝被召至江戶、海軍塾解散、實習艦遭收回等帶來的衝擊，還有今後諸事，例如塾生的善後工作，加上與薩摩藩的交涉及浪人公司的成立等千頭萬緒，仍是一片渾沌。

「究竟該如何是好呢？」

龍馬打算邊行動邊想。此刻正是採取行動之前夕。喝酒也像喝醋似的，怎麼喝都毫無醉意。

「給我拿碗來。」

他對阿龍道，並要她將酒壺的酒倒進碗裡。他喝了將近一升，卻只見臉色愈來愈青。

「好怪呀。」

登勢憂心望著異於往常的龍馬。

「是氣血淤塞。有句話說『悲傷破臟腑』，恐怕真有其事。據說悲傷和憤怒若混入血中，人的臟腑機能就會變得遲緩，一點辦法也沒有。」

他滿臉鬱悶地鬆鬆肩膀，卻發出卡啦卡啦的可怕聲音。

「我幫您捏一捏吧。」

登勢邊說邊起身，穿著白足袋的雙腳正滑行著繞至龍馬身後。

「世間最可怕之事莫過於小人掌權。」

龍馬被捏著肩膀，心裡同時不住思索。

有傳聞，勝的失勢是肇因於神戶海軍塾大量自外國買進觀光丸水手用的毛毯。

幕府高官向老中告密：

——那些毛毯並不是給水手用的，而是為了藏匿在那海軍塾中的眾多長州人。

幕府方面早就懷疑勝的海軍塾是叛賊的巢穴，正好趁此機會對勝做出應有的處分。但因採購毛毯的是龍馬，故龍馬十分過意不去。

「換我來。」

阿龍說著站起身來，取代登勢捏起龍馬的肩膀。

阿龍捏著的同時，龍馬突然問道：

「登勢夫人，我進門時發現，怎地連一朵菊花都沒了呀。」

「是呀。」

登勢回到自己位子上微笑著說：

「是阿龍呀……」

接著把菊花枕的事說得像阿龍的功勞似的。

龍馬臉色頓時大變。

「他生氣了……」

登勢第一次看見龍馬生氣的表情，老實說也嚇得渾身發顫。

這面容在寺院裡常見。是阿修羅，還是仁王呢？龍馬的頭髮本就亂捲，兩鬢又捲曲而蓬亂，故生起氣來面容著實嚇人。

「坂本爺，別那種臉嘛。」

登勢內心雖害怕，仍像姊姊說教似地。

「我沒擺什麼臉啊。」
「擺著呢。」
登勢學龍馬的土佐口音道，希望能逗他笑。誰知道龍馬不笑。
「您不喜歡菊花枕嗎？」
「根本是在做傻事呀。只為了做個枕頭就剪掉幾百朵菊花嗎？真像古代唐土故事中的暴君呀。」
在龍馬眼裡，菊花就宛如生民吧。感覺就像只為短暫的樂趣就殺了數百人民那般殘忍。
「女人真殘忍啊。」
說著流下淚來。真是個怪人。
他明明如此溫柔，語錄中卻親筆記錄了驚人之語：「應設法殺盡世間萬民。胸中若有此氣勢，即能在天下大顯身手。」
他在夜深人靜之際悄悄寫下如此語錄。他反省後覺得自己生性過於溫和，認為要以一介浪人身分撼動天下，必須有相當的氣魄及膽識。

……………………

——要時時想著：世界的生殺大權操之在我。
他如此叮囑自己，行走天下時心中也經常懷此大信念。想必是將如此自我警惕的心理準備以「應設法殺盡世間萬民」的逆說方式表現出來吧。這種奇妙的天才思想經常出現在他眩目的逆說中。
「真是會做蠢事啊。」
他語重心長地說，並以手臂使勁擦去那些和語錄精神相反的眼淚。此為後話，但龍馬到了倒幕的最後階段曾說：
——維新革命一滴血也別流。
而極力避免觸發鳥羽伏見之役。想必是把「殺盡幕府」的想法埋在心裡，希望能不流一滴血，留下所有活口參與新國家的建設吧。
菊花枕……
碰巧象徵了龍馬這個乍看之下簡明純樸的人心中複雜的思想及感情。
「可是阿龍是因太想為坂本大爺做一個香氣薰人的

枕頭才這麼做的呀。」
「真是個怪丫頭。」
龍馬看著阿龍試著笑笑，但仍無法真心發笑。
「登勢夫人，其實我是為其他事情生氣。雖說不該遷怒，但那份怒氣還是因那個意外的菊花枕爆發出來了。嗯，就是這麼回事。」
龍馬站起身來。
「您要去哪裡？」
「去廁所。」
龍馬說著踉蹌走上走廊。阿龍擔心他發生危險，趕緊跟在身後。
龍馬到外廊盡頭的廁所解完手後一推開門，就看見阿龍蹲在洗手盆邊。
她默默將舀滿水的長勺伸到龍馬面前。
庭樹上方繁星閃爍。
「要洗嗎？」

龍馬把手伸到外廊之外，阿龍隨即幫他沖了幾次水。
接著又默默遞上手巾。似乎是全新的，還散發著藍染的味道。
龍馬擦擦手後望著阿龍。只見她垂頭喪氣的，都快哭了。
男女之情實在奇妙。他明明因菊花枕狠狠攻擊了阿龍，但愈攻擊，愛憐之情卻愈盈滿胸懷，終至無處排遣。
「阿龍——」
龍馬拉住她的手，粗暴地一把將她拉近。
阿龍已因菊花枕一事嚴重受傷。她一直拚命忍耐，但龍馬突如其來的擁抱害她一下子崩潰，忍不住把臉貼在龍馬胸前，隨即像個小女孩般嚎啕大哭。
「傷腦筋啊。」
害龍馬不知如何是好的是，被龍馬抱在懷中的阿龍不斷動著雙手，手指開始在龍馬的胸前及背後又擰又抓的。

雖然如此，雙肩卻仍因哭泣而不住地大力抽搭。

「好痛喔。」

「當然會痛啊。阿龍比您更痛呢！」

說著更使勁地把身體貼上來。下肢的動作讓龍馬的身體起了反應，年輕的龍馬幾乎把持不住。

「氣死人啦。」

阿龍說著貼得更緊。

「阿龍，快別這樣。」

其實與其搞這些麻煩事，龍馬寧可好好睡個覺，哪怕只是兩個小時。睡眠不足趕夜路危險，且第二天一早要到薩摩屋敷進行重要交涉，只是恐怕無法順利進行。

「阿龍，好了，快別這樣。登勢還在房裡等著呢。」

龍馬說著使勁要把阿龍拉開，阿龍卻硬是不肯，最後竟把嘴巴靠向龍馬左手臂並用力咬了下去。流血了。

「這丫頭真傷腦筋啊。」

龍馬心情一沉。可愛是可愛，但往後不知要怎樣呢。

阿龍看見血一驚而挪開身體。龍馬趕緊趁此機會穿過走廊，回到登勢等著的房間。

「登勢夫人，我要在這打個盹，妳幫我守著。」

龍馬故意和衣睡在登勢所在的房間，定是為了避開阿龍。

方才的一切是發生在不算大的船宿裡。方才廁所走廊上發生的事，房間裡的登勢聽得一清二楚。

「這丫頭真傷腦筋。」

她如此暗想，但並未表現在臉上。

只是靜靜坐在龍馬身邊。因為龍馬要她待在這裡直到他睡醒。龍馬終究還是信賴自己，登勢很是開心。

登勢有時也會夢見龍馬。當龍馬遠在他方，夜晚她鑽進被窩時偶爾也會想到令人害臊的事，希望至少有機會和那個年輕人共度一次春宵。

但自己有個名為伊助的丈夫，那種事只是妄想，根本不可能實現，是個萬一成真就麻煩了的夢。

子時（半夜十二點）到了。

登勢搖著龍馬，以冷淡的聲音道：

「時候到了唷。」

她個性好強又不拖泥帶水。龍馬寄回家鄉的信中曾寫道：「她是個有學問的女性，非泛泛之輩也。」寫給兒時乳母小矢部的信中也有：「寺田屋就像親戚一樣，那裡的人（登勢）也很疼我。」

「糟了。」

龍馬彈跳起身，正要衝出房間卻發現腳邊絆到一個東西。

是個箱枕（譯註：上方墊著內裝茶葉等物之布包的箱型木枕）。一打開就聞到一股清涼的菊花香氣。是登勢不知何時將它枕在龍馬頭下的吧。

「這個我帶走。」

龍馬把枕頭塞進懷裡。

「這樣很怪吧。堂堂武士懷中還塞個枕頭……」

「無所謂啦。這可是阿龍的一番心意呀。」

「還說呢！方才要是能這樣說的話也不必氣成那樣呀。」

登勢生氣了。但依龍馬看來，要是不把枕頭帶走就沒法抹去那段不愉快。

在土間穿上新草鞋，並將據傳為韮山代官江川太郎左衛門坦庵設計的韮山笠夾在腋下，隨即道：

「那我走了，會盡快回來的。」

說著便衝出寺田屋。

外頭是滿天繁星的夜空。龍馬穿過星光下的街道朝北走去。

尾州藩在丹波橋附近有棟大規模的伏見藩邸，沿東牆走過去，前方是一片田地。

通往京都的京町通得右轉。龍馬這麼一想正要往右拐，就在這一瞬間……

咻！

突有一陣刀風襲向龍馬。

龍馬趕緊跳開同時拔刀。

「什麼人！」

刺客有五人。

其中兩人緊貼在尾州屋敷外牆上，其他三人則背對田地。跳開的龍馬落入必須在丁字型路口正中間拔刀的窘境。

「這地方不利！」

會被三方夾攻。

他試著問來者為誰，但對方並未回答。他又說「別認錯人」，對方依然不作聲。龍馬心想對方大概是新選組的人，但他們手中卻未拿新選組的專用提燈。

「要開殺戒嗎？」

從未殺過人的龍馬今晚也下定決心。

他似乎很不喜歡殺人。前文提及的自我警惕記錄中還曾特地寫下：

——一旦傷了人就不該當他是人，因為會心生膽怯。應當成殺牲畜較安心。

他如此鞭策自己。然而他一生都抱定不殺人的信念。究竟何者才是真正的龍馬呢？

左牆邊的人影一步步蹭地逼上前來。刀尖十分沉穩，看來似乎是個實戰高手。

那人倏地進擊，但龍馬並不閃躲並以一記「逆胴」砍中對方左側身軀。

敵人「啊」的一聲倒地。

「死不了的！只是一記逆胴呀！」

龍馬喊道，同時晃動刀尖引誘下一個敵人進攻。然後趁他出手時迅速砍下他探出的前臂。

手腕飛了出去。

就在同時，龍馬也朝沉身衝上前來擋住自己去路的傢伙大喊：

「混蛋！」

隨即單手持刀迴旋後朝對方側臉猛地砍下，力道卻很淺，刀刃才碰到對方的頭蓋骨就迅速彈回。

但對方似乎仍受到重擊，頭皮立刻噴出血來並倒在地上。從他毫無動靜的情況看來定已失去知覺。

總之才一瞬間就擊倒三人。龍馬跳過被擊中側臉的那人身上，往東奔去。

「啊！他往京町通去了！」

背後傳來如此喊聲。這聲音龍馬記得。不就是新選組的信夫左馬之助嗎？

「怎麼，是他呀！」

想到這個多年的冤家反倒有些懷念。

剩下的兩人緊追在後。正當龍馬想在京町通的街角右轉時，懷中的菊花枕滾了出來。

「糟了！」

他趕緊停下腳步，在路上搜尋。

對方見狀以為龍馬是要回頭迎擊，嚇得停下腳步。

菊花枕滾到路旁的草叢中。

「這枕頭怎麼老帶來麻煩呀！」

龍馬連忙撿起拽入懷中，然後轉過高大身軀開始往京町通狂奔。他腿那麼長，自然誰也跟不上。

天將亮時，龍馬也抵達錦小路的薩摩藩邸門口。

一會兒門打開了。門衛被這個大清早的訪客嚇了一跳。

他並未問「哪位」。因龍馬雖只來過一回，門衛卻已記得這個別具魅力的土州人之容貌及名字。

「早啊，您是坂本爺吧。」

不一會兒中村半次郎出現了，他也把龍馬當成百年知己似地領進書房。

等候時，龍馬突然發現蟲籠還掛在屋簷下，還放了新鮮的草。鈴蟲迎著晨光精神奕奕地動著。龍馬一見也覺眼前一亮。

「那隻蟲還幫我養著呀？」

都過一個月了。除非用心飼養，否則鈴蟲生命那麼脆弱，應該早就死了。

「西鄉這人可以信任。」

龍馬心想。西鄉應沒特別喜歡鈴蟲。肯定是費心養著，好讓龍馬隨時來都看得到活著的鈴蟲。

但龍馬後來得知鈴蟲的祕密，卻也因此對西鄉更加信任。

據說第一隻大約三天後就死了。西鄉連忙拜託幸輔：

——幸輔爺，萬一坂本爺來就糟了。幫我去跟倉庫的人說，要他們再抓一隻鈴蟲來。

說來可憐，名聞諸藩的志士幸輔爺（吉井友實）竟得大費周章抓起鈴蟲來。

第二隻也死了。龍馬所見的其實是第三隻。

「盡心」，有這麼一個詞。這是茶道用語。

意思是指「待人之用心」吧。應無茶道素養的西鄉卻有著安土桃山時代大茶人逸話之類故事中出現的那份事茶心意。

「哎呀，久等了。」

西鄉出現了。

「您來得正好。我正好向敝藩家老小松帶刀爺提起坂本兄的事。他一定要我引見，現正在換裝。」

西鄉說完後就天南地北聊了起來。

「聽說坂本兄很欣賞華盛頓翁，也對小弟說說吧。」

西鄉也很欣賞喬治・華盛頓，他在日本第十代將軍家治時，於約克鎮大破英軍且簽訂停戰合約，成功使美國脫離英國殖民地之地位而成為合眾國首任總統。西鄉平時在座談席間提及華盛頓之所為時，甚至還使用敬語。

龍馬詳述自己聽來的所有關於華盛頓的事蹟，而西鄉也興致盎然地傾聽。兩人想必都是聯想到日本現況，而對這位異國英雄之舉充滿共鳴吧。

過了一會兒小松帶刀進來了。

「我是小松。」

他鄭重地招呼。他溫文儒雅，渾身散發著貴公子般的風采。

小松與龍馬同生於天保六年（一八三五）。他系出藩之名門又擔任家老之職，現以薩摩藩最高外交負責人之身分長駐京都。

外表看來，西鄉是負責在藩的外交方面輔佐這位小松。而西鄉若無家老小松帶刀的理解，他的志業恐怕連一半也進行不了吧。

小松雖為藩之重臣，但早就心懷勤王思想。薩摩藩一如土佐藩，上層可說皆為保守的佐幕派。但就因有這麼一位小松帶刀，西鄉才得以壓過保守的藩論而自由發揮。

小松帶刀還有個特色，他用人是採取薩摩的傳統方法。

所謂的方法是指給予足堪信賴的下屬超乎其位的權限，使他們能自由自在發揮。西鄉吉之助算是次官級的下屬，若無小松這種上司，西鄉在幕末肯定無法那樣活躍吧。

插句題外話，維新後小松體弱多病幾乎無法活動，明治三年（一八七〇）七月就以三十六歲之齡過世了。

他沉默寡言。明明是自己提出想見龍馬的，見了面卻只是微笑而未發一語。

龍馬對小松及西鄉提起海軍及海上貿易的當務之急。

兩人一一點頭表示贊同。

「薩英戰爭當時我藩苦無船艦，對此事我藩不知有多懊惱。這正是我們對勝老師及坂本兄的期待。」

西鄉如此道。想必是希望得到勝及龍馬的指導及援助，以促進薩摩海軍的成長吧。

龍馬已充分看出薩摩藩如此需求。

「不過……」

龍馬隨即道：

「恐怕要讓您失望了。勝老師已因窩藏長州兵之嫌疑被召回江戶，擁有兩百名學生的神戶海軍操練所自然遲早面臨解散的命運。貴藩所派的實習生也勢必得遣返。」

「啊？」

西鄉和小松也大為吃驚。

龍馬拿出勝的信給兩人看。兩人似乎已大致了解龍馬此次來訪之目的。

「幕府所作所為實在惡毒。那麼，坂本兄今後有何打算呢？」

「還在考慮。但因是大野望，故說出來若遭拒絕在下就不勝慚愧了。請貴藩一定要鼎力相助。二位會答應吧？」

龍馬緩緩說明心意，當然也不忘細心加上一句：

「這對貴藩將是一項龐大的利益。」

「利益——」

龍馬這話直刺入薩摩藩家老小松帶刀的心坎裡。小松目前駐於京都，與諸方志士多所接觸，但多半是滿腔熱血的空論之徒。而談起天下國家大事就像洽商一般的，眼前這彪形大漢還是第一位。

「您知道鱿魚乾可以變成大砲嗎？」

龍馬道：

「只要有船，那就不成問題。例如說服產鱿魚乾的對馬藩，批購該藩的鱿魚乾拿到上海賣。我國的鱿魚乾在當地可以賣到十倍的價錢。我指的不光是鱿魚乾，上海暢銷的商品還有日本茶、冬菇、昆布、雞冠花、白炭、杉板、松板、棕櫚皮、海參、鮑魚、干貝、蝦米……」

「哇……」

西鄉也笑了。

「坂本兄很清楚嘛。」

龍馬也跟著苦笑。龍馬已竭盡所能在兵庫及大坂調查貨品價格及海外市場情況，且一直思考究竟何種商品能在國際市場大發利市。了解魷魚乾和冬菇的價格，就是他的尊王攘夷論。

「白米也可以。」

龍馬道：

「貴藩水田的確不多，應不可能賣到上海去，但如若這裡有船就能向奧州的津輕藩及庄內藩批購多餘的白米，在長崎調查上海的米價行情後再伺機賣出，如此即可賺得大額利潤。若以此利潤再向上海的軍火商購入大砲軍艦及機械，薩摩藩就不僅是個七十餘萬石的諸侯國，而將搖身一變成為東洋的富國了。就以此富國強兵之策來培養攘夷實力吧。百句空論還不如一片魷魚乾來得重要啊。」

「您所言甚是。」

小松身為家老，故對藩的經營特別敏感。

「只要進行貿易日本就能繁榮。」

龍馬一再重複。

「不過……」

龍馬接著又說，看看幕府吧，不顧朝廷反對仍與各國締結通商條約，企圖將各港一一陸續開放，卻要求諸藩遵奉舊有的鎖國令並不准（擅自與外國）貿易，採取貿易完全為幕府獨占事業的方針。

「開始貿易幾年後，唯獨幕府陸續進帳，如此一來幕府即可將兵器全面西化，改革軍制，或將成為日本有史以來最強大的武家政權。到那時還提什麼勤王論呢？天下志士將被洋式火砲轟得粉碎。」

「一點也沒錯。」

西鄉忍不住渾身打顫。到時別說朝廷，就連薩摩、長州和土佐都將消失了吧。薩摩藩的當務之急就是要反對幕府獨霸的開國主義，西鄉心想。幕府恐怕不會答應吧。若如此，何不趁現在推翻幕府？

「坂本兄。」

小松帶刀身子往前探：

「請告訴我們您的想法。我們薩摩人有個習慣，一旦相信一個人就會全盤相信這人的一切行動。既是坂本兄將做之事，我薩摩藩必全力配合。」

「那好。」

龍馬於是說出前述的浪人公司構想並敦請，不，是力勸薩摩藩應入主為大股東。

「一個海上大藩即將出現呀。」

龍馬忘我地說著，同時伸手一把搶過小松腿上的手巾，使勁擦著沾滿唾沫的嘴角。

小松似乎有些驚訝，但畢竟身為大藩家老故佯裝不知，仍專注地聽龍馬敘述。

一旁的吉井幸輔見狀似乎覺得好笑，龍馬回去後就把這事告訴西鄉，西鄉也大笑：

「真是的！」

接著又道：

「真沒心眼哪！要成就大事，最重要的是得沒心眼且無私心。」

龍馬回去之後，家老小松帶刀的神情頗為暢快。

小松等薩摩藩有志之士本就很能理解龍馬的倡議。該藩位於日本列島西南隅，除此地理特殊性外，還兼管琉球，故三百年來一直是知名的走私藩。

不僅如此，前任藩主島津齊彬對時勢具有卓越見解，其遺論仍在薩摩藩之勤王組織中為人傳頌。

齊彬於六年前猝死，之前他致力將薩摩藩改造為近代產業國家，特在鹿兒島城外海邊別邸內建了名為「集成館」的工廠，並設置車床及化學工業設備，生產步槍火藥及玻璃製品等。

此外，他在起居室立了貼有中國三百餘州圖的大屏風。

「清國遲早將因外國勢力而瓦解，到時日本將孤立無援。這可謂空前危機。」

又說：

「中國滅亡之前，日本應搶得歐美先機，九州諸藩應進攻並占領安南（越南）及南洋諸島，奧州諸藩則北進攻打滿洲、蒙古及中國北方，將中國大陸前後包圍以驅逐外國勢力，否則日本恐將難逃滅亡之命運。」

隨著齊彬死後，薩摩藩在島津久光的保守政策下關閉所有工廠，但前任藩主的信念仍留在藩士之間。小松、西鄉、大久保等是最受齊彬影響的一群人。

後來龍馬就到河原町通，並走進土州藩邸斜對面的舊書店「菊屋」。

「讓我小睡片刻吧。」

龍馬道。帳房內的老闆瞇起眼睛連聲道：「來來，請進。馬上為您鋪床。」並急忙到屋裡準備。

插句題外話，京都的町人多講義氣，不知有多少志士是因他們之力而得救的。

甚至還有以町人身分為此喪命的。像池田屋之變的旅館老闆池田屋惣兵衛就遭逮捕而死於獄中。此外還有與菊屋同業的北村屋老闆西川耕藏也是當夜參與行動的志士之一，遭逮捕後處刑。

或許是因客人多為土州藩士吧，菊屋全家都是土州藩士尤其是龍馬等人的支持者。

菊屋老闆做了一本死亡名冊以慰死者在天之靈。他有一項特殊技藝，身為西本願寺虔誠信徒的他能像僧侶般背誦淨土三部經（譯註：《無量壽經》、《觀無量壽經》、《阿彌陀經》）。死亡名冊中只記載與菊屋有交情的土州志士，但據說就有十四人。

「別記了，別記了。」

龍馬曾道：

「投身世間變革者是尊奉天命，是上天指派之人。即便戰死在路旁，魂魄也會回歸天上。這本死亡名冊中的古村寅太郎、那須信吾、間崎哲馬、北添佶摩及望月龜彌太等人已悉數回歸天上了。地上的俗人若妄自傷心，他們可是會生氣的。」

龍馬曾如此一笑置之。但不管怎麼說，由此可見菊屋的心意不僅止於關照志士的現世生活，甚至還及於來世。

走進鋪好被褥的離屋，龍馬立即翻身躺在蓋被之上，掏出懷中的菊花枕放在頭下。

菊屋的小老闆峰吉少年也詫異道：

「坂本爺隨時帶著枕頭奔走嗎？」

「是呀。」

龍馬自己似乎也覺得好笑。應該很少有帶枕頭奔走的志士吧。

方才在薩摩藩邸，西鄉也問：

——坂本兄，您懷裡那是什麼東西？

龍馬掏出來給他看後，西鄉似乎也嚇了一跳。一臉不解的表情彷彿是說：「啊？是枕頭呀！」

「你聞聞看，很香的。」

龍馬道。峰吉依言湊上小巧的鼻子，然後笑道：

「是阿龍小姐的味道。」

照理說應該是菊花的香味，但或許少年的直覺特別強烈吧。

⋯⋯⋯⋯⋯⋯⋯⋯⋯⋯⋯⋯⋯⋯⋯⋯⋯⋯⋯⋯⋯⋯⋯⋯

傍晚時分，龍馬一醒來就再度將枕頭拽進懷中，離開菊屋。

因為他得趕回攝津神戶村。

離開京都，搭乘夜船，沿途都在趕路。兩個小時後即抵達伏見。

船宿寺田屋門前站著阿龍。

「坂本大爺。」

穿著矮齒木屐的阿龍連忙拿著提燈「喀喀喀」走上前來。

「您不住下來嗎？」

「我要搭夜船。」

龍馬道。阿龍似乎不知如何是好，突然脫口而出：

「我討厭坂本大爺的一切。」

說完後又似乎怒上心頭，以苦惱而心煩意亂似的眼神仰望著龍馬，眼裡蓄滿淚水。好美的眼睛，龍馬心想。

「求求您。我雖然討厭您，但仍希望您能住下來呀。」

「真是個怪ㄚ頭啊。」

龍馬不知如何是好，乾脆伸出左手攬住一旁的柳樹幹。彷彿若不抓住柳樹或什麼的，就會被吸進阿龍的激動情緒中。

「我得盡快趕回神戶村，塾生都在等我。」

「就讓他們等吧。」

「情況危急，幕吏隨時會闖進神戶塾啊。阿龍……」

「什麼事？」

「妳……太有女人味了啦。」

龍馬之所以這麼說，大概是因阿龍剛洗過澡又重新化過妝的緣故吧。

「因為我是女人呀。」

阿龍簡短地說：

「當然會有女人味嘛。」

「真傷腦筋啊。」

龍馬朝碼頭那邊望去。

二十石船已進港，船上前後各一的燈籠迎著夜風不住搖晃。

「真不該和女孩子扯上關係啊。」

龍馬都快哭了。阿龍看到他那惡作劇的孩子被罵似的表情似乎也覺得好笑。

「傷腦筋嗎？」

這才露出笑容。

「可是阿龍也無法控制自己的感情呀。一直壓抑的話，覺得自己好像快瘋掉了。」

「原來是這樣啊。」

龍馬漫不經心地隨口附和。阿龍這下似乎真生氣了。

「我要緊跟著您。」

她語出驚人：

「請您覺悟吧。田鶴小姐和佐那子小姐一定都沒搞清楚，像坂本大爺這樣的人，若不下定決心緊緊跟隨，不知會被他跑到哪裡去呢。」

「妳說這話好像狐狸精喔。」

龍馬說著以手指摸摸這隻可愛狐狸精的下巴。一如絲絹般柔軟。

「所以阿龍要跟到神戶去。我立刻去準備。請等我一下，一定要等我唷。」

真是行動力超強的女孩，才說完就已不見人影。

龍馬轉身就往碼頭衝去。心想，哪能讓她跟到神戶去啊。

世間總有奇妙的交錯。

龍馬邁開腳步往前衝，突然有個身著旅裝的武士慌張地喊住他。

「坂本兄！」

他不僅出聲叫住龍馬，還晃著碩大的身軀和他一起並肩跑了起來。是薩摩人中村半次郎。

「我從京都一路追來的，幸好及時趕上。」

他說接下來要與龍馬同行到大坂。應該是西鄉指示的。

西鄉在龍馬離開後，就與家老小松帶刀商量，決定騰出大坂薩摩藩邸中的一棟收留這回將遭解散的神戶海軍塾浪人塾生，由薩摩藩接手保護，故必須盡快通知即將成為宿舍的大坂藩邸預先準備，於是命中村半次郎以使者身分前往大坂。

半次郎是個說走就走的人。一接到西鄉的指示就回答「是，遵命」，隨即抓起一旁的草鞋及斗笠，就要衝出京都藩邸的大門。

「簡直就像瘋馬急著往外衝似的。」

西鄉也拿這位個性爽朗已極的豪傑沒辦法，便道：

「可以的話，最好和坂本兄一起去吧。」

「可我不知道坂本兄在哪裡。他究竟在哪裡？」

「聽說河原町土佐藩邸斜對面有家名為菊屋的舊

書店。那裡有個名叫峰吉的孩子，聽說坂本兄很疼這孩子，也常拜託他跑腿，就去問問那位峰吉小爺吧。」

半次郎依言到菊屋問峰吉。他果然告訴半次郎龍馬即將搭夜船前往伏見。

所以半次郎就趕緊飛奔到這裡來了。

龍馬與半次郎一同上了夜船。

「阿龍怎還沒來呀？」

龍馬從船上抬頭望著陰暗的碼頭那角，心裡有股又酸又甜的感覺。

其實以阿龍那種個性，往後不知要如何介入龍馬的生活。

「實在麻煩，不過……」

不過也很惹人憐愛。龍馬有時想起阿龍會有類似心疼的感覺。

「不過……」

龍馬心想：

「說不定我愛的只是軀體。」

這時船老大朝岸上大喊：

——開船囉！

「船老大，再等一下，我同伴就快到了！」

龍馬正想如此開口，偏偏一旁的中村半次郎剛好對他說了什麼，於是錯失機會。

船搖搖晃晃駛離碼頭。

身著旅裝的阿龍隨後趕到碼頭時，船已鑽過寶來橋下了。

攝津神戶村

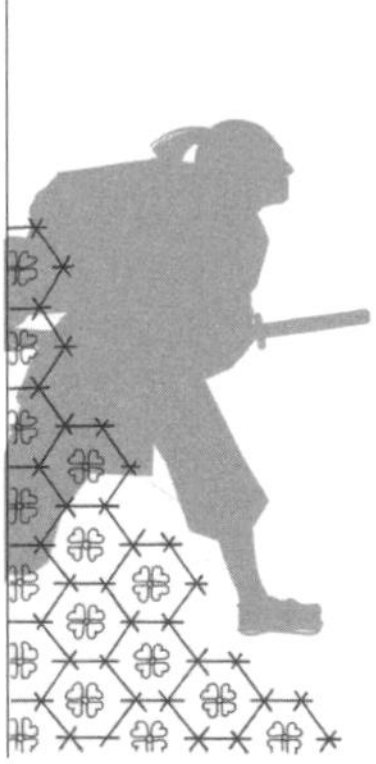

龍馬在大坂的薩摩藩邸與中村半次郎分道揚鑣，就此前往神戶。

終於看得到生田之森了，一之谷那邊飄著彩霞，當再度山及諏訪山的綠意逐漸在眼前大幅展開時，一向不喜感傷的龍馬也充滿無以名狀的感觸。

「連這海濱也不得不告別了嗎？」

一思及此，感覺似乎有股微刺的酸意從胸口直往鼻腔擴散。

「換作詩人當要作首詩吧。」

他如此自我解嘲，但這份傷感卻只是益發濃厚。

日子過得彷彿夢一場。龍馬的青春，說來第一期是江戶千葉道場時代，第二期就是在這漁村度過的歲月了。

——筆者在此要插句題外話。

龍馬等人蟄居之神戶海軍塾（正式名稱為神戶海軍操練所，別稱神戶海軍局）位於今神戶稅關所在地。

神戶在當時是個寥落的漁村，頂多就只有兩三百戶漁民草屋。

當時提起「神戶」這地名，即便瀨戶內海的船老大恐怕也只會回答「兵庫倒是聽過，但神戶什麼的就沒聽過了」吧。

當時神戶村屬幕府直轄之領，沿大道自西依次分為走水、二茶屋及神戶三個部落，生田海邊的沙灘上有座大鳥居（譯註：神社的牌坊），那一帶有幾棟零星的釀酒廠。

勝海舟估計：

「此無名海邊未來將成為日本屈指可數的海港。」

而將神戶軍艦操練所設在此地。可見他頗具眼光。

勝將自己的官舍選定在生田之森，並持續請那邊的村長生島四郎大夫幫忙處理此事。

生島為勝賣力奔走，在買地方面也幫了很多忙。

勝也勸生島買地。

「現在是沒價值的土地，但你看，再過十年可就不同了。此地將成為與外國簽訂條約而開放之港，將成為不得了的海港。你不會損失的。」

勝如此道。他具有土地價格有漲跌的知識，以當時的人來說極為罕見。生島半信半疑但仍依言買了不少，十年後一坪果真漲到數十日圓的價格。

腦筋轉得快的勝，最初也針對神戶操練所做出「幕府老是見異思遷，不出幾年恐怕就要下令廢止」的預言，又說：

「但此處將成為日本海軍之發祥地，必將流傳後世，故先立塊大石碑以茲紀念吧。」

故早在創立之初便刻了紀念碑。

「刻石以留永世」

石碑上有如此句子。此碑起初立在海軍塾的庭園，後遷至現在可俯瞰整個神戶港的諏訪山公園。

對龍馬而言，亦可謂青春紀念碑吧。

「大家到大廳集合！」

龍馬當晚如此命令全體塾生。

正好在塾中的一百多名塾生促膝擠在三十疊榻榻米大的講堂中。全場氣氛十分凝重。大家早就聽說學校要解散的傳聞。才剛集合就有一人問道：

「坂本老師，解散的幕達（幕府命令）何時發下？」

所謂的幕達是官廳之作業，故等到實際解散完成很久之後的慶應元年（一八六五）三月才遲遲下達。原文照刊如下：

照會

於攝津神戶村建軍艦操練所乙節，本府前曾昭告有志之士得前來應募從戎，惟此回該操練所將正式廢止。特此周知。

也就是說，海軍塾乃勝取得幕府認可即先行創立，卻在尚未完全成為國立設施前，亦即尚為勝之私塾就夭折了。

「幕達何時發下不得而知。那種東西根本無所謂。」

「已決定廢止了嗎？」

「確實如此。」

龍馬有個壞習慣，遇到這種瑣碎的問題老是不耐煩。總之以龍馬的立場而言，今後該如何實現他的理想才是最重要的。當初他創辦此學校就是希望將來能以神戶為踏板起飛，別說是朝鮮清國或南洋，更要翱翔整個地球。此構想絕不能單因幕府的見異思遷就放棄……

「所以呢？」

「所以我想由咱們草莽志士自行造船並成立公司。」

「船可是很貴的。」

「此事我已有打算。只要有心，世上就無做不成之事。」

「是。」

多數人都不相信龍馬的大話只是面面相覷。不過龍馬也無意開口要那些不願相信他的人追隨。

「諸君多為諸藩武士，就各自返回己藩吧。至於浪人諸君，只要走出此塾，幕府的刺客隨時等著你們。

被殺自然沒什麼大不了，但男子漢只要活著就該懷有理想並努力朝之邁進。有這種想法的人就和我一起留下來吧。」

「我要留下！」

如此大喊並站起身來的是紀州脫藩浪人陸奧陽之助。這個孤傲的年輕人不知為何而感動。

「我要留下來！我早就把自己完全交給坂本老師了！」

他白皙的臉龐脹得通紅。

此外龍馬並未多加勸邀。畢竟這公司也很危險，屆時可能得視情況而成為倒幕義軍。既是如此，除非是願為天下犧牲之人，否則就不能強迫參加了。

龍馬早先已要寢待藤兵衛留在大坂協助勝處理身邊瑣事。沒想到這天夜裡藤兵衛卻趕回來了。

「勝大爺要搭明天的船回江戶了。」

雖時值深夜，他仍即時向龍馬報告。

龍馬一聽立即彈跳起身，默默衝至馬廄。自抵京都後幾乎都沒睡，但無論如何他仍希望為勝送行。

他揮鞭沿大道往東急馳。一口氣衝了四里，衝至西宮的崗哨時，衛兵狐疑地問道：

「什麼人？」

衛兵七零八落地衝了出來並刺出長槍。龍馬低頭不悅地望著他們，並讓馬繞著小圈跑了一會兒，只答道：

「不是長州人啦！」

然後望著膽怯的衛兵，策馬躍過他們頭上。

幕府已下達討伐長州之軍令，於西宮設了崗哨，全面嚴密警戒。對一向偏袒長州的龍馬而言，自然再無此崗哨般令人不快之物了。

西宮至大坂有五里之距。

一路急馳至谷町的大久保一翁邸時已近黎明。

勝就在此大久保邸中。待罪之身的他對幕府有所顧忌，故完全不見任何人，只是靜候東返的船隻。

「哎呀，是龍老弟啊。」
勝走到進門處。兩人就站著道別。
「我是想請你進來，但我乃待罪之身，偏偏你這位訪客又是個叛賊呀。」
勝說著輕輕笑了，接著又道：
「何況這又是別人家，沒道理請你進來慢慢聊啊。」
秋日清晨的冷冽讓勝呼出白煙。龍馬搓搓鼻子以難得一見的恭謹態度道：
「不敢當。對了，感謝您鼎力相助，使在下得以和薩摩達成協議。眾志士將一起借居在大坂薩摩屋敷的宿舍。」
「太好了。」
勝點頭稱好。
「我打算等稍有眉目之後，再將據點設在長崎。」
「甚好，我也很想幫忙。但要是再繼續跟你們這些叛賊和在一起，恐怕就得切腹啦。」
「那倒是。」

……

龍馬也露出苦笑。
「雖然……」
勝微微側過頭去：
「確實是我把你訓練成足堪獨當一面的艦長，但你不必放在心上。說不定他日我將率幕府艦隊在海上攻打你。到時你就自由地指揮艦隊，儘管放手幹吧。」
「……」
龍馬未發一語，不久即淚如泉湧，終至無法收拾。有史以來恐怕沒人遇過如此老師吧，龍馬心想。
龍馬折返神戶著手進行解散工作。以其個性自然無法處理瑣碎之事，故內務整理的相關作業都交給陸奧陽之助。至於實習艦觀光丸的海務相關工作，就交給一位名叫菅野覺兵衛的人。
龍馬先問陸奧：
「金庫裡有多少金子？」

陸奧說大概有五百兩。

「把這些全分給大家。」

龍馬如此下令。陸奧卻不服。

「即使學校解散，之後也將再創一番事業不是嗎？這些金幣不可或缺呀！」

「笨蛋！」

龍馬瞪著陸奧：

「大部分的塾生都將歸藩，繼續留下跟著我的人數只約一成。若傳出這一成人獨占的傳聞還得了！」

「可是……」

「沒什麼可是不可是的，趕緊去分配！往後浪人公司的創立的確需要資金，但與資金相較之下還有更重要的東西。那就是聲譽。要在世間成就大事，再無較此更重要之事。至於資金，只要聲譽好，自然財源廣進。」

「有道理。」

「這不可思議之物就稱為公司。區區五百兩金子就昏頭了，這樣還能揚名立萬嗎？」

「對，說得也是！」

陸奧也開心起來了。

「對了，陸奧，留下來的人整理好之後，就搬到大坂的薩摩藩邸去。繼續在這裡磨蹭下去的話，幕吏就要闖進來了。」

「是。」

「之後錢的籌措就麻煩你囉。」

龍馬竟說出如此厚顏的話來。陸奧聽了也傻眼。就是為了當成搬到薩摩藩邸後的預備金，自己才提出要扣住那五百兩的不是嗎？

龍馬接著叫來土州脫藩者高松太郎和越後脫藩者白峰駿馬二人。

「你們雖不聰明，卻有一可取之處。」

龍馬道：

「那就是不多話。因此我要派你們到幕府的大坂城代那裡傳話，在進門處拜見他的側用人，就說明後天要在兵庫海面上移交實習艦觀光丸，請他們預先指派將船駛回的人員。只要將這話傳到即可，其他沒必要的事千萬別多說。」

「是。」

兩人都一臉不悅，因為不喜歡被說不多話是唯一的優點。

「快去！」

龍馬道，趕雞似的。

翌日集合整好行李準備歸藩的數十名塾生，道別後又說：

「日本遲早要歸一統。到時大家再一起駕幾艘船艦遨遊世界吧！我坂本龍馬期盼這一天的來臨！」

說著送諸生至門外。

眾人回去之後，初冬的寒風吹進偌大的學校穿堂而過，感覺突然冷了起來。

接下來只剩軍艦的移交作業了。

………………………………

應移交給幕府的實習艦觀光丸已下錨泊於兵庫海面。

「要徹底做好艦內的清掃工作啊！」

龍馬如此命令菅野覺兵衛。

這方面的善後整理，是由決定與龍馬一同留下的二十餘人負責。他們全是脫藩浪人。

因龍馬的關係，這些人出身之藩以土佐居冠，共有十二人。

接著以越前藩為多，有六人。這是因龍馬當初要求越前福井藩的老藩主松平春嶽出資五千兩的關係。這些越前人表面上雖是「脫藩」之身，其實是獲得藩的理解，默許他們自由行動的。

越前福井藩身為出資者，也是理所當然。在龍馬口中的「公司」獲利並分紅之前，無論如何先讓藩士以浪人形式加入。他們就是心存如此打算。

接下來還有兩名越前浪人及一名水戶浪人，以及紀州浪人陸奧陽之助。總數超過二十人。插句題外話，以陸奧陽之助（宗光）為首，另有數人在維新後都獲封爵位。

翌日，艦內清掃工作完成後，海上開始下起雪來。

龍馬乘短艇划抵軍艦。

「結束了吧？」

他手放懷中，到甲板船艙及機械室巡視一圈，最後把眾人集合到甲板。

「現在開始，大家統統到大坂土佐堀二丁目的薩摩藩邸去。船艦的移交由我單獨執行。」

眾人聽了都是一驚。

也難怪大家吃驚。要來接收這艘觀光丸的是幕府海軍順動丸（此時正泊於大坂天保山海面）上的人員，還有傳聞說將有幕府的官差搭便船同行，欲一網打盡剩餘的學生。

「太多人在反而麻煩。」

龍馬道：

「我一個人就行了。一個人的話，要殺出重圍也比較容易。」

「您真教人傷腦筋啊。」

陸奧陽之助不悅道。但最後也在龍馬喋喋不休的勸說下，與眾人一同下艦前往大坂了。

這天晚上只有龍馬留在艦上。他抱著陸奧守吉行寶刀睡在艦長室。

艦上連水手和火夫都沒有。他們十二人也被逼下艦，在已成空屋的海軍塾教室過夜。

夜裡海上下著雪。

龍馬十分寂寞，不斷想起故鄉的乙女姊、田鶴小姐、江戶的佐那子等。奇怪的是卻單單沒想起最後在伏見寺田屋碼頭分手的阿龍，龍馬好似忘了她的存在似地，就此進入夢鄉。

而這位被遺忘的阿龍——

這天傍晚竟拄著竹杖來到神戶塾。她頭上的斗笠積滿皚皚白雪。

「是這裡嗎？」

阿龍狐疑地仰望已然關門大吉的校舍。

太陽升起。海面上才剛大放光明，幕府軍艦順動丸就已駛抵。

「來了嗎？」

臥舖上的龍馬坐起身來，從船艙往外望。

順動丸已下錨，但鍋爐似乎尚未停止作用，依然不斷冒出黑煙。

「還保持警戒。」

龍馬心想。不關蒸汽，想必是為了能隨時起錨運轉吧？

「謠言真可怕呀。」

龍馬心裡覺得好笑。大坂的幕府當局一向視「勝的神戶塾為激進份子之巢穴」，加上這回的解散處置，竟煞有介事地傳出「激進份子中的土州浪人一夥有意劫持觀光丸投奔長州」的謠言。軍艦順動丸之所以如此謹慎，想必就是基於此因吧。

順動丸甲板上——

艦長肥田濱五郎頭戴陣笠身著日式服裝，以鐵鑄的大刀為杖靜靜盯著觀光丸的情況。

「真怪……」

肥田心想。觀光丸就如傳說中的幽靈船一般，連個人影都沒有，一片死寂。

肥田的身分是富士見御寶藏番兼艦長，當時的稱呼是軍艦頭取。

「看來艦上恐怕有伏兵。」

他如此判斷，心想「怎會有這種事」。於是命士官以下眾人以步槍做好武裝準備。

他命槍隊排列在甲板上，為謹慎起見又命手下在兩門舷側砲裝填砲彈，最後才沉穩地下令：

「放下短艇！」

兩艘短艇很快放下去，一會兒就降落在波浪上。分別坐上十五人組成的槍隊，並插起印有德川三葉葵家紋的旗幟。

「出發！」
肥田自舷側沉穩地發出命令。
兩艘短艇開始破浪前進。船上兵士穿的是日式窄袖上衣及稍短裙褲，二十八把短步槍映著朝陽閃閃發亮。
另一方面，觀光丸上的龍馬習慣性地把左手放在懷中，以右手持棒悠閒出現在甲板上。
棒尖燃著火。
龍馬好整以暇走到舷側，微微瞇起雙眼望向順動丸及兩艘短艇的方向，露出「來了嗎」的表情。
接著就把火拿近舷側砲砲尾的火門，迅速觸了一下。就在這一瞬間，大砲「砰」地發射出去並冒出白煙，艦身也因而震動。
順動丸和短艇是一陣混亂，龍馬這邊卻一本正經地大喊：
「這是空包彈禮砲呀！」
說完後就想走回艦長室，不料立刻就有零星的小槍彈自頭上飛過。
過了一會兒，短艇停止步槍射擊，但仍緊張地監視觀光丸，同時在浪上漂流長達一小時。
「哎呀，這樣下去根本解決不了問題。」
負責指揮短艇的年輕士官森與左衛門沉不住氣，已然一肚子火，便命槳手把短艇划至觀光丸船腹。
「就我一個人先上船，懂嗎？我會從甲板發信號，所以我 說『好』，你們就立刻爬上來。」
說著以左手抓住繩梯，右手拔刀置於身側，迅速往上攀爬。
上了甲板一看，竟連個人影都沒有。
「好！」
森發出信號，十數人隨即應聲上爬。
「根據傳聞……」
森面無血色道：
「勝安房守大人在神戶的海軍塾內窩藏眾多長州

人。說不定那些人現正躲在船艙底下……」

眾人不禁打起哆嗦。當時提到長州人，簡直就如毒蟲般讓官差又怕又恨。

不一會兒，另一艘的人員也都上至甲板並各自將子彈裝入步槍中。

森要眾人躲在障礙物後方。為謹慎起見還下令：

「先試射一下，說不定對方就會跳出來。」

三人將槍口朝向天空並扣下扳機。「砰」的凌厲槍聲立即響徹岸邊群山。

「真會跳出來嗎？」

甲板上眾人緊張得直吞口水，擺好架勢等著。不一會兒，前方的門打開了。一個高頭大馬且浪人模樣的人好整以暇走了出來，左手還放在懷中。

他腳穿草鞋，裙褲皺巴巴的，大小佩刀也只是隨意插在腰際。

「方才那是什麼意思？」

這人（也就是龍馬）道。他說話的同時還一步步走上前來。

「是對我那發禮砲的回禮嗎？」

「別過來！」

森一邊指揮槍隊一邊道：

「你是什麼人？」

「我叫坂本龍馬。」

龍馬道。同時一屁股坐在纏繞錨纜的突起物上。

「別窮緊張。最近一有什麼狀況就動刀動槍的。這船上就只有我一人。何況船已下錨，鍋爐中沒火，大砲裡也沒實彈。何必拔刀持槍的呢？」

龍馬聲音愈來愈大，終於大喝：

「膽小也該有個限度！」又說：「要來接收將軍家的御用軍艦還敢在艦上開砲，這可是切腹之罪呀！你們不知道嗎？」

「知道了。」

森連忙收刀入鞘，並下令要部下豎起槍口。

「知道就好。對了，我正好要上大坂去，順便載我一程吧。」

龍馬迅速走下甲板並返回艦長室。

至於阿龍這邊——

前一日傍晚她到神戶村找龍馬，偏偏龍馬不在。

「他人在哪裡呢？」

連阿龍都擔心起來了。

「他說今晚要住在海上。」

操鹽飽口音的老水手指著泊在海面上的觀光丸道。

「請為我派艘小船。」

「那可不成哪。自古以來水軍就對女人特別忌諱，這是我們鹽飽島的規矩。」

那人頑固不聽。傳統就是如此根深蒂固。當初幕府要採用洋式軍艦時，多數水手都選用瀨戶內海鹽飽群島上的人。有道是「紀州漁夫，鹽飽船夫」，可見鹽飽人的海上技術特別純熟。他們在源平及戰國時代一直以水軍（海賊）身分君臨瀨戶內海。他們被起用為幕府海軍時，也將古來水軍之習慣及禁忌帶進洋式軍艦了。

「但妳一個姑娘家專程來找他也實在可憐。天都黑了。這鄉下也沒旅館，我去幫妳拜託和坂本大爺一向頗有交情的村長生島大爺吧。」

老水手居然親切地帶阿龍到生田之森的村長家去。

村長生島四郎大夫似乎對阿龍的美貌十分驚訝。

「啊，是坂本爺的……」

他只說到這裡就半晌說不出話來。那個老板著臉的龍馬到底什麼時候交到這樣的姑娘呀？

「請。正好有間勝老師在時增建來充當客房的屋子，您就在這住幾天吧。」

說著親自帶路並選了個侍女來伺候阿龍。

但世間就是會有令人不敢置信的偶然。不，說不定只有偶然才能為我們無趣的人生點燃閃亮的神祕之燈。

這天晚上，生島家還有另一位客人來訪。這位客人起初也是先到海軍塾找龍馬，才得知他人在海上，正不知如何是好之際，前文提及的那個老水手又說「那我帶你到生島爺家去」，於是又把他帶來了。只較阿龍晚一小時。

這位客人是名年輕武士。還留著前髮，年齡約莫十八歲。他的頭髮彷彿濡濕般充滿光澤，膚色白皙到髮際甚至明顯泛青。雖為男兒身卻明眸皓齒，看起來似乎過於柔弱。

「世上竟有這麼標緻的年輕人呀！」

生島四郎大夫不得不再次震驚。年輕人身穿精緻的薩摩棉製和服，外罩黑色皺綢的短外褂，底下是嶄新的正式裙褲。

「我叫福岡小三郎。」

他如此自我介紹。個子不高。

房子挺講究的。門口有小玄關，房間有三間，小庭院裡種著各種山茶花。

「白天的話就能看到漂亮的山茶花了。」

年輕的侍女對阿龍道。

「請問坂本大爺也在這房間住過嗎？」

「是啊，喝得醉醺醺之後。」侍女道，接著又想起什麼似地縮著雙肩笑道：「坂本大爺喜歡雪。」

「妳的名字叫雪嗎？」

阿龍美麗的眼睛閃過一絲警戒。

「不是。」

侍女似乎被阿龍氣勢洶洶的模樣驚呆了。

「我叫『幸』。」

「那麼，你所說的雪小姐是這戶人家的千金嗎？」

「不是的。是天空下雪、積雪的『雪』。坂本大爺說這庭院裡的山茶花和雪很相襯，而與勝老師兩人開懷暢飲。不過勝老師酒量不好，不大喝。」

這位生島家負責待客的侍女說完後，似乎逐漸想起龍馬的種種，說了兩三件龍馬的怪癖，然後忍不住笑道：

「再沒像他那麼好的人了。」

阿龍卻一笑也不笑。大概是天性使然吧，以她的個性實在無法了解龍馬這人的有趣之處。

「他才不是那麼好的人。」

阿龍道，似乎生氣了。在伏見碼頭明明那般千叮萬囑，卻趁自己回去整理行裝時趕緊要船開走，不是嗎？

「不過我覺得他很好啊。」

侍女咯咯笑著。阿龍仔細一看，這個侍女膚色白皙，還有個尖尖的雙下巴，可愛得令人想多看一眼。

「雪小姐。」

阿龍道。

「不，我叫幸呀。」

「啊，對喔。請問一下，妳應該喜歡坂本大爺吧？」

「喜歡呀，不過這裡人人都喜歡坂本大爺呀。我家小姐可慘囉。」

「妳家小姐呢？」

「已經嫁人啦。」

「嫁給誰？」

「坂本大爺呀。」

「咦？」

「騙妳的，騙妳的。是嫁給西宮的釀酒商啦。」

這侍女看似老實，事實上似乎很會使壞。阿龍發現自己被調侃，正扭頭嘟嘴生氣時，房子主人生島四郎人大出現了。

「不好意思……」

他是特來尋求阿龍諒解，說有位名叫福岡小三郎的年輕武士將與她同住此屋中。

「福岡小三郎爺？」

「是，他說他是坂本爺的同志，同時也是親戚。」

名叫幸的侍客侍女當然也得服侍這位自稱福岡小三郎的年輕武士。

她退出阿龍房間，轉到福岡小三郎的房間。

「我叫幸，有事請儘管吩咐。」

說完抬起頭時，也因這位年輕武士相貌之美而震驚。

「不會是女人吧？」

她當下如此懷疑。年輕武士也低下頭，以幾乎聽不見的音量回答「請多指教」。不過那聲音也有些不正常。

「立刻為您送茶來。」

幸道。但年輕武士只是微笑著搖搖頭，表示不需要。幸對這笑容頗有好感。

幸為他鋪床後便告辭退下，一走到走廊轉角處，卻發現阿龍站在那裡。

「幸小姐，那位是女子吧？」

阿龍小聲問道。

「我倒覺得是位爺。」

「到我房間來一下。」

阿龍硬是叫幸進她房間。

「那人經過這邊走廊時我看見了。我覺得她是福岡家的田鶴小姐，因我跟她有過一面之緣。她是土佐藩家老的千金，因為京都公卿三條大人的夫人是土佐山內家出身，所以她就去陪夫人……」

「那妳要不要端茶過去給他啊？」

幸調侃她並咯咯笑了。阿龍已完全慌了手腳。

「可是，幸小姐，那位福岡家的田鶴小姐為什麼一副武士打扮到這裡來呢？」

「不知道啊。」

幸愈來愈覺有趣：

「一定是小三郎爺，不，還是叫什麼田鶴小姐的家老千金喜歡坂本大爺喜歡得不得了，因而追到這裡來的吧。我看是因女人單獨旅行不便才女扮男裝的。」

「那可不成！」

「為什麼？」

「我和坂本大爺……」

阿龍說著連耳根子都紅了。她一定是想高傲地說自己已獨占龍馬，輪不到田鶴小姐吧。

幸望著如此的阿龍，心想：

「我可是站在田鶴小姐那邊的呀。」

阿龍是個好姑娘，但以寺田屋老闆娘登勢夫人等人的角度看，也覺得阿龍的個性應該不受同性喜愛。

「那麼我就幫您去跟那位福岡小三郎爺說您現在想到他房間去吧。」

幸本來只是想嚇唬她，沒想到阿龍根本沒嚇著，反而若無其事說：

「嗯，麻煩您了。」

「真是位個性倔強的姑娘呀。」

幸心想。但既已答應也只好如此了。她退出阿龍房間，刻意發出腳步聲穿過走廊。

幸之所以刻意發出腳步聲是為福岡小三郎設想。萬一這位年輕武士真是女人且在房裡已換回女裝，正好可預先給他警告：

「麻煩事就要上門啦！」

「打擾了，我是幸。」

幸拉開紙門。沒想到屋內的福岡小三郎正正襟危坐。

「不好意思，那邊房間住了一位也是來找坂本大爺的女客。這位女客說要來向您問安。」

「向我？」

小三郎歪著頭露出不解的神情並指著自己的臉。那模樣連同性的幸都覺得可愛極了。

「可我應該不認識她吧？」

「不，她說與您有過一面之緣。」

「她叫什麼名字呢？」

「是。她說是寺田屋的阿龍。」

「阿龍小姐……」

小三郎低聲唸著，突然變了臉色，但仍微笑道：

「我記得她。我曾在京都明保野亭的大門跟她打過照面。當時和我一道的坂本大爺曾告訴我那位是勤王名醫楢崎將作爺的遺孤，剛遭逢火災。應該是她吧？」

「這個嘛，不知是不是那一位呀。」

幸不知詳情。

「我可以帶她過來嗎？」

「請便。」

小三郎坦率地說。幸正要退出房間時，他又喊住她。

「等一下！」

他臉上帶著笑。卻只是帶著意味深長的微笑，一語不發。

過了一會兒才說：

「我女扮男裝一事，幸小姐想必早就發現了吧？」

「不，沒有。」

幸連忙否認。

「妳不必隱瞞，我確是女扮男裝。我叫田鶴。」

反而是幸聽了心跳加速渾身冒汗，搞不清楚自己是什麼時候、如何起身告退返回阿龍房間的。

「請！」

她聲音沙啞。為什麼會變成這樣，幸自己也不知所以。

「您說的沒錯，她自己說她是田鶴。」

「那為什麼要男扮女裝呢？」

「嗯，這問題還是由您自己直接問她吧。」

阿龍在幸的帶領下，到田鶴小姐的房間裡坐下。她讓袖兜整齊地疊放在膝上，也不好好打招呼。只是漠不關心聽著一旁的幸代自己介紹。

「真是怪人！」

幸火大了。阿龍絲毫不覺過意不去，還想說就讓幸代為介紹即可。

「阿龍小姐，好久不見呀。」

田鶴小姐道。

「是呀。」

阿龍說著只點點頭，然後就死盯著田鶴小姐。她的雙眼就像林中野獸般充滿火藥味。

過了一會兒，阿龍才說能不能請問一下。

「請便。」

「田鶴小姐為什麼要來找坂本大爺？」

「哎呀，哎呀。」

田鶴小姐受不了似地微笑道：

「我是因為有事才來找他的。但說有事，其實也只是來給他問安。」

「只為了給他問安，就大老遠跑來嗎？」

「是呀，因為順路。」

「順路？」

「我正要到關西去，且還是很遠的地方。」

「我懂了，那麼您又為什麼要女扮男裝？」

「這好像官差問話呀！」

田鶴小姐忍不住笑了出來：

「路程遙遠，如此打扮在路上比較方便吧。」

「還有……」

阿龍早備妥第三個問題。

「田鶴小姐喜歡坂本大爺嗎？」

「咦？」

田鶴小姐有些驚慌失措。

「喜歡呀。不過也不會有什麼結果吧。」

「為什麼？」

「阿龍小姐不了解土佐的武士制度，所以說了您也不會懂的。」

「哪有這種事？若我是田鶴小姐，我才不管什麼身分階級，直接就跳進喜歡的人懷裡了。」

「您真有意思……」

田鶴小姐似乎不知如何對付。

「不過……」

阿龍熱切地望著田鶴小姐，目光似乎既嫉妒又仰慕。

「田鶴小姐真適合這身年輕武士的打扮。看起來就像故事中的貴公子。」

「是嗎？感覺好像會被識破，這一路上都提心吊膽的。不過龍馬大爺他以前……」

說著從懷中取出一封舊信。是龍馬的字跡。

田鶴小姐從懷中取出的龍馬親筆信。是這封：

天下情勢緊迫，故請準備：

一件正式裙褲

一件高衩外褂

一條宗十郎頭巾

此外還有一對較細的大小佩刀

以上全套行裝

簡言之，他是建議田鶴小姐女扮男裝以志士身分奔走。

……………………………………………………

「所以您這才女扮男裝的嗎？」

阿龍狐疑地看著那張紙片。上面無疑是龍馬的筆跡，只是墨色看起來有些陳舊。

「這信好舊啊。」

阿龍像抓到什麼把柄似地得意大喊。同一時間，田鶴小姐也高聲笑了起來。

「那是前年寫的。龍馬大爺恐怕都忘了曾經寄給我這麼一封信了吧。」

「忘了？」

「因為他本來就是個怪人。換句話說跟您很像喔。」

語帶刻薄的諷刺。

「龍馬大爺這人看似深謀遠慮，其實卻有點輕率冒失。」

「是這樣嗎？」

打從心底迷戀龍馬的阿龍實在無法認同。

「真有點如此。輕率……」

「輕率？」

他才不是這種人。阿龍心想。
「這是因為為國事奔走之志士多少總有些輕率。就像屁股多處著火似地四處跑。旁人看在眼裡總覺得有些滑稽而愚蠢。」
「您是指坂本大爺喜歡船的事嗎？」
「那不叫輕率而是孩子氣吧。從前他十九歲時，我曾偶然在四國開出的船上遇見他。他整天都沒下船艙來，一直站在日曬強烈的船尾，認真地望著來往船隻。他那側臉實在很孩子氣。」
田鶴小姐露出陶醉在回憶中的目光後，隨即微笑著掩飾。
「那股孩子氣或許就是男人成大事的重要因素吧。不過也是有些輕率之處啦。」
「比方說呢？」
「比方說，寄這封信給我，信上又寫這些事，自己卻忘得一乾二淨，正不知在何處閒晃。」
「哎喲。」

· ·

阿龍生氣了。
「就只是這樣嗎？」
「和妳這種人發展成那種關係也是啊。」
田鶴小姐故意湊近阿龍，並露出彷彿要將人融化的微笑。大概早就想那麼說了吧。
「田鶴小姐！」
阿龍目光一閃，心想，儘管她算是龍馬主君家的千金，但也絕不能原諒她。
「是。」
「『妳這種人』這詞太侮辱人了吧！田鶴小姐……」
田鶴依然帶著別有深意的微笑。
「阿龍我真想伸手打您。您會原諒我吧？」
她已因憤怒而渾身顫抖。
「我早聽說了。聽說阿龍小姐曾前往大坂找拐騙令妹的流氓，還揍了那人並將令妹帶回，真有此事吧？」

「說來慚愧，但我的確就是這種女人，一生起氣來不知會做出什麼事。」

「您很會彈月琴吧？」

「並不拿手，只是喜歡而已。」

「龍馬大爺實在好色呀。」

田鶴小姐似乎是因女扮男裝的關係，說起話來毫不客氣，簡直就像變了個人似的。

「月琴跟好色之間究竟有什麼關聯？」

「阿龍小姐……」

田鶴小姐做了個深呼吸的動作，然後道：

「田鶴也不了解，龍馬大爺究竟為何喜歡上阿龍小姐您這個會彈月琴的姑娘呢？一定是……」

「一定是這姑娘有著討男人喜歡的身體或味道。」

她如此心想，但終究說不出口。

「我要回房了。再繼續聽您說下去，不知會做出如何粗暴的行動，這我自己也沒自信。」

阿龍說著便膝行退下，到走廊上才站起身來，隨即任白色足袋發出吱吱響聲迅速跑開。

幸向田鶴小姐一禮後便隨後追去。

不久，幸想去向自己較懷好意的田鶴小姐打聲招呼再退下，於是再度返回並拉開紙門。

「啊！」

她真想逃走。

因為田鶴小姐坐姿凌亂地倚在肘靠上，纖弱的雙肩不住抖動，哭得正慘。

幸錯失離開的機會，宛如被釘在該處般屏息不動。

田鶴小姐似乎無視幸如此，並未改變其姿勢。好纖弱的肩膀。

看她雙肩不住抖動，幸在也忍不住了。

「田鶴小姐。」

幸膝行上前，拉住她的衣袖。

「別看我的臉……」

田鶴小姐別開臉。

「坂本大爺……」

幸起了頭卻說不下去。

雖然說不下去，心裡已是五味雜陳。如此心情讓幸脫口說出：

「都怪坂本大爺不好，害田鶴小姐哭成這樣。」

咦？田鶴小姐詫異地微微抬起眼來。

「才不是這樣。龍馬大爺或許不好，但我之所以如此哭泣卻不是因為這點，而是後悔自己怎會對那位名叫阿龍的姑娘說出那種讓她難堪的話來。」

「是針對自己嗎？」

「幸小姐，田鶴現已亂了方寸，請退下吧。」

「不，我不退下。」

「幸小姐……」

「不！」

僵持不下之際，竟連幸也似乎有所感觸地一把摟住田鶴小姐，嚎啕大哭起來。連自己也無法解釋究竟為何而哭，卻傷心到克制不了想哭的衝動。

······

「怎麼了？」

田鶴小姐不知所措地把手搭在幸肩上。以手掌輕拍幸背部。幸被這麼一安慰，反而哭得更厲害。

「真傷腦筋。」

田鶴小姐露出如此表情。

「您究竟為何如此傷心呢？」

「田鶴小姐……」

「我怎麼啦？」

「我太喜歡田鶴小姐了。所以……就有股想哭的衝動。」

「不……」

田鶴小姐想到的是別的原因。

「是因為妳也喜歡龍馬大爺吧。哎呀，沒錯，一定是這樣沒錯吧。」

田鶴小姐爽朗地笑了。

「才不是。」

幸狼狽地抬起頭來，臉上是一本正經的表情。經她這麼一說，似乎也有道理。是因為自己一直暗中喜歡龍馬，所以看到田鶴小姐哭得傷心，自己內心的傷感也投射其中，因而一個勁地為田鶴小姐而哭吧。

「不是嗎？」

「我也不知道，我有時候就是這樣。莫名奇妙就哭起來。」

「我約莫妳這個年紀時也是這樣。」

「不好意思，請問田鶴小姐今年貴庚？」

田鶴小姐這身年輕武士裝扮看起來只有十七、八歲。究竟幾歲了呢？幸對此充滿好奇。

「我忘了啦。」

田鶴小姐優雅地笑笑。因她身著男裝，看起來格外美豔。

「不說這啦。船艦停在海上嗎？」

「到海邊去看坂本大爺的軍艦吧。」

⋯⋯⋯⋯⋯⋯⋯⋯⋯⋯⋯⋯⋯⋯⋯⋯⋯⋯⋯⋯⋯⋯⋯⋯

幸道。田鶴小姐用力點了點頭。

幸從外廊走下庭院並備妥庭院專用的草屐，偷偷帶田鶴小姐從後門溜出去。

出了後門，外面只聽得潮聲陣陣，四周是一片漆黑。黑暗中有頻有黑影晃動。

「那黑影是什麼東西？」

走在砂上的田鶴小姐駐足問道。

「是風啦。」

「是風在動嗎？」

「不，是松林在動。」

「哦，是松林啊。」

田鶴小姐天真地笑了起來。

幸手上的提燈照在她的腳邊。

「神戶海邊真是荒涼呀。」

「是啊，不過勝老師的說法是，將來這海邊將形成比長崎還要大的城市。」

「勝安房守爺這麼說嗎？他中了外國人的毒，所以這些話信不得呀。」

田鶴小姐受主人三條實美的影響，想法依然單純且帶有強烈的攘夷色彩。

「但他可是坂本大爺的老師呢。」

「那是因為他這人有點不正常。」

說完後，黑暗中的她似乎輕聲笑了。

「不過身為浪人卻得以操縱軍艦的武士，全日本應該只有坂本大爺吧。」

「真是個怪人，對吧？」

才說完，田鶴小姐就絆到松樹根。危險！幸趕緊伸手去扶。田鶴小姐抓緊她的手穩住身體，同時嘀咕：

「這種海邊真能發展為城鎮嗎？」

「嗯，可以請教一下嗎？」

「請。」

「田鶴小姐，您說要上遠處去，不知是到何處去呢？」

「到長州去。」

田鶴小姐明確地道，接著又低聲說：

「就不知能不能留著命回來。」

「到長州去……」

幸顯然是顫抖著說。以眼前局勢，豈不等於前往地獄嗎？

長州藩已嚴重風雲變色。馬關海峽沿岸的砲台悉遭四個國家的聯合艦隊擊毀。不僅如此，幕府又以大坂城為征伐長州之大本營，正計畫率領三十餘藩之軍沿山陽道西下進攻。

長州藩內已發生政變，現由俗論黨（佐幕派）掌握藩政，而正義黨（勤王派）已沒落。

以田鶴小姐之主三條實美為首的五名攘夷派公卿，如今還得以藏匿在長州藩，但就此情勢看來，說不準何時要遭藩內的俗論黨驅逐出境。

田鶴小姐企圖女扮男裝西下的原因就在此。

穿過松林後終於看見海。

「哇，燈火！」

田鶴小姐簡短喊道。海面上浮著燈火。

那是龍馬所在的觀光丸。它穩重地盤據在海上，船舷及船艙各有一盞燈火映在水面上。

「坂本大爺就在那船上。」

幸已逐步走下砂丘。

「就坐在這裡吧。」

田鶴小姐道，同時就地坐了下來。

「龍馬大爺不知在船艙中做什麼喔？」

「書……」

幸歪著頭道：

「應該是在讀書吧。」

「不會吧。因為他不喜歡讀書。」

「但似乎來神戶塾後，只要一得空他就勤讀書呢。」

「可是……他識字嗎？」

「您說笑了！」

阿幸笑了出來。

「田鶴小姐，您似乎以為坂本大爺是個大孩子喔。」

「可他本就如此啊。」

田鶴小姐忍不住笑出聲來。

「就只有刀術高強，甚至有土佐的宮本武藏之稱。這就是他唯一可取之處了。」

「呵……」

幸也還沒把田鶴小姐的話當真。

「小時候是個愛哭鬼又不愛讀書，在城下還被當成笨蛋。學刀之後進步神速，拜此所賜，這才逐漸有了自信。十八歲獲城下日根野道場頒發『目錄』資格，為此他還詠了一首和歌呢。」

「和歌？」

「是呀，和歌。不過好像是說儘管他人罵我笨，只有我自己知道我不笨，這類意思的拙劣作品。」

「哎喲。」

幸扭著身體猛笑。

「那個笨蛋如今正坐在船上。」

田鶴小姐放聲大笑，彷彿在嘲弄海面上的舷燈似的。笑完後又盯著幸的眼睛：

「我的言行舉止是不是不太檢點？」

「不會呀。這種情況下忍不住大笑的田鶴小姐，阿幸也很喜歡。您一定……」

「一定什麼？」

「一定深愛著坂本大爺吧？」

「怎麼在奇怪的時候說奇怪的話呢？」

田鶴小姐以手指戳戳阿幸的臉頰接著道：

「要是我無法見著船上那人，可以請阿幸小姐把我的信親手交給他嗎？」

龍馬人在海上。

當然作夢也想不到田鶴小姐或阿龍此時會到神戶村來找他。說不定他再也不會返回神戶村的校舍了。

船在正午時分經過大物之浦（尼崎），太陽都還高懸天空就已抵達大坂天保山的海面。一旦嘗過乘著西洋船往來的甜頭，就再也不想靠雙腿循陸路一步步走來了。

「真是感激不盡呀。」

龍馬反覆向幕府海軍士官一一表達熱誠的鄉村式感激。短艇已垂至海面但龍馬還不離開甲板，忙著逐一拍拍眾人肩膀。

「這鄉下人真傷腦筋呀！」

海軍人員也十分困惑。他們起初覺得這體格剽悍的浪人來歷不明，而心懷恐懼並百般戒備，但不一會兒就改變了想法。

「不過是個奇人吧。」

但慢慢熟悉之後，又判斷他應該只是個鄉下船痴。在築地受訓出身的海軍眼裡，龍馬就是那麼土。最重要的是，這個浪人似乎連海軍必備的基礎教養荷蘭語都不懂。

「這人既是塾長，那麼勝爺的私塾想必也是亂七八糟。」

龍馬改坐上短艇。短艇即將離開觀光丸船腹時，他伸手用力敲敲船腹並喊道：

「喂！再會！再會！」

喊著的同時眼淚也潸然落下，看起來實在滑稽。甲板上成列的幕府海軍士官不禁失笑。

「坂本，你好像在跟村裡的姑娘道別似的呀！」

甲板上的一名士官調侃他。

「姑娘嗎？」

龍馬露出很中意這句話的模樣。他逗趣地故作沉思，並將短艇划至船艉的螺旋槳附近，然後指著方向舵道：

「這位荷蘭出身的姑娘屁股不懂規矩，全速前進時老是一直往右偏。」

觀光丸這個老毛病一向讓龍馬傷透腦筋。

「一定要特別注意船舵唷。」

說著又划動短艇，繞著船身打轉。

「塗料也剝落了。神戶塾沒錢呀。你們有錢，所以請重新塗過吧。因為塗料剝落的話，船的壽命也會跟著縮短呀。」

甲板上的年輕士官輕率地笑笑並道：「坂本，這是將軍家的軍艦，不必你說我們也會好好愛護呀。」

「對，要是你們不好好愛護，我將來可就麻煩了。現在就先寄放在你們那裡。」

「寄放？」

「世局遲早會轉變成天皇治世，我到時候再來領回。」

薩與長

龍馬在安治川口雇了艘河船。

「到土佐堀川的薩摩屋敷。」

他命道。

河船在大坂這城市是重要的交通工具。

「大爺，要划快一點嗎？」

划快一點的話小費就要多一點。龍馬身上沒什麼錢，但仍叫他加快速度。因為川面已開始轉暗。

經過九條時已入夜。岸上的幕府崗哨「船番所」高懸的明亮燈籠映入眼簾。

他到這船番所登記。從前不必如此，但自長州人發動禁門之亂以來，凡進入大坂者幕府都嚴加監視。

一柳藩藩兵奉幕府之命正駐紮在此船番所。

龍馬順利通過，但也著實感受到時勢的緊張。

幕府的征長總督尾張侯德川慶勝已下令將七名之前在京都捕獲的長州人斬首，做為出征之血祭，且已進駐征長軍大本營大坂城。

「幕府這回似乎要將長州趕盡殺絕。」

從船番所往上走約十丁處，就是面川而建的長州藩倉庫，但此藩邸也遭幕府沒收查封了。

船鑽過安治川橋之下。再過去不遠又有另一個船

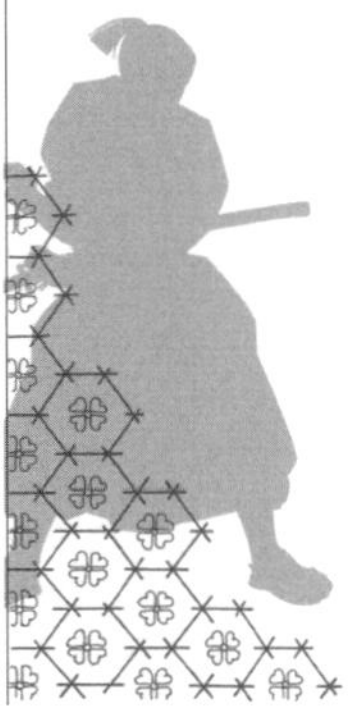

番所。龍馬在此也被攔下，要他在登記簿上寫明藩名、姓名及進入大坂之目的。龍馬寫的是：

「薩州西鄉伊三郎」

因為西鄉曾說：

——幕吏恐怕會為難你，故真有必要請別客氣，儘管使用薩州藩名和在下之名。

「薩摩藩」

這名字在幕吏面前果然十分管用。幕府正戒慎恐懼地注意此巨藩動向，不僅如此，此藩還極可能與幕府站在同一邊。正如之前長州人攻進京都時，薩摩藩與會津藩聯手將長州人打得體無完膚，此事幕府也頗感意外。

總之幕府對薩摩藩是又害怕又依賴，唯恐惹薩摩不高興。甚至還下令要京都的新選組全員：

——唯獨不准惹薩摩人。

「啊，是薩州武士嗎？」

船番所官差的態度頓時逆轉，口氣變得十分鄭重。龍馬則優哉游哉點點頭，以下巴示意船繼續前進。

「真怪呀。」

龍馬在船中晃著，同時感到可笑。

「薩摩與長州並稱兩大勤王藩。其中之一支持幕府，另一方則眼看就要遭幕府討伐。這回征討長州，薩摩不知會不會率先響應幕府。」

西鄉已來到大坂的薩摩屋敷。龍馬想去問問他目前是何心境。

一進入薩摩藩邸，就聽說龍馬的同志全被安置在十六號長屋，伙食也相當不錯。

「唉，這陣子大概只能以此為家了，」

龍馬心不在焉地環視天花板及紙門等處。

龍馬身旁的陸奧陽之助正拔著鼻毛，並一根根地黏在懷紙上。

「怎麼樣？」

陸奧開心地向龍馬展示。陸奧雖有些狂妄，舉止仍帶有與其年齡相應的孩子氣。

「真的像山野一樣呀。」

龍馬朝他點點頭。

「坂本老師脫藩幾年了?」

「這個嘛，我脫藩是在文久二年（一八六二）的春天，所以應該快兩年半了吧。東奔西跑的，還真跑了不少地方哪。」

龍馬抬頭望著天花板。

「作夢也沒想到最後會以大坂的薩摩藩邸為根據地啊。你說是吧。」

「我也是東奔西跑的呀。」

「對喔，你還是從十五歲就開始了呢。」

龍馬忍不住失笑。

因為陸奧陽之助宗光是龍馬學生中出身最好的。提到紀州德川家屬下的伊達家，那可是赫赫有名的名門。他在此家中出生，父親因藩內政爭而奉命蟄居在家，儘管如此，這個年輕人自紀州藩脫藩時也才十五歲。

他逃至江戶靠當漢醫或學者之學僕勉強糊口。

「你自紀州脫藩時有人為你送行嗎?」

龍馬問道。沒想到陽之助卻憤然道：

「我可是脫藩呀!當然沒人送行啦!」

「說得也是。不過小孩脫藩這種事還真沒聽過呀。」

龍馬靜靜笑著。

當時這年輕人還被喚作牛麿，這是他的幼名。當他整裝自故鄉出走時，還為自己的壯舉作了一首詩：

朝誦暮吟十五年，
飄身漂泊似難船。
他時爭得生鵬翼，
一舉排雲翔九天。

「真是個怪人。」

龍馬心想。對龍馬這個高知城下的劣等生而言，實在無法相信這詩是出自一個十五歲少年之手。

意思大概是「十五歲之前一直學習詩文，如今卻已成漂泊之身，好似遇難的船隻。但將來定要如大鵬般生得雙翼，一舉排開暗雲，翱翔於九天之上。」

「不過，坂本老師，我說啊，咱們彼此都沒餓著呀，真不可思議。四處流浪之後才了解，『不管走到哪，米飯和太陽都如影隨形』這句形容天無絕人之路的俗話，真是一點也沒錯呀。」

正和陸奧閒聊時，中島作太郎及池內藏太兩人進來了。

「哎呀，龍馬……」

內藏太一坐下就道。吞吞吐吐的似乎難以啟齒。

「怎麼啦？」

「我想上長州去。」

「內藏太，你毛病又犯了嗎？」

龍馬不禁失笑。

這位池內藏太是昔日在高知城下小高坂擁有宅子的徒士才右衛門之子，今年二十五歲。

臉色黝黑，雙眼炯炯有神，因此被喚作黑內藏太。

他很早就到江戶遊學，但血氣方剛，根本不是塊讀書的料。返鄉後加入武市半平太的勤王同盟，又上京廣交諸藩志士，但仍認為：

「土佐藩過於因循姑息。」

因而脫藩。多數土佐浪人似乎都是像他這樣投身長州藩邸的。

後來內藏太成為長州的游擊隊參謀，在馬關海峽砲擊法國軍艦，但隨即加入天誅組並成為洋槍隊長，在大和舉兵，攻擊大和的五條代官所，誅殺代官鈴木源內。事蹟敗露後，巧妙地逃離幕吏眼線而順利循海路投奔長州。

長州軍大舉入侵京都挑起禁門之變（蛤御門之變）時，屬自山崎入侵堺町御門之軍。試圖在御門做最後突擊時，他大喊：

「看！要殺進去就要像這樣！」

說著將大刀舉至頭上，冒著槍林彈雨三度突擊，且三度毫髮無傷。

真可謂身經百戰的勤王派志士。文久三年（一八六三）一直到元治年間的所有暴動他都曾參與其中。

禁門之變敗退後，真木和泉所率的十七名浪士退守至天王山，準備在山上自盡，當時他也說：

「長州潰滅了。但只要我還在世，尊王攘夷之大業絕不會絕跡！」

他未切腹，沿西國街道一個勁地跑，一直跑到神戶村，並衝進來對龍馬道：

「龍馬，拜託你了！」

龍馬於是窩藏內藏太，並讓他學習海軍技術。

如今他竟又說：

——我想上長州去。

龍馬之所以失笑，是因他覺得內藏太片刻都無法安靜的個性實在可笑。

「長州還是別去吧。如今俗論黨擁著藩主向幕府叩頭，藩內正為討伐勤王黨而大亂。連桂小五郎都逃到藩外了。聽說高杉晉作也刻意隱藏行蹤。這節骨眼，你這個天誅組份子兼禁門之變倖存者還大搖大擺前往，反而會被當成麻煩吧。」

「我想去。」

池內藏太既已決定，不管有理沒理都很難說得動他。總之他就是想衝進長州藩內的亂漩渦中胡鬧一番就對了。

「我會考慮。」

龍馬道。這天晚上就此解散就寢。

翌日夜深時分，幸突然來訪。龍馬大吃一驚。

「一路辛苦了吧？」

從神戶來此有九里的路程。幸說主人生島給她旅費，還幫她付了雇轎的費用，故她從西宮坐了五里路的轎子。

「即使如此還是很辛苦吧？」

龍馬喚來同志中最年輕的中島作太郎，要他準備睡鋪。中島便向薩摩藩交涉，沒想到此藩對龍馬懷有超乎尋常的好感，竟說：

「是婦女吧？那麼御殿的小間還空著，我去準備。」

所謂的御殿是薩摩藩藩主親族或重臣來時下榻之處，小間則是他們側用人所住的房間。

「咦？御殿嗎？」

中島作太郎十分詫異，同時也體會到薩摩藩對自己這些人的期待有多大。

御殿呀！中島衝回來向龍馬報告。龍馬卻未特別驚訝。

「幸，聽說妳的臥房安排在御殿。現在這位中島作太郎帶妳去。」

「是。」

幸磨磨蹭蹭的。

「怎麼啦？」

「嗯，您不問我來是為了什麼事嗎？」

「哎呀，對喔。妳來此有什麼事？的確，若沒事應不會大老遠從神戶乘轎來這裡呀。」

「是重要大事。」

「什麼事？」

「攸關天下國家的大事。是想請坂本大爺下長州去。」

「妳這小丫頭在說什麼呀。」

龍馬忍俊不住，同時伸手戳了戳幸渾圓的額頭。

幸氣憤不已。

「是真的呀。」

「這不可能出自村長生島四郎大夫之口。究竟是誰說的？」

「是田鶴小姐。」

幸說完後悄悄看了看龍馬的臉色，似乎在觀察他聽到這話的反應。

龍馬為了掩飾心中的激動，刻意打了個大噴嚏。

「田鶴小姐是為了到長州的山口找流亡中的三條實美公，而在前往長州途中順道至神戶村一訪嗎？」

「哇，真教人吃驚。您知道得真清楚呀！」

「這麼點事還推測得出來。然後，她的服裝應該是高衩外褂及正式裙褲吧？」

「咦，您看到的嗎？」

「這也是推測。」

龍馬天生直覺就是如此靈敏。

「還有一位您識得的人。」

「誰？」

「寺田屋的阿龍小姐。」

「笨蛋！」

龍馬大罵以掩飾自己的羞赧，想假裝是這小丫頭在嘲弄自己。

「不，是真的呀。不過阿龍小姐要找您這件事和天下國家大事完全無關啦……」

「我知道了。」

龍馬苦笑著揮揮手打斷幸的話。再聽下去，真不知幸會說出什麼話來。

「作弟。」

他叫喚年輕的崇拜者。中島作太郎應了一聲「是」，同時抬起頭來。

「你到長州去一趟，和池內藏太兩人一起去。不過你們恐怕沒盤纏吧？」

龍馬喚來陸奧陽之助，要他將保管的錢全拿出來。

「任務是去查探長州內情。設法與高杉晉作及奇兵隊取得充分聯繫，並與他們交換意見。」

「有一事相求。長州藩內已分裂為兩黨，現正處於相爭的局面。倘若勤王黨說要征討俗論黨，能否與他們一起殺進山口藩政府呢？」

「不，事態不可能如此單純，別多預測，直接去就是了。然後……」

「然後？」

「你認識那個人吧？」

「哪個人？」

「藩老福岡宮內大人之妹，後來被藩派去三條家的田鶴小姐。」

「我只聽過名字。」

「這樣就夠了。那位田鶴小姐似乎已隻身上長州去了。雖為一介女流，但目的似乎是要去保護三條公。」

「勇氣可嘉呀。」

「世局愈來愈亂，連女志士都出現了。」

「是。然後呢？」

「如此情勢，勢必無人敢保護以三條公為首的長州流亡五卿，而田鶴小姐處境也相同。長州若對他們棄而不顧，咱們土佐志士就非保護他們不可了。」

「是，我將捨命保護他們。」

「不過你那條命還是改日再捨吧。保護田鶴小姐和五卿這點任務，哪需要堂堂中島作太郎這位他日有為者送命呢！靠機智保護就行了。」

「我沒什麼機智。」

作太郎對龍馬這說法有些不悅。

他是土佐高岡郡塚地村的鄉士。

脫藩時是與同鄉武士中島與一郎和細木核太郎三人趁夜溜出村子，馬不停蹄跑了大約兩天的山路，好不容易才抵達國境葉之川嶺的嶺口。此時背後有官差指揮大約一百名村民追了上來。

官差命村民在步槍中塞滿迷眼用的石灰，然後發動猛烈攻擊。眼前一片煙霧迷濛，甚至連路都看不見了。

與一郎染有嚴重的腳氣病，他對作太郎道：

「作太郎，我不行了。」

說著盤腿坐在山路上，拉開衣服迅速切腹自盡。

曾發生如此事件。即使在脫藩之後，中島與一郎悲痛的臨終情景似乎依然歷歷在目，故作太郎言行舉止中才會有些輕視性命。

但這年輕人維新之後仍健在。他就是日後的中島信行，曾歷任元老院議官及板垣退助所創之自由黨副總理並獲封男爵。

此時全天下的焦點全放在長州問題上。

龍馬自身雖遭逢變卦，但也是滿腦子只想著這件事。

翌日清晨他晃晃悠悠地上街去。

如今政局之中心可說是在征長軍大本營所在的大坂。諸藩長袖善舞的外交官也都從京都轉來大坂了。

「西鄉應該也來了，不過看來應不是住在土佐堀藩邸。」

因為薩摩藩是個大藩。土佐在大坂只有西長堀及住吉營區兩處有藩邸，但薩摩除龍馬借宿的土佐堀二丁目有藩邸外，江戶堀五丁目及立賣堀高橋南詰東側也有。西鄉應該是住在其中之一吧。

「真是個熱中生意的藩。」

不是西鄉。

而是薩摩。想到有好幾座藩邸，龍馬就突然想起薩摩藩來了。

諸藩在江戶的藩邸可說只會消費，但設在大坂的倉庫卻是為了賺錢。

諸藩都將領國產品帶至此處再銷至各地，而負責完成此機能的就是倉庫。

諸藩大多只設一座倉庫，即便是百萬石之領的加賀藩亦然。薩摩藩卻有三座。此藩似乎無論任何事都充滿行動力，而在做生意這點也與長州藩並駕齊驅，都是最熱中的。

「這棟藩將取得天下。」

龍馬已看出如此趨勢。有錢又懂經濟。以這點來說，第一名是薩摩，第二名是長州，第三名則是土佐。但土佐終究不及薩摩。

「長州目前處境悽慘，但將來建立新國家的原動力當為薩摩及長州無疑。土州將遠遠落後。」

老藩主容堂公就是如此。雖擁有堪稱一流詩人之才，有具備武人之勇氣，且懷有政治家拔群之抱負，可惜卻也不諳經濟。

容堂曾提出一個奇拔的方案，即有名的「燒毀大坂論」。

這是井伊大老還健在時的事。基於日本勢必與清國一樣遭外國軍隊入侵的預測，幕府方面特命土佐藩、岡山藩及鳥取藩負責大坂的警備工作。早自豐臣家沒落以來，大坂即毫無警備力。因此市鎮為天領（幕府之領）而未派駐任何大名。

容堂火速向幕府提出以下要旨之提案。

「我曾有一兩度順道至大坂，大致了解此市鎮。這是個富饒之地，居民卻淨是些只知發財之道的町人，是在路上遇到武士會渾身打哆嗦的膽小鬼。萬一外國軍隊入侵大坂，可別指望那些町人挺身而戰，他們恐怕只知逃跑吧。如此反將有礙防衛工作的進行，故不如乾脆放火燒光此城市，改為軍事要塞。」

容堂雖是名詩人，卻也是個毫無經濟概念的大老爺。

龍馬走進大坂城護城河近處的武家屋敷區，上前文提及的大久保一翁家拜訪。

大久保正好在家。

「坂本君，你聽說勝老師返回江戶之後的消息了嗎？」

這位幕吏中首屈一指的人才依然一本正經問道。

「不，沒聽說。」

「正式遭免職而編入寄合眾（譯註：祿高三千石以上無職務之旗本），還奉命蟄居在家。調查似乎要等過完年才開始，但幕閣中人似乎也有意趁此機會拉垮勝，恐怕無法善了。」

關於勝的事，大久保還特地從大坂寫信發出警告：

查探幕閣意向後發現似乎將有刻意刁難的調

查，故在官員面前最好別做太多評論。

（但關於勝之事件，卻因幕府忙於征伐長州而無暇顧及勝的調查工作。過了一年多，慶應二年（一八六六）五月，天下情勢驟變，老中突然傳喚勝，可非但不是要審問他，而是要他速至大坂並以幕府特使身分前往長州。勝自此又開始活躍起來。）

幕府非但無法理解勝這種人物，甚至棄之如敝屣。龍馬對幕府實在厭惡極了。

「大久保爺，即便麻雀也不是只吃米也會吃蟲。常言道：『世間沒有無益之物。』但幕府還真是個例外啊。只有幕府不僅對日本無益，甚至還有害啊。」

「坂本君。」

大久保真拿他沒辦法：

「我也是幕吏之一呀，這話題實在不恰當，還是別提吧。」

「不，幕府簡直比麻雀還不如。」

「好了，好了。」

大久保連忙將話題轉向目前火熱的征長問題。

龍馬也正中下懷似地評論起來，說自己若是長州人絕不屈服。

「哦？那你會怎麼做？」

「還能怎麼做？就抱著讓防長二州成為焦土的覺悟，擁護藩主與五卿奮戰到底。同時派人才至天下各藩遊說諸侯，壯大討幕之氣勢，最後逆轉整個情勢並推翻幕府。」

「哇！」

真是個語不驚人死不休的傢伙呀！大久保露出如此表情。但龍馬又面帶笑容道：

「不過情況不可能落入如此地步啦。在那之前得先改成西洋兵制，整備武器，採購軍艦才行。長州人高談者多而務實者少，故即便陷入如此慘狀依然只有火繩槍和舊式大砲，不是嗎？因此才會像現在這樣不得不舉藩窩囊地對幕府叩頭。」

「你這番評論真教人不敢恭維呀。」

大久保也拿龍馬沒輒。

——筆者想在此先重複說明一下長州問題。

長州軍在京都慘敗而狼狽撤退的關鍵，是此年元治元年（一八六四）七月發生的史稱禁門之變或蛤御門之變。

該藩實在很忙。同年八月初被長州挑釁的攘夷行為激怒的英法美荷為摧毀長州藩之沿岸砲台，特調派十六艘軍艦及兩艘運輸船到馬關（下關）海峽來，故長州舉藩已進入備戰狀態。

日後將成為明治陸軍創辦者之一的山縣有朋是足輕出身，當時年紀尚輕且名為山縣狂介。此時身為壇浦砲台隊長的他望著眼前展開的西洋艦隊陣容時，還豪邁地打開十桶酒：

「來吧，沒準備什麼東西，不過大家就把眼前的十八艘夷艦當成下酒菜，喝個痛快吧！」

此外，以下這首民謠應該也是自此時流行起來的吧：

只要是男子漢男子漢，
就掄起槍來從軍！
一路出征到馬關呀！

稍早之前修築砲台時，商家和農家婦女甚至都被趕來協助工程進行。那些婦女之間也傳誦著一首名為「如今馬關將成江戶」的歌，或許也是基於如此氣氛吧。此時握有該藩主導權的勤王派已逐漸將氣氛提升至攘夷兼討幕的程度。如此氣氛也感染了民眾，所以也覺得「此藩將取得天下」吧。

姑且不論此歌之真偽，長州系志士本就喜奇矯而偏激之言行，在旁人眼裡看來卻只是：

「他們說得好像自己是勤王攘夷的殉教徒似的，其實是打算挾持天皇以取代幕府號令天下吧。」

在討厭長州者看來尤其如此。幕府方之人異常厭惡長州，而薩摩人對長州也過度警戒，原因就在此。

因為長州在全盛時代曾有過如此傳聞：

「長州毛利家三百年來一直在等討幕時機成熟。」

關原之戰落敗，毛利家由領有中國地方（譯註：日本本州西部）十國之太守被壓縮成只剩防長兩州。據說自那時起就有一形式化的祕密儀式，每年過年天未亮，藩主就單獨出現在城內的大廳，然後一名家老單獨上前悄悄問道：

「討伐德川的準備已就緒，何時出動？」

藩主就回答「時機未到」。還聽說長州藩士三百年來一直對德川懷恨在心，睡覺時總是把腳朝著江戶方向。

總之，如此長州也因四國聯合艦隊的砲轟導致沿岸砲台全毀，這回又因禁門之變獲罪而將遭幕府討伐。

繼續聊聊題外話。

長州成了朝敵。

幕府借「討伐朝敵毛利」之名，由將軍家茂召集駐江戶諸大名及布衣（譯註：無職位但身分可直接拜謁將軍）以上之幕臣至江戶城，公然宣布：

「率兵親征。」

時為元治元年八月二日。但這只是表面上的儀式，將軍體質過於虛弱，根本無法如遠祖家康那般率軍親征，最重要的是幕府根本沒有相應的財力。

故御三家中的紀伊權中納言被任命為征長總督。但此項任命作業卻因負責具體實行之幕府官員的離譜疏失，連紀州侯本人也詫異道：

——咦？我是總督嗎？我毫不知情啊！

幕府的官僚組織及行政能力竟已鬆散至此地步。

紀州侯於八月四日接獲任命，而該月七日幕府官員又趕至御三家尾張前權大納言的江戶屋敷，請求：

——請務必接下總督一職。

尾張前權大納言德川慶勝對此也不禁大怒。

「這究竟怎麼回事?是紀州拒絕了嗎?還是任命作業出了差錯?」

他如此質問。幕吏的說法是，老中的意見分歧，故發生分頭發令的情形。尾張聽了也驚訝不已。

「紀州侯拒絕的職務我豈能接受!」

他以類似的話表示拒絕。

但最後仍被強扣上帽子，一個星期後就幾乎部署就緒了。

總督敲定為尾張的前權大納言。

至於將軍呢?他明明無意出征卻公然說要「親征」，故只好說「若將軍自江戶城出兵時，由水戶中納言負責留守」。

還有更妙的呢。將軍根本沒出征，卻分別任命紀伊權中納言、信州松本的松平丹後守及日向延岡的內藤備前守等人為將軍本陣之侍從。此人事安排簡直像在演戲，他們覺得光人事安排就已是戰爭了。

但尾張仍執意辭退，最後甚至稱病：

「此次任命實為武門至高榮譽，可惜有病在身且醫療罔效。」

他提出此有名的辭退文。雖在幕吏渾身解數的勸說下，最後終於還是答應了，但諸藩已敏感察覺幕府首腦如此情況。

——太認真只會吃虧。

如此氣氛瀰漫。

接受動員令的藩共三十餘。封建體制下戰爭所需費用是由各藩自掏腰包，每個藩當時都正窮，自然盡量不希望戰爭。

土佐藩因地理上的關係並未受動員，但薩摩藩則已受到動員。

西鄉一生最風光最活躍的時期，也是拜此情勢之賜。

題外話。

再繼續談談長州問題吧。

有個名為櫻痴福地源一郎的人。明治初年為東京《日日新聞》之主筆，明治三十九年（一九〇六）病歿之前一直是位活躍的記者。

此人為舊幕臣，早年學習蘭學，自安政六年（一八五九）以來就在外國奉行手下負責對外工作。幕末最後緊要的鳥羽伏見之戰時，也與第十五代將軍慶喜守在大坂城中，將軍逃往江戶之後，才衝出武器及物品散亂的城內，與新選組同返江戶。瓦解之前的幕府內部情況絲毫逃不過他的眼睛。

他於明治二十五年（一八九二）寫了一本名為《幕府衰亡論》的書。

福地源一郎寫道：

「幕府為何未及時處分長州呢？此即幕府衰亡的原因之一。」

根據福地的說法，幕府在前年文久三年之前一直對長州束手無策且備感威脅。一方面固然是因為長州的實力，但更重要的是，長州已成京都朝廷的幕後黑手，凡事皆稱朝廷之旨，處處欺壓幕府並與幕府唱反調。幕府官僚對長州如此行徑十分厭惡，不僅視其為敵更當成眼中釘，甚至有許多人認為「再不壓制長州幕府必亡」。

但文久三年八月發生政變，長州勢力被踢出朝廷。最奇怪的是，原為攘夷派的天皇，竟也宣稱之前長州得勢在幕後濫發的敕命「並非出自己意」。

翌年元治元年夏，長州又因禁門之變而成為朝敵。

幕府此時若把握時機盡速懲罰長州，立即沒收其領土或改換封地，就沒事了。福地源一郎這麼問：

沒想到幕府竟錯失此絕佳時機。這究竟是何緣故呢？

那是因為沒有強力的宰相。直接引用福地的文章如下：「只因缺乏一個能果斷並迅速執行的宰相。倘若……」

福地道：

「井伊掃部頭為當時大老，那麼無疑地八月中旬時，將軍的大旗必已豎立在長州國境了。」

言下之意是因缺乏勇敢果決的獨裁政治家。

他說的應該沒錯。

幕府及其整個體制已老朽不堪，破敗至極。如此形同破屋的政府中，只有無能凡庸的高級官吏盤據在內，就連征伐長州一事的實行過程也充滿難以置信的疏漏怠慢，一切處置只顧及體制，如此得過且過。

征長總督尾張前權大納言德川慶勝於十月（接受任命兩個月後）才進駐大本營大坂城。十月十八日及二十二日終於召集諸藩要員，在大坂城召開軍事會議。

且談談西鄉。

龍馬到薩摩藩邸時，西鄉並不住在藩邸內。

「坂本大爺要是來了一定要好好招待。」

他如此再三叮囑土佐堀藩邸之人，自己則住進高麗橋的藩邸。因征長總督住在大坂城，西鄉必須經常代表薩摩藩前往拜會。想必是交通方便的考量吧。

西鄉也認為長州人是「狡猾而不知將做出什麼好事來的一幫人」，此看法與幕府中人無異。

關於這點，長州人則稱薩摩人為「薩賊」。負責在馬關海峽警戒的長州藩士更宣稱：

「薩摩之船想闖過就放馬來吧。最好把馬關海峽當成鬼門關來走！」

由此可見對彼此之成見不相上下。

話說尾張前權大納言德川慶勝進駐大坂城並就任征長總督之職，然而受到動員的三十餘藩卻仍裹足不前，又苦無傑出人物，故自然想仰仗薩摩藩。薩摩藩之代表為西鄉與家老小松帶刀。

慶勝每每「吉之助、吉之助」地喚西鄉，故意擺出與他極為親暱的態度道：

「一切全靠你幫我了。」

說著還送西鄉一把上有德川三葉葵家紋的華麗短刀。

西鄉的基本主張是：

「這回一定要把長州打得永遠爬不起來！」

他甚至寫信回領國給志同道合且猶如島津久光祕書官似的大久保一藏。

「若不如此，將來恐將成為我藩禍害。」

西鄉日夜費心思索該如何處置長州。他如今已非一介普通的薩摩藩士，而是征長總督之智囊。總督對西鄉言聽計從，幕府又將征長對策全委任給總督，故形成西鄉一介薩摩藩士的想法即可左右整個幕府的奇妙狀態。

西鄉吉之助（日後改名隆盛）此前或此後，應皆未擁有如此不可思議之權力。

或許也是史上絕無僅有之例。當時政府這部馬達的電線東繞西繞，開關卻落在外部的外樣藩，還是握在一個普通藩士之手。只要西鄉按下開關，幕府這部馬達就開始運作。

西鄉的想法如下：

「首先以大軍逼近長州邊境。長州必大驚而哭著求和。接著不必趕盡殺絕消滅長州，只需貶至東國一帶，讓他當個五、六萬石的小大名。」

征長總督也接受此基本方針。接下來……

西鄉接下來又進一步說明。

對象是征長總督尾張前權大納言德川慶勝。

「非巧妙安排不可。」

首先派出大軍。在長州周圍佈陣包圍完成後，將所有大砲填滿彈藥，砲口一律朝向長州，做好軍令一下即可一鼓作氣攻下長州的準備。

「如此情況下，長州必會投降並前來交涉求和。」

此可謂威力外交。

西鄉這人篤信武力即為扭轉外交的無言力量，且終其一生不曾改變。

再插句題外話中的題外話。西鄉晚年曾如此道：

「世人都說我好戰，其實有誰喜歡戰爭呢？戰爭既殺人又花錢，故不能魯莽從事。但若時機來臨，也是非戰不可。歐美文明也是戰爭下的產物。」

這下扯得更遠了。攻打江戶之前，西鄉表弟大山彌助（大山巖）率領薩摩兵即將趕赴戰場時，西鄉寫了如下意味的句子相贈：

「不戰而誅敵之不意，才是所謂的上乘之戰。究竟要如何才能不戰而勝呢？靠奇計異術是辦不到的。除逼之以誠外別無他法。」

明治初年外交工作甚為複雜，新政府往往只好任外國橫行霸道，西鄉於是向政府提出意見書：

「與外國交涉時必須表現出獨立的樣子，一一履行與外國之間的約定，凡事絕不違背信義，更不可失禮。若他們蠻橫要求條約外之事，則據理說明，絕不可有絲毫動搖恐懼。此時若畏戰而委曲求全，一味讓步，國家最後必將滅亡。如上，與外國交涉時必須抱著『因道行之，若斃於道上（即使戰敗）亦不悔』之覺悟。」

關於武力，西鄉就是懷抱如此的政治思想。

元治元年十月他在處理長州問題時，此思想已十分明確。

「討伐長州吧。但應將刀高舉而不揮落就令其下跪求饒。使其痛哭吧，然後再決定降伏之條件。」

他如此主張。此時西鄉的言行舉止使長州人對他懷恨在心，維新政府成立後仍耿耿於懷。

總之西鄉這人在維新後即失去政治家之能力，而成為偉大的哲人。但征伐長州之際，卻充分發揮他敏銳分析情勢的記者專長，身為政治家的他所施展的招式，招招明快到可謂驚人。

西鄉又進一步詳細解說處分之法。

繼續西鄉的話題。

關於處分長州的方法，他主要是著眼在吉川這一家。

長州是個大藩。藩中有幾個支藩，吉川即為其中之一，是岩國之藩主。

當主名為吉川監物，自然屬毛利家之一門，故目前正奉命閉門反省。

西鄉的具體處理方針是降伏長州後，實際處分時「應以長州之人來處分長州」。

令長州藩自行處分禁門之變的主謀，同時更換領地。但若如此，究竟要叫誰在藩內處理這些事務呢？

關於此問題，西鄉想到的人選是岩國領主吉川監物。

「好主意！」

征長總督德川慶勝也拍手叫好。

吉川家是個不可思議的家族。

這得把話題回溯到關原之戰。當時毛利家與德川家同為最大之大名，且擁戴石田三成而成為西軍之首，本家的毛利輝元更駐守在大坂城。

分家的吉川廣家即為吉川家之祖，但他率領毛利家之兵布陣於關原卻不顧本家立場而與家康私通，甚至登上南宮山山頂按兵不動，因而成為西軍敗退的原因之一。

家康決定處罰西軍諸大名時自然有意消滅毛利家，但分家的吉川廣家卻泣求道：

「我不要任何封地，請將我應得的全封給毛利本家吧。」

家康只得將原來要給吉川廣家的防長二州封給毛利家。

吉川家於是成為無祿之位。第二代當主吉川廣正在位時，毛利家才割出岩國六萬石之領給吉川家。吉川家代代受幕府的禮遇，雖非正式諸侯但仍一直受到同等的待遇。

可以這麼說，是吉川家拯救了關原之戰落敗後本應滅亡的毛利家。

此家系在幕末時的當主是岩國城主吉川監物。

德川慶勝拍手叫好，就是因為想到這段奇妙的因緣。

「難道吉川家將再度解救本家嗎？」

當主吉川監物個性溫和且思慮周密，再適合這種工作不過了。

「只是不知監物會不會答應。」

征長總督慶勝道。西鄉只是輕描淡寫：

「讓我去跟他說吧。」

西鄉於是返回高麗橋藩邸準備，帶著同藩的吉井幸輔和稅所長藏出發了。這日正是龍馬抵達大坂的第三天。

西鄉到岩國會見監物道：

「只要長州恭順（降服），朝廷和幕府可望溫和以待。」

如此監物就了解了。西鄉的策略一一成功了。

故事加快腳步。

最後長州藩真的「恭順」了。一切藩政全掌握在俗論黨（佐幕派）手中，對幕府的態度與前幾年迥然不同，乖乖俯首稱臣的恭順態度，讓人不禁懷疑幾個月前尚領導天下激進言論的是否真為同一藩。

勤王派已遭藩政府驅逐，高杉晉作逃出藩外，周布政之助於自宅切腹，桂小五郎早於禁門之變後即下落不明，剩下若干人也束手無策。

藩主毛利敬親這人胖到連行動都不方便。他昨天還支持勤王黨反抗幕府，今天卻得轉而支持俗論黨，甘向征長總督俯首稱臣。

「這都怪益田右衛門介、國司信濃及福原越後三名家老不好。」

他如此請求原諒。

幕府依西鄉之策提出要求：

「既然如此，就提交此三名家老之首級以示恭順，並將策劃事變者處以死罪。」

長州藩答應了。西鄉也透過毛利家的吉川監物提出：

「若依以上要求表示恭順之意，接下來的處分將盡量從寬發落。」

元治元年十一月十一日，毛利藩主首先下令要益田及國司兩人切腹。

同日深夜十時，益田右衛門介在領內德山總持院為他備妥的切腹之座就位。這位首席家老年方三十二。

有兩張並排的榻榻米。

上面鋪著四尺見方的白色羽二重（譯註：柔軟細緻之絹布）坐墊。右衛門介就座。

藩主派來的監察番山田重作開始朗讀「罪狀書」。

右衛門介聽了十分驚訝，因罪狀書中提到：

「以上之人任中曾與奸吏結黨。」

所謂的奸吏是指來島又兵衛等勤王派之人。

「以私意破壞國之體制且又藐視朝廷及幕府。」

最後又道：

「不忠不義至極，罪無可赦，故命切腹。」

國司信濃的切腹場所是在德山的澄泉寺，福原越後是翌日在川西的龍護寺切腹。罪狀大致相同。

「就當是藩主的替死鬼吧。」

與藩主同家系的吉川監物事前如此說服他們，故個個皆欣然奉命切腹。但罪狀書上卻被斥為不忠奸人，教人怎能服氣？

福原越後於是要求：

「讓我再看一次罪狀書。」

他接過來愈讀臉色愈難看，最後終於默默交回，臉色蒼白地切腹了。

三名家老的首級被送至征長總督府。

如此來龍去脈傳入大坂的薩摩藩邸，故龍馬也得知了。

元治之暮

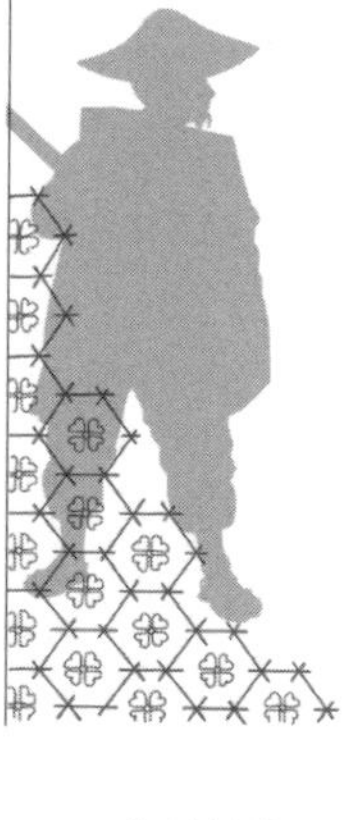

是初冬之雨嗎？
還是茅草原的雨？
悄悄而至，
漸漸濡濕。

這天早晨龍馬取出陸奧守吉行，一邊哼著歌一邊在有些泛青的刀身上撲砥粉。

窗外正下著雨。他一直寄居薩摩藩邸，不知不覺這一年就接近尾聲了。

「咦？偏選這種下雨天來保養刀呀？」

陸奧陽之助一臉機靈地進房來。

「西鄉君呀……」

陸奧坐下又道：

「看這樣子年底前恐怕回不來了。」

西鄉吉之助受征長總督德川慶勝之命已前往周防的岩國，設法使長州無血投降。與長州之間的交涉工作複雜，恐怕無法在年底前辦妥吧。

「在他返回大坂前，咱們就一直這樣無所事事地乾等嗎？」

「這也是無可奈何吧。」

龍馬在刀身撲上砥粉。那仔細的模樣看在陸奧眼裡總覺得不自然，因為龍馬一向毫不執著於物，不可能對刀之類的東西有感情或興趣。或許唯獨這把陸奧守吉行是獨一無二的佩刀，不得不珍視吧。

「難道西鄉君不回來，咱們的計畫也不能進行嗎？」

「嗯，沒錯。」

「西鄉這人掌控薩摩藩真到如此地步呀？」

「不僅薩摩藩。他還扣著幕府的痛處，亦即長州問題，似乎有意牽著幕府的鼻子走呢。」

「總之……」

陸奧抱著膝蓋：

「咱們是沒法進行海軍公司的計畫，只能望著十二月的雨，痴痴等候西鄉一人囉。」

「是啊，哼哼歌吧。」

「哦？」

陸奧吃了一驚。

「方才的初冬之雨是坂本老師哼的嗎？真教我吃驚呀。」

「有什麼好吃驚的。流行歌曲、民謠和琵琶歌都是我乙女姊教的，我還會配合三味線正式演唱呢。」

龍馬邊上砥粉，邊以讓人驚豔的好聽音色唱了起來：

我的戀人，
在浦戶的海邊，
被雨淋得渾身濕透，
釣著鰹魚。

「這時你就該接『嘿唷，嘿唷』。」

「好奇怪的歌呀。」

陸奧笑了出來。但也覺得龍馬似乎多少有點寓現狀於歌中。在浦戶海邊釣鰹魚的「戀人」應該是指西鄉吧。不過這個體型碩大的男人會不會淋得渾身濕透，就另當別論了。

陸奧離開後，龍馬倒頭躺下，心不在焉地聽了一會兒雨聲。

發生一件麻煩事了。

昨晚收到家鄉乙女姊寫來的長信。

「我想出家為四處雲遊的巡禮尼，隱居山裡或周遊諸國。」

信中這麼寫著。以這位姊姊的脾氣恐怕真會付諸行動。

「大概又和新輔姊夫處不好了。」

龍馬心想。順帶一提，乙女已有數次向丈夫新輔提出離婚要求並返回娘家的記錄。龍馬也是一思及此，心情就沉重起來。

去年文久二年春，龍馬決心脫藩，到乙女之夫家岡上新輔家委婉向她辭別，當時她的舉止就已不太正常。

「無論到何處都要給我寫信唷。」

又說：

「信別寄到這山北村的岡上家。請寄到城下本町筋一丁目的坂本家。為什麼？將來的事很難說，我已有離開這個家的覺悟。」

龍馬當時以為是因自己脫藩將連累岡上家，新輔姊夫恐難逃閉門思過的懲罰，乙女姊或許是為避免害他遭到連累才要離開夫家的，當時還嚇了一跳趕緊阻止她。看來似乎不是這麼回事。

聽說新輔姊夫的男女關係似乎有些亂，婆婆阿霜又是附近有名的蓋世挑剔者，很討厭乙女。這些都是龍馬後來從長姊千鶴之夫高松順藏（安藝郡安田的醫師）那邊聽來的。這應該才是乙女想離開夫家的最大理由吧。

「世上就是有些麻煩事。乙女姊竟也為了那種事煩惱呀。」

龍馬以一種事不關己又像窺伺不可思議國度的心

態暗想。

後來乙女生了名叫赦太郎的男孩，即使如此，情況似乎仍不太順利。

沒想到原因十分複雜。

高知縣城下的坂本家乃城下首屈一指的富裕鄉士，是個家人鎮日說笑、無比開朗的家庭。

長兄權平好酒又喜歡歌曲，在城下，大家都說：

「千萬別帶著味噌經過坂本家。」（譯註：日文形容嗓音不佳為「味噌壞掉」）

因為牆外即可聽見權平差勁的淨琉璃或琵琶歌。

乙女雖身為女人卻極愛刀術及馬術，不僅如此，唱起淨琉璃的義太夫節來也不輸專業藝人，還曾以她五尺八寸的高大身軀穿上肩衣表演一段。此即她出嫁前的少女時代。不僅如此她還視煮飯及裁縫為世上最討厭之事。

如此乙女看在亡父八平及長兄權平眼裡只覺有趣，從未責罵。故乙女就漸漸養成現在個性。

偏偏她嫁的是家風嚴謹又以節儉至上的岡上家，自然處處不合。

為人媳婦的乙女似乎吃了很多苦。

龍馬聽說過幾件事。

婆婆阿霜節儉到淘米倒水時也絕不流失三粒米，且認為這種事是女人的基本教養。

「乙女，三粒還可以原諒。妳流失那麼多，可是會下地獄的唷。」

乙女打從心裡瞧不起拿這種蠢事來評論人的婆婆。

兩人對孫子赦太郎的教養方式也不同。餵他吃魚時，婆婆是要連骨頭都剔乾淨。但就只有這件事，乙女堅持不退讓。

「赦太郎，武士必須維持高尚的精神。要是連魚的反面都吃就太貪吃了。」

堅持不讓赦太郎的筷子碰到反面的魚肉。

龍馬也曾被乙女如此唸過，故聽到此事時還苦笑著心想：

「赦太郎也得吃這樣的苦頭嗎？」

不過那是坂本家的規矩，以岡上家的角度恐怕就不是鬧著玩的了。吃魚要不要兩面都吃竟也能造成乙女和婆婆之間的強烈對立。

只要有客人來乙女必拿出茶點招待，即便是赦太郎的玩伴也是如此。

「小孩子來就不必一一拿茶點招待啦。」

婆婆如此抱怨。乙女卻說：「赦太郎是武士家的長男，既是他的朋友，不管是三歲還是四歲的幼童也得當成大人招待。」

拿出來的茶點一定有紅有白，數量也固定是紅白各兩個，總共四個。

赦太郎的朋友不假思索就要伸手去拿時，乙女就制止道：

「先吃白色茶點。接著再吃紅色茶點。不可以吃超過。」

剩下的一對紅白茶點就包起來讓孩子帶回家。乙女大概是想藉此給孩子規矩上的訓練吧。

「這媳婦真奢侈。」

婆婆如此發牢騷。她向新輔一一數落媳婦的不是。

新輔其實也不是這位阿霜婆婆的親生兒子，而是她從山北村的藤田家領養來的。因為是養子而更多顧忌，他每次都把乙女叫到客廳，因他脾氣暴躁，有時還扯住乙女頭髮把她拽倒在地，然後痛毆一頓。

新輔身材矮小，高度勉強只及五尺，而乙女身材高大，有五尺八寸高，且力氣頗大，能輕鬆拿起兩袋米。故這光景已超乎滑稽而堪稱悲慘。乙女總是毫不抵抗任他毆打。

終於忍無可忍了。

娘家坂本家的大嫂早故，權平一直過著鰥夫的日子。乙女幾度對新輔提出要求：

「坂本家無主婦，請容我告假回去幫忙。」

乙女無法忍受現狀，於是寫給應是世上最了解自己的龍馬。

她有事回娘家時，總會順便到二樓西側那間龍馬以前的喝茶房間坐坐。大概是看到書桌上龍馬年少時用過的硯台，才突然想寫信給龍馬吧。

她忍不住發了許多牢騷。

那封信現在正躺在薩摩藩邸龍馬的書桌上。

「真是教人傷腦筋的乙女女士啊。」

龍馬坐起身來把信又讀了一遍。

龍馬曾寫給乙女一封信：

「乙女姊之名已傳遍諸國，都說功夫比龍馬還厲害。」

功夫如此高強的乙女畢竟是女人，故還是嫁為人婦，過著尋常女人般的苦日子，然後像這樣對弟弟吐苦水。龍馬一思及此就忍不住可憐起乙女。

龍馬把硯台拉近磨起墨來，準備給乙女回信。

「唉，該怎麼寫呀。」

實在不知如何下筆。他畢竟得給自己第一個師傅乙女姊的切身困擾一些建議。

龍馬把紙攤開，迅速落筆。

> 見妳前些日子寄來的信中提到有意出家為尼到深山修行，好好好，呃哼，我就想到一些有趣之事。

龍馬可說是位另類的出色作家。「妳說想出家為尼到深山修行，好好好，呃哼，我就想到有趣的事情了。」他以如此筆調輕鬆而巧妙地紓解了乙女的心情。

> 此時四方騷動不安，但若出家為尼，肩上披著臭不可聞的袈裟在諸國行腳，那麼西起長崎，東自松前，甚至到蝦夷，完全不需擔心，路上連一文錢都不必準備。

簡而言之，是稱讚：「這真是好主意！只要穿件臭衣服就能不帶盤纏走遍全日本。」接著在下文中龍馬又提出：「但要如此，必須先習得這些。」

若有意如此，首先得學會真言宗的《觀音經》及一向宗的《阿彌陀經》。這兩部經有些難唸，但各地信徒都很多，故非唸不可。真有趣呀真有趣。真好笑呀真好笑。

寫到這裡，龍馬自己也忍不住失笑。

這時陸奧陽之助正好進房來。

這小老弟總是一聲不響就進房來坐在龍馬身邊。

「我在寫信。坐到那邊去吧。」

龍馬頭也不抬。

龍馬琢磨了一會兒，又提筆寫下：

更要緊的是，得時時準備一本尼姑讀的經。

他這是在告訴乙女以巡禮尼身分而能不帶盤纏旅行之法。

然後到了真言宗的地方就唸真言宗的經，到一向宗的地方就唸一向宗的經。

「不過……」

龍馬又以小字寫下：

這是關於住宿之事。至於說法時，就說些親鸞上人的法語和故事吧。

「以上為不花錢即可投宿之法。至於白天，」龍馬又道：「往來各城鎮時，沿途邊誦經邊化緣，必可化得充分金錢。」

只要確實做到這些想必十分有趣。浮生不過三

分……（意義不明）
就像放個屁那樣，放膽去做吧。
要是死了，野地裡的屍骨就四散化為白石。

龍馬如此調侃後又擔心：
「以這姊姊脾氣，怕真會開始學經，付諸行動。」
於是改以正經筆調寫道：

此事絕不可貿然單獨行動。
單獨行動下場必然很慘。真想做的話必須看清人心。我覺得妳還太年輕啦。
還有絕不能帶貌美之人同行。
一定要是粗魯而固執的強悍老太婆才行。
三慧袋（放經書的袋子）中放根短棍，兩三人同行外出，萬一遇到盜賊就一擁而上猛擊，甚至直接拉扯盜賊的睪丸。

「寫些什麼呀？」
陸奧陽之助湊上前來問道。龍馬瞪著陸奧道：
「我正在傳授不花錢旅行的方法。」
「哦？那不是坂本老師的拿手絕活嗎？你是要把這獨門絕技傳授給誰呀？」
「你管得真多呀。」
龍馬在信的最後寫道：

也代我問候一下那位菊目石之君。

指的是大哥權平的獨生女，亦即龍馬老是戲稱為「麻子春豬小姐」或「河豚之君」的春豬。
個性開朗的小姑娘春豬也已招清次郎為婿並生了兩個女兒，大的取名為鶴井，小的是兔美，她如今已是位了不起的母親。

元治元年十二月已接近尾聲，原本潛逃長州的中島作太郎回來了。

他一身行旅布販的打扮。

「長州情況如何？」

龍馬迫不及待問道。

「尚未塵埃落定呀。」

這個年方十九歲的志士答道。

查探長州對他而言乃是生平第一件重任，如今終於完成，報告的口吻不免有些激動。

「這種報告聽不得。我看得先讓他洗洗澡、吃吃飯，等情緒平靜後再讓他說。」

龍馬之所以有此考量，是怕聽了這個小夥子激動的報告後，自己會喪失冷靜客觀的判斷力。

「作，一起泡個澡吧。」

「是，坂本老師竟然找人一起泡澡，這還真難得呀。」

作太郎早知龍馬背上長著濃密漩渦狀的黑毛，也知道龍馬不喜歡被人看見，故即便酷暑也不在人前裸身，更不同他人一起入浴。

「嗯，你冒險完成探查工作，就讓你看看我背上的黑毛以為犒賞吧。」

「這算哪門子犒賞啊。」

薩摩藩邸西側長屋一角有個頗大的澡堂。從窗戶張望，發現煙囪正大量冒著煙，真是太幸運了。兩人於是頂著寒風，穿過藩邸的庭院衝入澡堂。

裡頭沒半個薩摩人。

「這樣好像被土佐人獨佔了呀。」

作太郎跳進浴池。

「坂本老師，我在旅途中作了一首詩。」

「哦。」

「唸給您聽好嗎？」

作太郎說著唸了起來，低沉的聲音回盪在迷濛的湯煙之中：

當年壯士仗劍起，

茅鞋踏破路千里。
北風霜落寒月孤，
萬山雪滿草木枯。
孤憤憂國氣自豪，
……

「作，夠了。」

浴槽中的龍馬洗著臉同時道。他對血氣方剛的年輕作太郎突然莫名地感到不悅。

「世人都說土佐佬太急著送死，仔細想想真是這樣，天誅組、池田屋事變、蛤御門之變中死的幾乎全是土佐人。」

「……」

「那首詩作得不好。」

「為什麼？」

「那是在讚美死。此後時勢光靠敢死剽悍的暴勇是不夠的，必須有獨自撼動天下的氣概及智慧。該拋開土佐佬的狂躁衝動了。」

中島作太郎向龍馬報告的長州情況與想像的相去不遠。

不僅要三名家老以禁門之變政治犯之罪名切腹，還為了討幕府歡心逮捕前田孫右衛門等七名勤王份子並關進野山之牢獄，據說翌日便將他們像切蘿蔔似地斬首了。昨日之前還是叱吒風雲的長州勤王派要角，今大卻被冠上賊名而橫屍刑場。

「好慘啊。」

龍馬將左手伸入懷中以右手不斷搓著臉頰。似乎不如此就無法忍住不斷湧上心頭的義憤。

「據說長州上士皆成了佐幕派，囂張地拿著刀槍在萩城城下橫行。」

「桂的情況如何？」

「您是說小五郎爺嗎？禁門之變後就離開波濤洶湧的京都，就此沒了消息。究竟上哪裡去，就連同藩的同志也不知下落。」

「真不愧是刀客呀。」

龍馬笑了出來。

「我知道他逃走的事。」

龍馬聽說禁門之變發生後，桂隨即化裝成按摩師、乞丐及居無定所的苦力，以尋找逃離京都的機會。

有一回桂以按摩師之姿暗會情人幾松（三本木之藝伎），卻遭會津藩的巡察隊懷疑而要他隨同回隊上。桂壓著下腹說要拉肚子，會津藩士只得幫他向鄰近人家借廁所，並在廁所門口嚴加戒備。桂謝過之後走進廁所，隨即從掏糞口脫逃。真是機敏如神。

龍馬聽到這傳聞，不禁回想起當年在鍛冶橋藩邸與桂比賽的光景。

「當年在江戶，他揮刀之機敏公認無人能及。」

「高杉晉作還健在。他在領國內一如天狗般神出鬼沒，後來曾至由浪人游擊隊及相撲力士隊之本部遊說：『請助我一臂之力打倒俗論黨政府。』我還見到他本人，身著不知哪找來的藏青綴繩鎧甲並戴著桃型頭盔。」

「這人真有意思呀。」

龍馬心情稍霽。

「我親眼見到他了。我去長府功山寺拜會三條實美公及田鶴小姐時，高杉晉作君正好以這身打扮來訪。」

「哦？」

「三條公大為吃驚。但高杉只說：『如今政權落在懦弱的俗論黨手中，但我將推翻如此政權，讓他們瞧瞧長州男子漢的膽識。』說完就離去了。聽說後來他襲擊馬關，趕走俗論黨官員，以會所為本部，並出現在三田尻港甚至奪取了該藩之軍艦等。」

「哦！」

龍馬就像讀繪本故事般聽得津津有味，還用力拍了拍大腿喃喃讚道：「長州真有意思啊。」

「真有意思。」

龍馬再度點頭道。全日本哪有這麼有意思的藩啊。幸虧其藩主昏庸愚昧。下級藩士利用這點向藩主鼓吹激進勤王思想，隨意左右該藩，使其成為幕府體制下任性妄為的孩子。

情勢急轉而下慘遭幕府攻擊，更糟的是一向由長州獨占的「天皇」也不再理睬長州，長州甚至被冠以「朝敵」之污名。

如此一來，原本不敢造次的佐幕派便突然群聚而起，擁立藩主並著手彈壓勤王派。

藩主也突然變成佐幕派。

勤王份子或遭殺害或逃亡。人數本就不多，一旦從權力之寶座跌落就毫無力量可言了。

長州藩上士階級出身的少數勤王黨份子之一高杉晉作成功躲過佐幕派的追捕，在領國中輾轉逃亡。

「我將與幕府抗戰至最後。若真有必要，就擁藩主父子逃往海對岸之朝鮮，組織流亡政府。」

又說：

「即使防長二州化為焦土，只要能成功扮演維新大業之礎石也就夠了。不是嗎？」

「這人真有意思。」

龍馬對作太郎道。

「他真是個天才。奇策縱橫神出鬼沒異想天開，就這點來看和坂本老師還真像啊。」

「才不像呢。」

被拿來與高杉晉作比較，龍馬滿臉不以為然。自尊心多少有些受損吧。

「換成我的話，必將捨棄長州，直衝天下及地球之核心。」

「您這麼說就太苛刻了。高杉晉作與坂本龍馬畢竟不同，他出生該藩有頭有臉的世家，又受藩主父子的寵信，自然不能棄藩不顧，活動範圍也只局限於藩內呀。」

總之，根據作太郎的報告，高杉一如流星般獨自奔走並組織軍隊，似乎有意發動政變。但高杉是否真能如願打倒俗論黨政府呢？那就不得而知了。

「這……恐怕很難吧。因為就連奇兵隊都對高杉的動作採取觀望的態度呢。」

「這樣啊。長州果真有那種所謂的『諸隊』。」

奇兵隊是長州「諸隊」之代表，而所謂的諸隊是傳統藩制度之衍生物似的組織，並不嚴格限由藩士組成。他們的出身可以是町人、農民、僧侶、神官、相撲力士等，算是專為攘夷而設的臨時軍隊。

也因為這樣，對藩政之動向有其獨立之立場，並以海岸地方的町區為本部嚴陣以待。

「換成我，就會起用那些『諸隊』。」

龍馬道：

「就以諸隊占領長州，首領之位不置藩主，改置五卿。」

「已經有此動向了。且還是由土佐人推動的。比方說中岡慎太郎。」

作太郎竟說出這個令人意外的名字。

話說，長州存在著一種稱為「五卿」的獨特政治勢力。指的是流亡的公卿團。

前文提及，因文久三年八月政變而逃離京都的過激派公卿，包含三條實美在內共七名，其中的澤宣嘉因參加但馬生野之亂而脫隊，錦小路賴德則因宿疾結核病而於流亡途中過世。

如此自然剩下五卿。五卿以三條實美（後獲封公爵）為代表，另外還有四條隆謌（後獲封侯爵）、三條西季知（後獲封伯爵）、東久世通禧（後獲封伯爵）及壬生基修（後獲封伯爵）。

長州藩對他們十分禮遇，起初先提供三田尻的招賢閣供他們居住，後來在山口縣郊的湯田建了豪邸並把他們接過去。此處為良質溫泉湧出之地。

此五卿皆有護衛兵。

幾乎全是土佐人，以從京都一路護送五卿到長州的土方楠左衛門（後改名久元並獲封伯爵）為首，其他還有多位自領國脫藩前來加入護衛工作者。

日本自古崇拜血統的習俗根深蒂固，形成日本史之骨幹。日本人家系之總括中心為天皇家，而公卿則是公認僅次於此的神聖血族。自古以來的作風是擁立天皇、高揭旗幟起義，退而求其次則推公卿為領袖，並以公卿為天皇代理人，揭旗起兵。如此方式在南北朝時代尤其盛行，即使是戰國時代織田信長及上杉謙信等天下豪傑，其終生目標也是上京擁立天皇，假借其神聖血統以號令天下。

幕末也不例外，反而被當成時代之流行。志士競相仿效楠公（譯註：楠木正成）與南朝之起義方式，故如此傾向較歷史上任何時代都來得強。

長州藩及以土州浪士為中心的浪士團之所以特別重視此五卿，也是理所當然。

然而長州已向幕府屈服。

幕府打算自長州藩奪回珍藏的五卿。

「五卿乃朝廷罪人，其官位及公卿應得之禮遇皆已遭撤。應立即引渡此五名罪人。」

幕府如此要求長州以示投降之誠。幕府打算將五卿以牢籠送至江戶懲處，好向天下展現幕府威權。

此幕命傳至征長總督德川慶勝手上時，西鄉成功說服慶勝擱置，改而要求「將五卿引渡至筑前黑田藩等位於九州的五藩」，並以此與長州持續進行交涉。想當然，俗論黨政府完全贊成將這五個大麻煩驅逐出境。

「中岡爺他呀……」

前述政情即為作太郎所說之事的背景。

「將守護五卿之護衛兵重組並取名為南園隊，與土方爺等人共同拒絕了俗論黨的要求。最樂見事情如此發展的，就是由長州人山縣狂介（後改名有朋）擔任軍監的奇兵隊。奇兵隊早已下定決心要擁護五卿與藩政府對抗。」

作太郎道。

「對了。」

龍馬似乎突然想起什麼。

「田鶴小姐情況怎麼樣呢？」

「對啊，對啊。」

中島作太郎抓了抓頭：

「這麼重要的事我竟然忘了。她安然無恙。」

「在長府嗎？」

龍馬道。五卿如今住在距馬關一里半左右一個名叫長府的小鎮。

「是。長府的功山寺現為五卿居處，田鶴小姐也住在那裡。她要我代向坂本老師問候。」

「就只是這樣嗎？」

龍馬之所以這麼問並無特別男女情愛之意，而是詢問田鶴小姐是否有提到希望龍馬為她做什麼事。

「她的確有交代，但又說『恐怕不太可能吧，龍馬大爺應該不會來長府吧，要是他真願意來就太好了呀。』此外就沒了。」

「究竟是什麼意思呀。」

「大概是指舉兵吧。」

作太郎道。

換句話說就是擁立五卿推翻長州俗論黨，使長州藩恢復為勤王之藩，與幕府抗戰到底。五卿手下主要的土佐人以中岡慎太郎為首，其他還有安岡金馬、後藤深藏、真田四郎、石田英吉、玉川壯吉、三瀨深造、細木元太郎及細川左馬助等人，據說包括諸藩浪人共有三十多人。

田鶴小姐的意見是，希望由龍馬擔任這些人的統帥。如此一來，藩外的浪人必將聞風集結而來，只要這些人與高杉晉作等人的政變部隊結合，應可成為一大勢力。

「這絕對不成。」

龍馬斬釘截鐵道：

「不是已經有中岡擔任大將了嗎？」

「中岡爺的確是大將，但他是能言善道又長於應對進退的名人，故為了拯救長州和五卿，已前往岩國及筑前等地，又忙著見薩摩人西鄉吉之助及筑前人月形洗藏等人，根本席不暇暖。中岡爺如今是慘敗之長州勤王黨的對外代言人，簡直就像神明一般。」

「那麼池內藏太呢？他也是大將之才。我當初要他跟你一同到長州去，其中一個原因就是因為有此期待。」

「池爺說高杉爺的活動遠較五卿之事有意思，故已與田鶴小姐訣別，在高杉爺手下擔任參謀工作。他那樣血氣方剛，實在拿他沒辦法呀。」

「作太郎。」

「是。」

「立即趕回長州去。我還有遠較長州之事更重要的大事要辦。只要此大事有了頭緒我就將你召回，在那之前你就待在田鶴小姐身邊。」

……

翌日早晨，作太郎又重新穿上一身行旅商人裝束自大坂薩摩藩邸出發了。

（第五卷完）

日本館・潮 J0254

龍馬行五

作者……司馬遼太郎
譯者……李美惠
主編……吳倩怡
特約編輯……陳錦輝、陳巧宜
行政編輯……高竹馨
美術編輯……吉松薛爾
封面繪圖……林繪

發行人……王榮文
出版發行……遠流出版事業股份有限公司
104005 台北市中山北路一段十一號十三樓
電話……(02) 2571-0297
傳真……(02) 2571-0197
郵政劃撥……0189456-1
著作權顧問……蕭雄淋律師

初版一刷……二〇一二年七月一日
初版三刷……二〇二一年六月一日
售價三〇〇元
若有缺頁破損，敬請寄回更換

ISBN 978-957-32-7001-0

國家圖書館出版品預行編目（CIP）資料

龍馬行 / 司馬遼太郎作 ; 李美惠譯. — 初版.
— 臺北市 : 遠流, 2012.07-
冊 ; 公分. —（日本館.歷史潮:J0254）
ISBN 978-957-32-6888-8(第1冊 : 平裝)
ISBN 978-957-32-6914-4(第2冊 : 平裝)
ISBN 978-957-32-6945-8(第3冊 : 平裝)
ISBN 978-957-32-6983-0(第4冊 : 平裝)
ISBN 978-957-32-7001-0(第5冊 : 平裝)

861.57　　100021093

YLib 遠流博識網
http://www.ylib.com
www.ebook.com.tw
e-mail: ylib@ylib.com

RYOMA GA YUKU <5> by Ryotaro SHIBA